OUIDA

CIGARETTE

CANTINIÈRE AUX ZOUAVES

TOME PREMIER

PARIS

E. PLON ET Cie, IMPRIMEURS-ÉDITEURS

RUE GARANCIÈRE, 10

1883

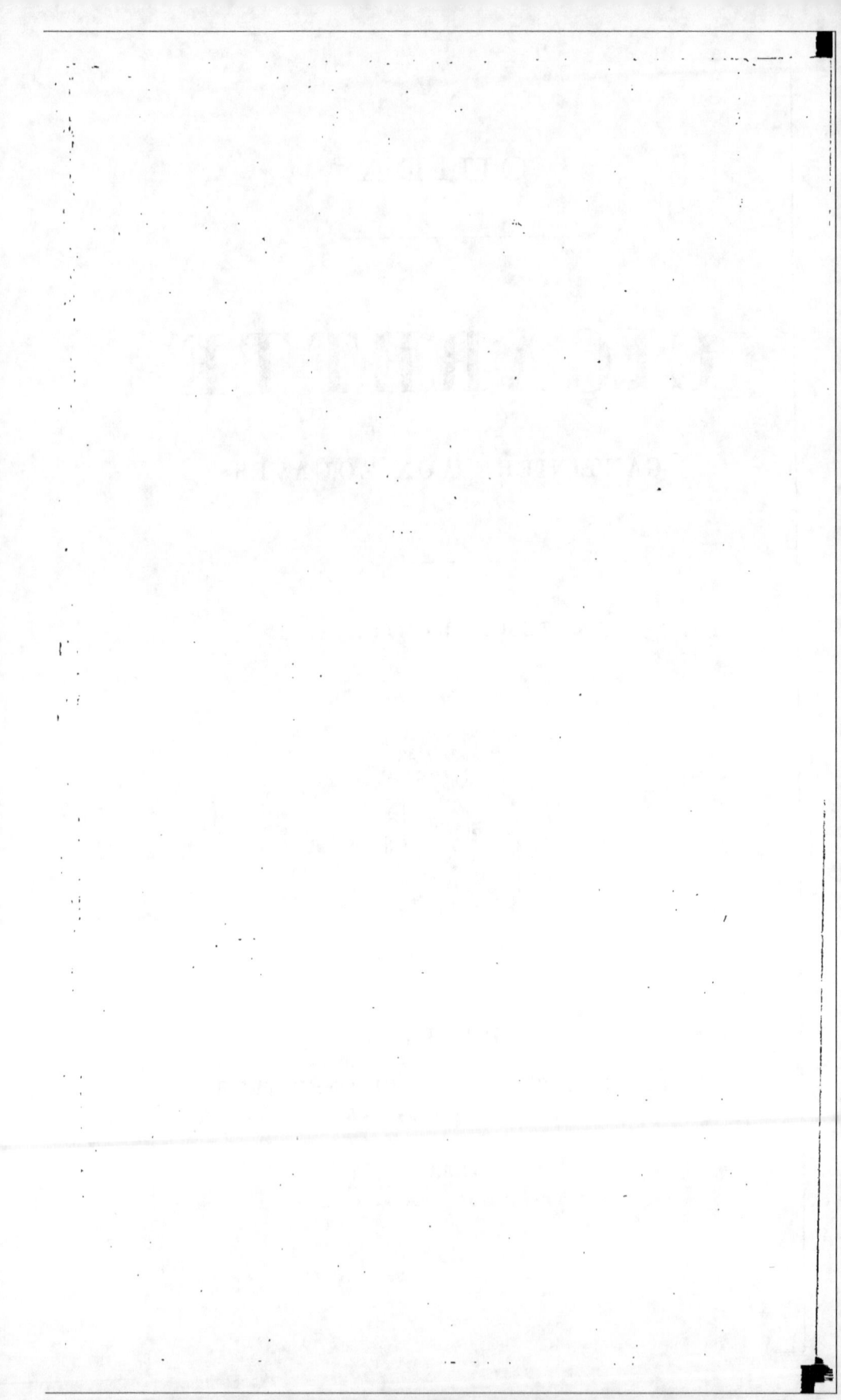

CIGARETTE

PARIS. TYPOGRAPHIE DE E. PLON ET Cie, RUE GARANCIÈRE, 8.

OUIDA

CIGARETTE

CANTINIÈRE AUX ZOUAVES

TOME PREMIER

PARIS
E. PLON ET Cie, IMPRIMEURS-ÉDITEURS
10, RUE GARANCIÈRE

1883

CIGARETTE

CANTINIÈRE AUX ZOUAVES

I.

« BEAUTÉ » DES HORSE-GUARDS.

— Je n'ai jamais vu un homme plus exigeant que monsïeur pour les bottes à revers.

Ainsi s'exprimait Rake, le factotum de l'Honorable Bertie Cecil, du 1er régiment des Life-Guards.

Après avoir prononcé cette phrase devant son ennemi juré le piqueur, auquel il avait voué une haine éternelle et des plus invétérées, Rake brandit les bottes qui en avaient été le prétexte et, prenant l'air triomphant auquel il avait invariablement recours dans les circonstances importantes de son service journalier, il s'élança dans l'escalier qui conduisait à l'appartement de son maître, dans Piccadilly, en face de Green Park, frappa à la porte, et entra dans la chambre à coucher dudit maître.

L'intérieur d'un officier de la Garde est toujours au moins aussi luxueux que celui d'une jeune duchesse, et Bertie Cecil avait l'habitude de ne jamais le céder sur aucun chapitre à ses camarades; c'était d'ailleurs une des célébrités de la Maison Militaire de la Reine, et les femmes lui envoyaient assez de bibelots mignons pour remplir le Palais-Royal.

Sur le plus moelleux des canapés, à moitié habillé, ayant pris ses ébats une demi-heure auparavant, comme un barbet, dans une baignoire grande comme un petit étang, placée dans le cabinet de toilette voisin, était étendu l'Honorable Bertie lui-même, second fils du vicomte de Royallieu, généralement connu dans la Garde sous le nom de Beauté. Ce surnom, qu'il avait reçu à Éton, était du reste amplement justifié.

Lorsque la fumée de tabac qui l'enveloppait en sortant du fourneau d'une grosse pipe d'écume se fut dissipée, elle laissa voir un visage délicat et aussi éclatant de blancheur que celui d'une femme; beau, distingué, languissant, nonchalant; un certain air d'insouciance latente répandu sur toute la physionomie sous une placidité convenue et une singulière douceur dans deux grands yeux châtains sous les longs cils qui les recouvraient : tel était Bertie.

Ses traits étaient excessivement fins, fins comme ceux de la plus jolie jeune fille; ses cheveux du châtain le plus doux, le plus soyeux, et le plus brillant; sa bouche admirablement dessinée; somme toute, ajoutons un certain regard doux et langoureux qui semblait dire : « Aimez-moi! » dans les yeux, et nous ne nous étonnerons pas que certaines grandes dames aussi bien que les lionnes les plus lancées lui donnassent la palme comme au plus beau cavalier de tous les régiments de la Garde... sans en excepter même ce splendide colosse aux cheveux dorés, son plus vieil ami et son camarade le plus intime, connu sous le nom du Séraphin

Il regarda les bottes à revers que Rake balançait de nouveau dans sa main et secoua la tête.

— Mieux, Rake... mieux... mais pas encore tout à fait bien. Vous ne pouvez donc pas arriver à la couleur basanée de cette peau de tigre? Vous poussez toujours beaucoup trop au brun.

Rake hocha la tête à son tour, en posant les incorrigibles bottes à revers à côté de six autres paires rangées devant six fois autant d'autres espèces de bottes que le fourré, la bruyère, la plaine, ou le doux côté de l'ombre dans Pall Mall en ont jamais connu.

— J'ai fait de mon mieux, mais l'imitation est impossible auprès de la nature, monsieur Cecil.

— Si certaines femmes vous entendaient, Rake... mais il faut leur rendre justice, elles possèdent alors un talent d'autant plus remarquable, — dit Cecil riant en lui-même et en faisant flotter autour de lui de nouveaux nuages de fumée de tabac de Turquie. — Willon est-il arrivé?

— Oui, monsieur. Il arrive à l'instant prendre les ordres.

— Dans quel état *Le Roi-de-la-Forêt* est-il descendu du train?

— Léger comme un oiseau, monsieur; il ne s'est aperçu de rien. *Nacre-de-Perle,* elle, s'est agitée un peu, m'a-t-il dit; elle s'agite toujours, quand elle entend le bruit de la machine; mais *Le Roi* est entré et sorti comme si les gares étaient la cour de son écurie.

— Leur a-t-il fait prendre du gruau et de l'eau glacée après les avoir étrillés et avant de leur donner leur avoine?

— Il dit avoir pris ces précautions, monsieur.

Rake n'aurait voulu en aucune façon prendre sur lui de garantir la véracité des allégations de son ennemi juré, le piqueur; une haine invétérée, nous l'avons dit, régnait entre eux.

— Dites-lui que je passerai à l'écurie après le service, et qu'il se tienne prêt à partir avec les bêtes par le même train que moi, demain à midi. Maintenant, envoyez ce billet et ces bracelets à Saint-John's Wood... ce bouquet blanc à Mme Delamaine. Dites à Willon d'acheter des mors de Banbury; je préfère les embouchures tournantes; et quelques doubles mors de Wood, ainsi que des freins Nelson; il nous faut de nouveaux mors... Veillez à ce que ce lourdaud soit rentré à temps; ensuite vous irez aux écuries de l'Intendance, et si vous y voyez un cheval noir qui vous paraisse aussi bon que *Douglas-le-Noir,* vous me le signalerez. Écrivez pour le terrier à renard du haras et achetez *Dandy-Dinmont;* Lady Guinevere en a besoin. Je l'emmènerai avec moi. Mais d'abord mettez-moi sous le harnais, Rake; il se fait tard.

Tout en marmottant ces ordres multiples que Rake dut saisir comme il put les entendre, du ton le plus doux et le plus nonchalant, Bertie Cecil but un verre de curaçao, souleva indolemment ses souples et longs membres, et se soumit au martyre de la cuirasse et du hausse-col; il paraissait avoir six pieds sans ses grandes bottes à éperons; mais bien élancé, mince, et plein de grâce.

Selon son habitude, il se parlait à lui-même : —

— Comme si le Parlement ne pouvait pas se réunir sans nous traîner à travers les rues! Et un tas d'idiots font quotidiennement des articles sur les faiseurs d'embarras de la Garde!... On dirait vraiment que pour nous tout est rose et que nous ne connaissons rien de la rigueur du service! Ouais? Je voudrais bien savoir dans quelle catégorie ils classent nos stations au soleil et à la poussière, lorsqu'il nous faut rester immobiles en selle une demi-journée, au milieu de la canaille de Londres ahurie; des chiens perdus qui sautent au nez de votre cheval, par-ci; des petits mendiants malpropres, pressés contre vos jambes, par-là; et tantôt un soleil ardent qui vous brûle, tantôt le brouillard qui vous suffoque.

Pendant ce temps, Rake attachait, bouclait, boutonnait, et nouait l'écharpe avec un véritable génie professionnel, suspendait le plus brillant de tous les sabres d'acier argenté avec sa riche monture dorée, et contemplait avec une satisfaction personnelle des plus flatteuses des buffleteries blanches comme la neige, des bottes à l'écuyère aussi brillantes que le vernis noir pouvait les rendre, et des éperons d'argent d'un éclat éblouissant, jusqu'à ce que son maître fût enfin aussi bien équipé que jamais le fut un Garde élégant de service au palais pour faire la cour à la plus belle des dames d'atours.

— Être enfermé là dedans à la tête de son escadron pendant cinq heures, par une pluie fine, encore!... Les Chambres ne devraient siéger que par le beau temps; je suis sûr que rien ne les presse, ces bavards-là!... — se dit Cecil en mettant dans sa poche un fin et élégant mouchoir, brodé et parfumé, aux initiales entrelacées B. C., surmontées d'un cimier, tout en regardant par la fenêtre d'un air désespéré.

Il était parfaitement heureux lorsqu'il rentrait trempé jusqu'aux os, après une chasse à courre, mais trois gouttes de pluie, quand il était de service, lui paraissaient chose bien différente; c'était une calamité qu'il fallait déplorer avec toutes les amertumes d'un dandy et toutes les diatribes d'un épicurien.

— Ah! te voilà, petit, comment cela va-t-il?... fait-il

bien mauvais?... — demanda-t-il avec une langoureuse attention quand la porte s'ouvrit.

Mais quelque indifférent et fatigué, sans doute à cause du temps, que fût son accent, ses yeux se portèrent avec un bon et cordial regard sur le nouveau venu, tout jeune homme de vingt ans à peine, dont les traits différaient peu des siens. Quoique beaucoup plus petit et plus mince, c'était un jeune homme assez gracieux dont le visage n'avait pas de défaut; peut-être la bouche, qui n'était encore ombragée que par un léger duvet, accusait-elle une certaine jeunesse, mais doit-on considérer cela comme un défaut?

— Atroce! répliqua le jeune homme en parlant du temps, assez supportable cependant pour une matinée anglaise de février. — Dis donc, Bertie, es-tu pressé?

— Diablement pressé, petit, pourquoi?

— Ah! voilà... Hum!... je suis dans le pétrin... dans un pétrin affreux... — murmura le cadet, — et j'ai pensé à toi pour me venir en aide.

Ces quelques mots avaient été prononcés d'un ton moitié contrit, moitié caressant; le jeune Berkeley avait des manières et une physionomie de petite fille.

Bertie versa sur ses mains quelques gouttes d'essence et mit ses gantelets.

— Allons, qu'y a-t-il, Berk?

Le jeune homme baissa la tête et se mit à jouer d'un air embarrassé avec un pot à tabac en ormolu; il était si ému qu'il en renversa la moitié du contenu. Elevé à l'école nonchalante et impénétrable de son frère, familiarisé avec le monde et avec les amis de son frère, monde froid, insouciant, indifférent, bien élevé, impassible, dont le premier canon est qu'on doit perdre les derniers cent louis qu'on possède sans sourciller ni faire un signe et gagner un demi-million sans témoigner la moindre satisfaction, le jeune Berkeley avait donc ce jour-là quelque gros péché à confesser. Sa nature d'ailleurs était timide, et il parvenait difficilement à vaincre cette timidité.

Bertie le regarda et passa doucement sa main sur l'épaule du jeune homme.

— Allons, petit, avance! Ce n'est pas une mauvaise action que tu as à te reprocher, je le parierais!

— Hum!... non... hum!... J'ai besoin d'un peu d'argent; une couple de *ponies* [1] — dit l'adolescent d'une voix un peu étouffée, sans chercher à rencontrer les yeux de son frère qui le regardait.

Cecil fit entendre un long sifflement sourd et tira une bouffée pleine de méditation de sa grosse pipe.

— Petit, tu as toujours besoin d'argent. Il n'y a pas que toi qui... moi aussi, j'ai besoin d'argent... tout le monde a besoin d'argent... Tout homme de notre monde, à l'état normal, a besoin d'argent... Tu dis deux *ponies*. Pourquoi faire?

— Je les ai perdus hier au soir. Poulteney me les a prêtés, et je lui ai dit que je les lui enverrais ce matin. Les *ponies* étaient partis avant que j'aie eu le temps d'y penser, mon pauvre Bertie, et je n'ai pas la moindre idée de l'endroit où je pourrais les trouver pour les lui payer.

— Une perte de jeu un peu lourde pour toi, — murmura Cecil, en laissant glisser sa main de l'épaule du jeune homme, tandis qu'une ombre de gravité passait sur son visage.

L'argent était très-rare chez Bertie.

[1] Un pony, terme d'argot des clubs, vingt-cinq livres sterling (625 francs).

Son frère lui lança un rapide regard de supplication : Berkeley avait l'habitude de se reposer pour sortir de ses embarras d'argent sur son frère aîné et d'être aidé par lui dans toutes les circonstances difficiles. Cecil n'accordait jamais deux secondes de réflexion à ses propres préoccupations; mais il les aurait multipliées au centuple en prenant sur lui celles des autres avec une générosité infatigable et irréfléchie.

— Je n'ai pas pu faire autrement, — reprit le jeune homme d'une voix pleine de cajolerie et plaidant sa cause d'un air presque piteux; — je jouais avec Grosvenor, et tu sais, cet animal-là a toujours la chance la plus étonnante du monde. Que dirais-tu si je vendais la jument?... Je deviens idiot, je ne puis vendre une jument en une minute.

Cecil se mit à rire, mais ses yeux fixés sur la charmante figure féminine du jeune homme avaient une grande expression de douceur sous l'ombrage de leurs longs cils.

— Vendre la jument!... Quelle bêtise!... Comment veux-tu vivre sans avoir même une rosse!... Attends un peu, je crois que je pourrai encore te tirer de là. Ah! sacrebleu! voilà le carillon du quartier qui sonne. Je vais être en retard.

Cependant, sans que cette perspective lui fît apporter la moindre hâte à ses mouvements, il s'approcha de sa table de toilette, prit un colifichet de velours et de filigrane d'or, et le secoua pour en faire sortir tous les billets de banque qu'il contenait. Il y en avait assez de cinq et de dix livres pour faire quarante-cinq livres. Il en prit un autre de cinq livres dans une petite liasse détachée, posée sur un roman de Dumas, et lança le tout à son frère à travers la chambre.

— Voilà, petit! Mais n'emprunte jamais rien à d'autres qu'à tes parents. Berk, nous ne faisons pas cela, *nous autres*.

Non... non!... pas de remerciments. Mets cela dans ta poche. Si jamais tu retombes dans un autre pétrin, viens encore me trouver... je t'en tirerai, si je peux. Adieu... — ajouta-t-il avec un peu de précipitation dans le ton, tant était grande sa terreur de tout ce qui ressemblait à une scène, et tant il était pressé d'échapper à la reconnaissance de son frère.

Le jeune homme s'était, en effet, emparé des billets de banque avec une joie qu'il n'avait pas cherché à dissimuler, et il commençait à remercier son frère, mais avec l'empressement tranquille d'un enfant gâté ou d'un égoïste fieffé qui accepte les dons et les sacrifices de la générosité d'un autre. Lorsque son frère passa devant lui, il lui prit la main pendant une seconde et le regarda; un nuage passa devant ses yeux, et son visage se couvrit d'une rougeur moitié de honte, moitié de reconnaissance.

— Tu ne sais pas le service que tu me rends.... tu es bien bon, Bertie!

Cecil se mit à rire en haussant les épaules.

— C'est la première fois qu'on me dit cela, mon cher petit, — répondit-il.

Et il descendit lentement l'escalier, accompagné du cliquetis de sa cuirasse, de son sabre et de ses éperons, puis enfonçant son casque sur son front et plaçant la jugulaire au-dessous de ses moustaches, il sortit dans la rue où son cheval l'attendait.

— Diable! — pensa-t-il, pendant qu'il mettait le pied à l'étrier et que le vent âpre du matin faisait voltiger çà et là son panache blanc. — Je ne pense jamais à rien! Je crois que je n'ai pas gardé assez d'argent pour conduire Rake, Willon, et le troupeau, demain dans les comtés. En ai-je assez pour prendre mon propre billet?... ce serait un rude désappointement. Ma parole, je ne sais pas combien il est resté sur la table de toilette. Ma foi! je n'y puis rien; il fallait que Poulteney fût payé; je ne pouvais pas laisser le nom de Berk traîner dans quelque affaire louche.

Les cinquante livres données à son jeune frère étaient tout ce qui restait d'un billet, escompté au prix d'efforts incroyables par un habile juif, et Cecil n'avait pas plus de certitude de posséder d'autre argent jusqu'au prochain jour de solde qu'il n'en avait de posséder la lune; l'absence d'argent comptant, en outre, est un sérieux ennui quand on fait partie de clubs où les livres et les billets sont les enjeux les plus ordinaires, et qu'on vit avec des gens qui comptent la plupart du temps leurs appoints par mille; mais la chose était faite, et il n'aurait pas voulu revenir sur son bon mouvement au détriment de son frère, quand il l'aurait pu.

Il possédait la plus sereine insouciance dont un homme ait jamais été doué; il ne croyait pas au tourment et ne le laissait jamais s'approcher de lui, et, en dehors de quelques difficultés pour rompre des chaînes de roses trop embrouillées qui s'étaient attachées à lui en même temps, ou de la contrariété d'un calcul mal fait sur certaines courses, quand un favori de Maldon ou de Danebury n'arrivait pas, ou que son carnet se trouvait en défaut pour le Grand-National, Cecil n'avait nul souci d'aucun genre.

A la vérité, la maison de Royallieu, l'une des plus anciennes et presque une des moins fortunées du royaume, avait de la peine à maintenir ses fils dans la carrière dispendieuse où elle les avait lancés, et la majeure partie des économies difficilement réalisées allait ordinairement au fils aîné, secrétaire de légation dans cette charmante et dispendieuse ville de Vienne, et au plus jeune, Berkeley, par suite de la partialité du vicomte; aussi, lors même que Bertie aurait consenti, par hasard, à réfléchir sur sa position, il aurait probablement avoué qu'elle était, pour ne rien dire de plus, des plus fausses; mais il avait toujours soigneusement écarté ce fâcheux sujet de méditation.

Quelquefois il s'était senti bien près d'être contrarié, lorsque le jour des échéances arrivait et que les juifs auxquels il avait continuellement recours paraissaient tout à fait intraitables; mais, règle générale, les affaires s'arrangeaient toujours d'une manière ou d'une autre, et quoique ses dettes fussent considérables et qu'il fût littéralement aussi près de ses pièces qu'on peut l'être pour rester dans la Garde, il ne s'était jamais, sous aucune forme, aperçu de sa gêne.

Il n'aurait pas été en état de trouver une guinée pour donner un acompte sur la longue liste détaillée du mémoire de son tailleur militaire, et les *post obit* avaient depuis longtemps disposé des quelques centaines de livres par an qui, d'après les dispositions de sa mère, devaient lui revenir après la mort du vicomte; mais Cecil n'avait jamais compris de sa vie qu'il fût possible de n'avoir pas une écurie de premier choix; ne pas vivre aussi luxueusement qu'un duc, ne pas commander les dîners les plus dispendieux aux clubs, et ne pas être le premier à conduire tous les splendides divertissements et toutes les extravagances de la Garde, lui aurait paru ridicule; il n'avait jamais oublié ni la saison des chasses en Écossse, ni ses parties de trente-et-quarante à Bade; son schooner toujours victorieux dans l'escadre du R. V. Y., ses battues en septembre, ses chasses à Pytchley, sa jolie et prodigue Zuzu et autres joujoux du même genre, son *drag* pour Epsom, son *trap* et son cheval pour le Park, ses invitations sans nombre pendant la saison, son entourage de jeunes élégants à la mode qui l'accueillaient toujours avec des sourires, lui étaient indispensables.

Les invitations pleuvaient d'ailleurs chez lui.

N'était-il pas le meilleur des êtres?

Le meilleur des êtres, c'est-à-dire, que dans le sens mondain du mot, nul ne l'égalait pour flirter, valser, mais dans ce sens seulement; car la plus naïve des débutantes savait très-bien que Beauté, quoique le plus parfait des galants, ne serait jamais sérieux et n'avait rien pour l'être; aussi était-il autorisé par le beau sexe à entrer dans les boudoirs et les salons, tout comme s'il eût été un petit chien havanais; les femmes le considéraient comme tout à fait sans conséquence; il faisait la cour aux femmes mariées, il est vrai, mais on avait la certitude qu'il ne s'enfuirait jamais avec une fille à marier.

Jusqu'ici, Bertie n'avait jamais été privé de tout ce qui s'achète et de ce que représente l'argent comptant, et il était imbu comme d'un vague et confus préjugé que toutes les choses qui rendent la vie agréable viennent de la nature et sont l'héritage naturel et inhérent à tout homme né dans une condition convenable et suffisamment pourvu de tact. Une difficulté aussi réelle que celle qui le menaçait le lendemain : ne pas avoir assez d'argent pour payer son transport et celui de son écurie dans les comtés, s'était très-rarement présentée, et lorsque cela arrivait, il s'en remettait au hasard pour le tirer sain et sauf d'un pareil embarras social, et il s'y fiait rarement en vain. D'accord avec les règles de son ordre, il n'était jamais ému, jamais désappointé, jamais trop gai, jamais troublé, et, tout naturellement, il n'était jamais embarrassé dans aucune extrémité.

Votre Imperturbabilité, comme le prince de Ligne avait coutume de nommer la Grande Catherine, eût été une admirable appellation pour Cecil; il était imperturbable en toutes choses; même lorsqu'une héritière, aux pieds aussi immenses que sa fortune, lui faisait une proposition de mariage, et s'il avait à se retirer devant trop d'honneurs offerts ou devant les menaces les plus terrifiantes, il les déclinait poliment, mais sans la moindre émotion.

Ajoutons, pour être sincère, qu'il y avait toujours, à l'arrière-plan, cet ogre d'argent, et cet animal possédait l'art de ronger plus largement et plus avant tous les ans; mais d'un autre côté, Cecil ne jetait jamais les yeux sur lui, ne pensait jamais à lui, il savait qu'il se tenait exactement de même derrière les chaises d'hommes que le monde croyait millionnaires, et s'il arrivait que l'ogre fît trop sentir sa griffe et qu'il n'y eût plus moyen de lui échapper, Bertie pansait la plaie avec une nouvelle et forte traite sur ses plaisirs.

II.

LA VEILLÉE AU FUMOIR.

— Dans combien de temps les Français peuvent-ils être ici? — demandait Wellington en écoutant le bruit assourdissant de la poursuite qui menaçait de près son arrière-garde pendant les heures les plus critiques d'une nuit espagnole, courte et suffocante.

— Dans une demi-heure, au moins, — lui fut-il répondu.

— Très-bien... alors, je vais me coucher et prendre un peu de repos, — dit le commandant en chef, en se roulant dans son manteau et s'étendant dans un fossé où il dormit aussi profondément pendant cette demi-heure que le premier tambour venu, accablé de fatigue.

Avec la même sérénité que Wellington, un autre héros devait dormir profondément à la veille d'un grand événement, d'une grande lutte fixée au lendemain. Il s'agissait de remporter une victoire de laquelle dépendait l'honneur des Gardes d'Angleterre, sa défaite aurait causé leur honte; leur réputation et leurs espérances reposaient uniquement sur lui; par lui seul, ils devaient être perdus ou sauvés; et, sans préoccupation de l'importance des dangers qui le menaçaient, sans crainte de l'issue de la lutte, sans être agité par les souvenirs du passé, sans être tourmenté par les craintes de l'avenir, il dormait le sommeil du juste.

Ce héros n'était autre que *Le Roi-de-la-Forêt*, le célèbre *steeple-chaser* sur lequel les Gardes avaient mis tout leur argent pour le Grand Prix Militaire — le Ruban Bleu des Soldats.

Ce n'était ni un cheval trop grand, ni un cheval trop puissant, mais chacune de ses lignes dénotait la pureté de sa race : robe gris argenté, un peu foncée, luisante comme du satin; des muscles fermes qui frémissaient au moindre contact et excitaient cette fougueuse et élégante organisation; une tête petite, carrée, tout à fait celle d'un cheval de course, tout sang; oreilles délicates et effilées, presque transparentes en pleine lumière; flancs corrects, belles épaules, garrot et reins admirables; jambes parfaites, fines, solides, promettant une splendide action du genou; haut de seize paumes; pouvant servir à tout; entraîné pour la plaine et pour le fourré, sautant parfaitement les cours d'eau, rasant les autres obstacles, difficile à monter comme on pouvait en juger à son encolure, mais docile comme un enfant : tel était *Le Roi-de-la-Forêt*, au sang anglais et oriental, vainqueur à Chertsey, à Croydon, au National, au Granby, au château de Belvoir, au Curragh, et à tous les steeple-chases d'amateurs aussi bien qu'aux autres rendez-vous sportiques militaires du royaume, qui devait entrer en lutte le lendemain, chargé de paris effrayants pour le prix du Vase-d'Or.

Le Roi-de-la-Forêt dormait paisiblement dans son box chaud et spacieux, rêvant sans doute des jours de victoire, de chasses organisées dans les bois et les pâturages couverts de roseaux en octobre, des notes sonores du cor de chasse, de la meute, et de glorieux élans, prompts comme l'éclair; il se voyait enfoncé jusqu'au poitrail dans l'eau glacée et toujours en tête à travers les clôtures et les halliers. Il sommeillait et rêvait de la manière la plus agréable ; mais il n'en était pas moins attentif aux moindres bruits de l'extérieur, car, tout à coup, il s'éveilla, se secoua, se roula gaiement sur la paille, et écouta avec attention.

La porte s'ouvrit, une main lui tendit du sucre, et la voix qu'il aimait le mieux dit affectueusement : —

— Eh bien, qu'est-ce que nous disons, mon pauvre vieux !

Le Roi-de-la-Forêt croqua sa friandise favorite avec une véritable émotion, frotta son front contre l'épaule de son maître, et fourra son nez dans la poche la plus rapprochée pour chercher encore d'autres sucreries.

— Tu mangerais un pain de sucre entier, vieux coquin. Éclairez-nous un peu, George, — dit son propriétaire en soulevant la couverture pour tâter sa peau ferme et fraîche.

Puis il desserra une des sangles, passa sa main de la cuisse au poitrail, et examina soigneusement la stalle pour s'assurer que le cheval avait été bien pansé et qu'on avait bien fait sa nouvelle litière.

— Croyez-vous que nous gagnerons, Rake?

Rake, une lanterne d'écurie à la main, un peu en avant d'un groupe de palefreniers et d'aides, prit un brin de paille dans sa bouche et sourit d'un air sublime de dédain et de confiance.

— Si nous gagnerons, monsieur?... Je voudrais bien savoir quand *Le Roi* a jamais été battu?

Bertie Cecil se mit à rire d'un rire un peu languissant.

— C'est vrai, nous en avons battu pas mal, je crois, et il n'y en a pas beaucoup qui puissent en dire autant de nous, n'est-ce pas, mon vieux? — ajouta-t-il en s'adressant au cheval et en lui caressant le garot de la paume de de la main. — Mais il faudra montrer tout ce que tu sais faire.

Le Roi-de-la-Forêt saisit la mangeoire avec ses dents,

lança une ruade par manière de plaisanterie, et mangea un autre morceau de sucre en se léchant beaucoup les lèvres, pour exprimer l'insouciance avec laquelle il envisageait son rôle dans la lutte et la certitude qu'il avait d'arriver le premier au poteau.

Son maître le regarda encore une fois et sortit du box.

— Il est en parfait état, Rake, et admirablement en forme.

Il traversa lentement la cour pavée en fumant un cigare qui brillait dans les ténèbres.

— Invincible! il ne risque rien de l'être pour me tirer de là! Le Ducal et l'Octobre m'ont suffisamment mis à sec; je ne me suis jamais trouvé aussi à court de ma vie. Que diable, si je ne franchis pas la distance demain, il ne me restera pas un souverain pour jouer aux cent points le soir? Qu'y faire?... quand une fois on est engagé dans cette vie-là, il faut aller jusqu'au bout. Pourquoi Royal m'a-t-il fait entrer dans la Garde, s'il avait l'intention de me mettre à la portion congrue de cette façon-là?... il aurait mieux fait de me fourrer tout de suite dans un régiment d'infanterie, puisqu'il voulait me laisser vivre avec rien!

Rien, signifiait pour Cecil un peu moins de six mille livres par an, minimum des nécessités monétaires dans son monde, et une expression de véritable contrariété et d'embarras, très inusitée chez lui, se lisait sur son visage, habituellement miroir de l'indifférence la plus insouciante et du meilleur ton, quoique difficile à distinguer au moment où il traversait la cour, après avoir fait sa visite du soir à son cheval favori.

Il avait engagé de fortes sommes sur *Le Roi-de-la-Forêt*, et il s'agissait de gagner ou de perdre une course qu'il devait courir lui-même le lendemain. Quoiqu'il eût trouvé la somme qui lui était nécessaire pour se rendre dans les comtés, il lui restait à peine assez sur la table de toilette de son appartement de garçon pour payer le livre de son groom; quant à savoir où se procurer davantage si *Le Roi* trouvait un rival à la course de haies dans la matinée, il n'y avait seulement pas songé, et aurait-il consacré de longues heures de réflexion à la solution de ce problème, qu'il aurait été forcé de s'avouer qu'il était d'une complication absurde.

— Tant pis! ma foi! les choses s'arrangeront. *Le Roi-de-la-Forêt* ne m'a encore jamais fait défaut; il est aussi plein d'ardeur qu'un vainqueur du Derby, et il sautera par-dessus les obstacles comme un oiseau! — pensa Cecil, qui ne regardait jamais ses embarras en face pendant plus de soixante secondes de suite.

Sa physionomie ne trahissait plus aucune inquiétude quand, après avoir ouvert une porte basse et voûtée, il enfila un corridor et pénétra dans le fumoir.

C'était une pièce à la fois spacieuse et commode, garnie du plus moelleux des divans, qu'on apercevait alors à travers un nuage de fumée. Ce divan était occupé par une vingtaine d'hommes en costumes de velours de toutes les formes imaginables; leurs visages étaient aussi connus au Parc, à six heures en mai, que sur la bruyère aux grouses en octobre, à Paris en janvier, sur le Solent en août et sur les *moors* d'Écosse par une matinée d'automne; c'étaient des figures qui revenaient à leur tour dans un certain cercle aussi régulièrement que juillet pour la Coupe de Waterloo.

Quelques-uns d'entre eux envoyaient silencieusement dans l'air des bouffées de fumée avec un laisser-aller calme et méditatif, respectant un silence qu'ils n'auraient pas voulu rompre au nom d'aucune considération terrestre; d'autres parlaient haut et avec vivacité, et à travers l'atmosphère, lourdement chargée de la fumée de toutes les variétés de tabac, s'élevait une vraie Babel de phrases entremêlées, qui se précipitaient les unes contre les autres et se croisaient à travers les tourbillons de fumée. D'aucuns les trouvaient éloquentes, quoique légèrement embrouillées par les tuyaux de pipes.

Au même moment, un grand jeune homme blond, aux membres d'Hercule, à la poitrine de boxeur, au visage angélique des anges de Raphaël, connu dans la Garde sous le nom du Séraphin, se livrait avec expansion à la narration de l'histoire d'une partie de whist jouée au milieu de grandes difficultés dans l'express de Doncaster. C'était le plus fier, le mieux trempé, et le plus violent des hommes pendant le service et en dehors du service, malgré l'expression angélique de sa tête blonde et de ses yeux bleus aussi candides, aussi innocents que ceux d'un enfant de six ans.

— Je viens de souhaiter le bonsoir au *Roi*. Il sera en état, — dit Cecil en entrant.

— Parbleu! — dirent en chœur une demi-douzaine de voix.

— Avec tout ce que nous avons mis sur lui, il le faut bien, — ajouta le Séraphin, — il sait trop bien vivre pour nous mettre dans l'embarras; il comprend déjà qu'il soutient l'honneur de la Garde.

— La vérité est qu'il portera pas mal de paris, on ne peut le nier, — dit Chesterfield, de l'escadron des Bleus (qu'on appelait Tom, probablement parce que ce prénom était absolument différent du sien, qui était Adolphe). — Cet animal d'*Etoile-du-Jour* est un splendide sauteur de haies, et pour un sauteur de fossés, il serait dur d'être battu par *Géranium-Sauvage,* quoique ses épaules ne soient pas tout à fait ce qu'elles devraient être. Montacute peut aussi fournir une bonne course, il est engagé sur *Pas-de-Charge*.

— Je n'ai pas très-peur de Montacute, il part trop vite, d'abord, et il ne sait pas se ménager du tout, — dit Cecil qui bâillait en faisant bouillonner le tube de son hookah dans l'eau de rose, — celui qui m'effraie, je ne le vous cacherai pas, c'est l'officier du 10e; il est léger comme une plume et ferme comme l'acier. Je l'ai regardé hier franchir la rivière, et le cheval qu'il montera pour Trelawney est assez bon pour battre *Le Roi* lui-même s'il est convenablement mené.

— Pourquoi ne vous êtes-vous pas mis en bonne condition aussi, Beauté? — grommela Tom. — C'est tenter la Providence que se mettre en ligne pour le Vase-d'Or, après deux mois comme ceux que vous avez passés à Paris. Pendant la semaine même que vous êtes resté dans les Comtés, vous ne vous êtes pas entraîné un instant, vous n'avez fait que valser ou jouer au baccarat jusqu'à cinq heures du matin, j'oublie les sodas sans fin que vous absorbiez pour vous tenir en état de paraître à la réunion de neuf heures. Je voudrais bien savoir comment un homme qui boit du champagne et du bourgogne comme vous en buvez et qui passe son temps à courir après les femmes pourrait être dans de bonnes conditions pour une course, à moins qu'il n'espère un miracle.

Cecil se mit à rire; étendu sur un divan juste au-dessous d'un des becs de gaz, la lumière tombait en plein sur son beau visage, son joli teint et sa douce langueur; sa physionomie ne portait aucune trace des excès qu'on lui reprochait. Le Séraphin et lui pouvaient mener la vie la plus extravagante de tous les hommes de l'Europe, sans cesser d'être aussi frais de teint que la plus sémillante beauté de la saison; il leur était loisible de lutter dans une joyeuse partie de table jusqu'au lever du soleil, et de sauter en selle, soit pour suivre la meute pendant de longues heures, soit pour se livrer à n'importe quel exercice auquel les conviait le hasard, jusqu'à ce que leurs montures reprissent le chemin du logis par des sentiers boueux, sous des arbres dépouillés de leurs feuilles, alors que les étoiles répandaient seules leur pâle lueur sur la terre. Ces jours-là, les deux jeunes gens paraissaient plus dispos encore que s'ils avaient passé la nuit dans leur lit, réconfortés par un long et profond sommeil.

— Beauté ne croit pas aux vertus de l'entraînement, et je suis de son avis. Je n'ai jamais consenti à m'entraîner, — dit le Séraphin en tirant ses longues moustaches blondes qui n'étaient pas absolument en rapport avec son surnom séraphique. — Si un homme peut monter à cheval, laissez-le faire. S'il est né dans la peau d'un porc gras, il y sera toujours de près ou de loin, qu'il fume ou ne fume pas, qu'il boive ou ne boive pas. Quant à manger de la viande crue, à laisser le vin de côté, à vivre à la diable, tout comme si vous étiez dans un couvent, pour réduire votre corps à n'être plus qu'un simple paquet d'os... c'est de la dernière absurdité. Autant vaudrait aller en Purgatoire tout de suite; en outre, il n'y a pas plus de mérite à gagner dans ces conditions-là que si vous étiez un homme du métier.

— Très-bien, Séraphin! — dit Cecil, — quand un homme arrive au pesage, ressemblant à un enfant, après s'être enlevé le moindre atome de chair comme un jockey, à mon avis, il devrait être mis en dehors des paris. Ce n'est pas une question d'équitation, alors, encore moins de hasard ou d'utilité; ce n'est plus qu'une question de poids et de tempérance.

— Mais savez-vous qu'un homme comme celui-là est

un exemple de moralité, dans tous les cas, — insinua Sir Vere.

— Au diable la moralité!... — dit Bertie avec un air de profonde immoralité. — Je suis bien aise que vous m'en fassiez souvenir, Vere, vous qui êtes la quintessence des bienséances et de l'honorabilité! Mais, dites-moi, quelqu'un a-t-il entendu parler de cet officier du 10e qui doit monter le bai brun de Trelawney?

— Jimmy Delmar?... oui, je le connais, — répondit Lord Cosmo Wentworth, des fusiliers écossais. — Je l'ai connu à Aldershot. Bon cavalier; il vous donnera pas mal de fil à retordre, Beauté. Il n'est pas venu en Angleterre depuis de longues années; son régiment a toujours été à Calcutta. Les parieurs commencent à s'occuper un peu de lui; on offrait très-librement sur lui ce matin; et il a mis la main sur une bonne et rare occasion en montant le bai brun.

— N'importe! Le 10e ne nous battra pas. La Garde gagnera aisément, à moins que *Le Roi-de-la-Forêt* n'aille se casser les reins en franchissant le Brixworth... pas vrai, Beauté? — dit le Séraphin, qui croyait religieusement en son camarade avec toute l'affectueuse loyauté caractéristique de la maison de Lyonnesse, loyauté qui lui avait souvent coûté très-cher pour les monarques et les amis.

— Tu mets ta foi du mauvais côté, Rock; je puis vous faire défaut, moi, mais *Le Roi* ne vous trahira jamais, — dit Cecil, toujours avec un léger accent de tristesse dans la voix.

Il se rappela la façon hardie, droite, vaillante, dont son cheval faisait toujours face aux obstacles et les surmontait, et lui, pouvait-il affirmer qu'il se comportait aussi bien dans les circonstances critiques quand elles l'étreignaient?

— Allons! vous portez tous les deux tout notre argent et toute notre réputation; ainsi donc faites tout ce que vous pourrez pour conserver la bonne renommée de la Garde? Je n'ai pas gardé un shilling, je n'ai pas mis de côté un liard, Bertie; j'ai tout mis sur toi et sur *Le Roi.* Hein! quelle foi admirable j'ai en vous deux !

— Je ne trouve pas cela très-prudent, Séraphin, le champ sera très nombreux, — dit languissamment Cecil.

Cette réponse était faite avec indifférence, et certainement elle n'exprimait pas beaucoup de reconnaissance; mais, sous ses paupières baissées, un regard franc et chaleureux se reposa un instant sur les formes léonines du Séraphin et sur sa tête raphaélique. Il n'était pas dans les habitudes de Bertie d'être communicatif ou démonstratif; mais au fond du cœur, il aimait étonnamment son vieil ami.

— Tout cela, ce n'est pas le moyen d'être dans de bonnes conditions, — grommela Tom en se soulevant avec un violent effort, au moment où la pendule sonna cinq heures du matin.

Ils rentraient tous du bal qui avait eu lieu à trois milles de là, quand Cecil était allé faire sa visite à l'écurie du *Roi.*

Bertie se mit à rire; son rire lui ressemblait, il était un peu languissant, mais dégagé, très-argentin, très-séduisant.

— Restons là à fumer jusqu'à l'heure du déjeuner, si vous voulez, Tom, cela m'est absolument indifférent.

Mais les officiers de la Garde ne voulurent pas admettre que leur champion risquât la fermeté de son poignet et la sûreté de son coup d'œil, en tentant de nouveau la Providence. Chacun se dirigea dans différentes directions, après que de nombreux bonsoirs eurent été échangés.

C'était dans la résidence de famille de la maison de

Royallieu que Bertie avait réuni la moitié de ses camarades de la Garde pour le grand événement; les chambres de garçon étaient, à Royallieu, de la dernière élégance et très-spacieuses.

Lorsque Cecil rentra dans son ancien appartement, qui lui était familier depuis son enfance, il se trouva aussi confortablement installé que dans sa luxueuse demeure de Piccadilly. D'ailleurs, la première chose qui frappa sa vue fut une élégante casaque de course en soie rouge, brodée d'or et d'argent, sur laquelle se détachait la devise de sa maison : *Cœur vaillant se fait Royaume,* entourée de feuilles de chêne et de laurier sur le collet. C'était l'œuvre de très-belles mains, de mains très-aristocratiques, et il la considéra avec un sourire.

— Ah ! milady !... — pensa-t-il presque tout haut, — milady !... m'aimez-vous donc réellement?... Et moi, vous aimerais-je par hasard?

Ses yeux riaient pendant qu'il se posait à lui-même ce que l'on pourrait appeler une question intéressante; puis sa physionomie prit une expression plus sérieuse, et il resta une seconde tenant les riches et élégantes broderies dans sa main; son sourire était presque tendre, quoiqu'il fût encore beaucoup plus enjoué.

— Supposons qu'il en soit ainsi, — conclut-il enfin, — du moins autant que cela en vaut la peine. Les grandes passions sont à l'étroit dans un salon, comme le dit je ne sais quel personnage dans *Coningsby* [1]; d'ailleurs, je ne voudrais pas ressentir une forte émotion, dût-elle me rapporter tout l'or du monde. C'est toujours mauvais genre et contraire à une bonne éducation, comme dirait Tom.

[1] Roman de Lord Beaconsfield.

Il devait si peu craindre, pour le moment du moins, ce qu'il redoutait, que la casaque rouge fut rejetée de nouveau et ne l'engagea plus à songer à sa belle brodeuse titrée. En dernier lieu, il examina par la fenêtre quelques nuages de mauvais augure qui s'étaient élevés lourdement avant l'aube; l'état du ciel et la crainte de la pluie remplirent ses pensées, à l'exclusion absolue de la donatrice de ce coquet présent.

— J'espère que la Providence ne nous enverra pas de la pluie trop pénétrante. *Le Roi-de-la-Forêt* peut tenir sur un terrain dur comme de l'ardoise... mais une chose sur laquelle il est faible, c'est la boue!

Ce fut la dernière pensée dont Bertie eut conscience; il se détira les membres et il s'endormit profondément.

III.

UN MILITARY.

— Je prends le champ contre un.

— Trois contre un *Roi-de-la-Forêt.*

— Deux contre un *Géranium Sauvage.*

— Sept contre deux *Frère* contre *La Fée.*

— Trois contre cinq *Pas-de-Charge.*

— Dix neuf contre six *Etoile-du-Jour.*

— Je prends le champ contre un.

Telles étaient les paroles qui s'élevaient au-dessus du brouhaha tumultueux et enroué du champ de courses pendant la matinée claire, âpre, radieuse, qui brillait le jour du fameux steeple-chase militaire.

On savait, à n'en pas douter, que les Gardes avaient engagé sur leur cheval des sommes énormes, que le comté avait mis sur lui presque tout son argent, et que les bookmakers s'efforçaient de ne pas trop s'engager contre un des premiers chasseurs à courre de l'armée, vainqueur du Grand Handicap National, vainqueur aux courses de Billesdon Coplow, de Ealing, au Curragh, au prix du Donjon, au Rastatt, et presque partout où il était entré en lice.

Cependant, en dépit de ces succès qu'on rappelait, la faveur se portait beaucoup sur *Le Régent;* on pensait qu'il était capable de l'emporter; son grand-père avait gagné le prix de Champagne, à Doncaster, et celui du Salon aux fameuses courses de Goodwood; et les qualités de son grand-père, ajoutées au sang du *Lis-Blanc,* et une magnifique réputation, apportée du comté de Leicester comme sauteur, lui faisaient rencontrer beaucoup de partisans dans la foule. Son jockey, Jimmy Delmar, avec son corps bronzé, musculeux, nerveux, sa petite taille, son poids léger, son visage pointu, hâlé par le soleil, et la façon dont il tenait ses mains, avait cent fois plus l'air de faire partie du métier que Beauté, malgré tout l'éclat de son audacieuse intrépidité, malgré l'habitude bien connue qu'il avait de lancer son cheval avec tous ses moyens; avec cette tactique, son allure ressemblait, sans contredit, beaucoup plus à un galop infernal dans le pays de Melton qu'à une course à poids pour âge dans n'importe quel endroit.

— On sent l'armée jusque dans ses étriers, — disait un vieux compère qui avait assisté à plus d'une épreuve dangereuse, blotti dans un fossé ou dans une tranchée.

C'était incontestable; la tenue de Bertie à cheval était superbe, mais c'était toujours la tenue d'un officier de cavalerie et non celle d'un jockey. La simple pose du pied dans les étriers l'indiquait, comme le vieillard avait eu la finesse de le remarquer.

Le Roi perdit donc deux points d'un coup dans les paris de la matinée.

— Je les connais, moi, ces beaux fanfarons de la Garde, — disait Tim Varnet, le filou le plus fin qui eût jamais enfourché un cheval.

Ce Tim était un individu assez ténébreux, associé avec un jockey qui avait consenti à jouer un mauvais tour à un cheval favori au prix Ducal.

Le champ de courses mesurait quatre milles et demi et

contenait quarante-deux obstacles à franchir, sans compter le fameux Brixworth; une moitié se composait de prairies, l'autre de sillons et de tranchées; un sentier tracé entre deux fossés très-dangereux garnis intérieurement des traditionnelles épines noires; une haie plantée d'arbrisseaux très-touffus, et beaucoup d'autres obstacles joints à un cours d'eau profond, rendaient la course très-difficile; de plus, trente-deux chevaux d'une supériorité incontestée étaient inscrits et composaient un champ remarquable.

De nombreuses voitures étaient rangées le long de la piste; les tribunes étaient remplies d'une foule aussi brillante de beautés à la mode que le Ducal en rassemble sous les beaux arbres du parc de Goodwood.

Les chevaux furent amenés dans l'enceinte du pesage pour être montés; un soleil radieux brilla tout à coup sur la plus pure des après-midi de février; de jolies femmes s'empressèrent de descendre de leurs calèches, enveloppées de fourrures et de velours, portant les couleurs du jockey qu'elles favorisaient.

Un *drag* attelé de quatre chevaux bais, superbe équipage de chasse, venait d'arriver grand train, il était en retard; le Séraphin s'était élancé du haut du siége sur le dos de son cheval (un de ces rares chevaux qui sont parfaits et réunissent toutes les perfections du train, de la forme et de l'action, sous leur modeste appellation de *hack*) et s'était éloigné au petit galop pour rejoindre les commissaires, tandis que Cecil s'était dirigé vers un groupe de dames réunies dans la grande tribune.

Il ne paraissait pas avoir plus à s'occuper de l'événement de la journée que ne paraissaient s'en occuper les mondaines qu'il allait rejoindre.

Juste en face de cette tribune se trouvait un *bullfinch* artificiel qui promettait de faire culbuter plus d'un coureur. C'était un fossé profond et rempli d'eau; deux hautes palissades d'épines noires le bordaient de chaque côté, obstacle aussi dangereux à franchir que le pays le plus accidenté ait jamais pu présenter. Quelques personnes s'en plaignaient; il était trop rude, disaient-elles, ce n'était pas juste; tous les chevaux qui se présenteraient s'y casseraient les reins.

Les commissaires, après avoir reçu ces réclamations, se disposaient à faire diminuer l'importance de cet obstacle, mais le Séraphin, généralement le plus accommodant de tous les êtres doués d'un caractère aimable, refusa énergiquement de permettre qu'on y touchât.

— Écoute, Beauté, — dit-il confidentiellement, après avoir dirigé son cheval vers la tribune et pris Cecil à part, — ils avaient envie de changer cet obstacle, afin de le rendre moins dangereux; mais je n'y ai pas consenti parce que j'ai pensé que j'aurais l'air d'accepter pour toi, entends-tu? Il ne faut pas nous dissimuler que c'est une fanfaronnade; il n'y a pas à s'y tromper, le Brixworth n'est rien à côté, et si tu veux qu'on le diminue, je vais les laisser faire...

— Non, pour rien au monde, mon cher! Tu as eu parfaitement raison de ne pas en laisser enlever une épine. C'est là précisément que je vais battre *Le Régent,* — dit Bertie avec une parfaite sérénité, comme si le gain des enjeux eût été prédit dans son horoscope.

Le Séraphin siffla et tira ses moustaches.

— Entre nous, Cecil, cet homme est de plus en plus en hausse. Il a la cote pour lui.

— Laisse-les faire, — dit Cecil, d'un air placide, son

cigare à la bouche et se dirigeant vers le centre du ring pour voir où en étaient les paris sur son propre compte, sans s'inquiéter le moins du monde de faire attendre ses concurrents au pesage pendant qu'il s'habillerait.

Là, tout le monde le connaissait, de nom et de vue ; et des regards empressés suivirent la haute taille du champion de la Garde, pendant qu'il s'avançait au milieu de la foule, vêtu d'un paletot de loutre brune avec un petit bout de ruban rouge autour du cou, faisant un signe de tête à un pair, traitant d'égal à égal avec un autre, échangeant quelques mots à voix basse avec un duc, et faisant régler son carnet par un juif. Des murmures le suivaient comme s'il eût été le cheval lui-même.

— Il a l'air bien préparé pour la course.

— Il me fait l'effet d'y être tout à fait habitué.

— Ses mains sont trop petites pour tenir longtemps.

— Beaucoup trop de longueur dans les membres pour avoir un poids léger, les os sont toujours horriblement lourds.

— Les yeux bistrés... mène trop joyeuse vie pour être en bonne condition.

— Un vrai dandy, mais n'en monte pas moins bien à cheval.

Et autres phrases contradictoires, selon que l'orateur était pour ou contre lui, bourdonnaient à ses oreilles parmi le menu fretin du ring, sans troubler en aucune façon la sérénité de son âme.

Un homme, un grand gaillard, tout osseux, portant la véritable veste de chasse et une surabondance de cravates voyantes et de bijoux de mauvais goût, l'examinait, curieusement, placé légèrement de côté, de façon à tourner le dos à Bertie pendant que celui-ci engageait un pari avec un autre officier de la Garde bien connu sur le turf, et que lui-même faisait des calculs avec le jeune Berkeley Cecil.

Le frère de Bertie avait parié sur la course de son frère, comme s'il avait eu la Banque d'Angleterre derrière lui. Sauf que le jeune homme possédait la disposition héréditaire des Royallieu à l'extravagance, et que, moitié par étourderie, moitié par une imprévoyance insensée, il entassait les dettes et les difficultés sur sa jeune tête d'écervelé, il avait beaucoup plus à dépenser que son aîné; le vieux Lord Royallieu raffolait de lui, le gâtait, et ne lui refusait rien, bien que ce fût un homme sévère, austère et emporté, que sa mauvaise santé rendait irascible : c'était un terrible personnage dans ses accès de colère, aussi inaccessible à la persuasion que le fer ou le bronze; si terrible que son favori lui-même le craignait horriblement et s'adressait à Bertie pour que ses imprudences et ses peccadilles n'arrivassent pas aux oreilles du vicomte.

En jetant un coup d'œil autour de lui au moment où il entrait sur la piste, Cecil aperçut le parieur avec lequel Berkeley prenait des engagements pour la course; il fronça le sourcil, et sa figure se rembrunit un instant, puis elle reprit presque aussitôt la sérénité insouciante qui lui était habituelle.

— Vous souvenez-vous de cette escroquerie aux courses d'Ebor-Saint-Léger? — dit-il à voix basse au comte de Constance, avec lequel il causait.

Le comte fit un signe d'assentiment; tout le monde en avait entendu parler, et c'était un cas flagrant.

— Voilà l'escroc, — dit laconiquement Cecil.

Et il s'avança vers lui en se dandinant lentement et nonchalamment, à la manière des cavaliers. L'homme devint livide sous son masque florissant et essaya de se glisser imperceptiblement de côté; mais la foule l'empêcha de s'éloigner assez vite pour qu'il échappât à Cecil, qui pencha la tête et lui dit un mot à l'oreille. Ce mot était court : —

— Sortez!

Le drôle, moitié fanfaron, moitié poltron, se remit de la surprise que lui avait causée la reconnaissance de son identité par l'officier. Bertie avait été le principal témoin contre lui dans une affaire assez scandaleuse à York, et il l'avait averti que, si jamais il le retrouvait sur un champ de courses, il l'en ferait chasser. Mais, comptant sur l'insolence et le nombre de ses confrères pour le soutenir, il conserva sa position.

— J'ai autant de droits à être ici que vous autres, faiseurs d'embarras, — dit-il avec un gros rire. — Êtes-vous le Jockey-Club en personne, que vous traitiez ainsi un honnête homme?

Cecil jeta sur lui un regard légèrement diverti, mais rempli d'un suprême dégoût. De toutes les terreurs de la terre, il n'y en avait pas de plus grande pour lui qu'une scène, et les yeux avides, rouges, et enflammés, des assistants étaient fixés sur eux, et l'on entendait les voix criardes des bookmakers demander : —

— Qu'est-ce qu'il y a?... qu'est-ce qu'il y a?...

— Mon honnête homme, — dit Bertie d'un air indolent, — sortez d'ici, vous dis-je...m'entendez-vous?...

— Faites-moi donc sortir! — riposta le filou, plein de confiance dans la force de sa large carrure et se disposant à payer d'effronterie. — Faites-moi donc sortir, mon coq au beau plumage! Mettez-moi hors de l'enceinte, si vous pouvez, monsieur aux membres délicats! J'ai tout autant le droit d'être ici que vous.

A peine ces mots étaient-ils sortis de sa bouche que,

légère et rigide comme l'acier, la main de Cecil se posa sur son collet. Sans aucun effort apparent, sans la moindre colère, il l'enleva de terre, tout comme il aurait fait d'un petit chien, et le poussa à travers la foule.

Ben Davis, ainsi se nommait le filou, demeura stupéfait d'une force aussi incroyable dans l'étreinte du plus doux, du plus paresseux, du plus gracieux de tournure, du plus indolent de caractère de ses ennemis-nés et de sa proie : les beaux messieurs; il se laissa entraîner absolument paralysé par l'étonnement, tandis que Bertie, profondément insensible au tumulte qui commençait à s'élever et à gronder autour de lui, poussait toujours son homme par la seule étreinte de sa main droite vers l'endroit où finissaient les tribunes.

Ceux qui n'étaient pas trop absorbés dans leurs *books* pour rester indifférents à ce qui se passait commençaient à murmurer ou à applaudir. Arrivé là, Cecil le poussa légèrement, doucement, comme il aurait pu pousser un chien pour prendre un bain, dans la rivière artificielle remplie d'eau que le Séraphin avait appelée une *taquinerie* d'enfant. L'homme tomba sans se blesser, sans se meurtrir, tant il avait été lancé gentiment sur le dos dans les eaux bourbeuses et glacées, au milieu des ronces et des broussailles; mais, quand il se releva, après son plongeon, un torrent de jurons féroces et orduriers s'échappa de ses lèvres; sa colère s'augmenta encore des bruyants éclats de rire de la foule qui le connaissait.

Des policemen ruraux et métropolitains arrivèrent de toutes parts, hors d'haleine, pleins de sévérité, mais, naturellement, trop tard.

Bertie se tourna vers eux, et agitant la main, leur fit signe de se retirer.

— Ne vous dérangez pas! Ce n'est rien, il est inutile que vous vous en mêliez; ayez soin que cet individu ne reste pas dans l'enceinte des parieurs, voilà tout.

Le Séraphin, Lord Constance, Wentworth, et beaucoup d'autres amis de Bertie, l'ayant aperçu aux prises avec la grande stature carrée de Ben Davis, qu'il poussait devant lui à travers la foule, se frayèrent un chemin aussi vite qu'ils le purent; mais, avant qu'ils eussent eu le temps de parvenir jusqu'à lui, Cecil s'était retourné pour venir à leur rencontre, calme et indifférent, et même un peu ennuyé d'un si grand effort, son cigare à la bouche et l'oreille sereinement sourde aux clameurs qui s'élevaient du côté du fossé. Il jeta un regard sur le Séraphin et ses autres amis en forme d'apologie; il sentait que des excuses étaient nécessaires, après s'être si fort éloigné de toutes les règles de son monde en causant du tumulte, et pour avoir couru le risque d'une scène.

— Il faut que le turf soit débarrassé de ces misérables-là, vous devez le comprendre, — dit-il avec un demi-soupir. — La loi n'y peut rien. Cet homme essayait d'engager le petit. Ne parie donc jamais avec ces canailles-là, Bertie, — ajouta-t-il en se retournant vers son frère. — Les bookmakers peuvent te mettre à court d'argent, mais ces drôles-là feront pire encore.

Le jeune homme baissa la tête; il paraissait plutôt mécontent que reconnaissant de l'intervention de son frère entre lui et le coquin.

En ce moment, Rake sortit de la foule tout essoufflé.

— Monsieur Cecil, voulez-vous, s'il vous plaît, venir au pesage? la cloche va sonner, et...

— Dites-leur de m'attendre; il me faut vingt minutes pour m'habiller, — dit tranquillement Cecil, sans remarquer que l'heure à laquelle les chevaux devaient se trouver au poteau sonnait à l'horloge de la grande tribune.

Il se dirigea lentement vers le vestiaire, où, avec l'aide de Rake, il chaussa des bottes à revers qui étaient enfin arrivées à une nuance irréprochable, et il endossa la casaque écarlate brodée d'or, à nœuds blancs et rouges, chef-d'œuvre de sa belle amie; sur le collet brillait la devise : *Cœur vaillant se fait Royaume;* il ceignit ensuite la brillante écharpe blanche qui devait être portée sur la casaque : elle était ornée d'une frange d'argent.

Pendant ce temps, l'escroc, chassé de l'enceinte par les huées de la foule indignée, secouant l'eau qui dégouttait de ses habits, proférant des jurons pleins d'amertume, livide de colère, en songeant à l'exil qui le bannissait du champ où il espérait glaner sa moisson illégale, s'était éloigné en faisant vœu de se venger cruellement de ce maudit godelureau, de ce blagueur de la Garde qui avait dévoilé son infamie devant tant de monde.

La cloche sonnait avec fureur, lorsque enfin Cecil parut au pesage entouré de tous ses amis de la Garde, tenant tous pour leur champion; car leur énergique esprit de corps était en jeu, et les Gardes ne sont jamais en arrière lorsqu'il s'agit de faire usage de leur or, comme chacun le sait.

Dans l'enceinte, point de mire de tant d'yeux dévorants, *Le Roi,* plein du sang-froid d'un gentleman, était superbe, au milieu des clameurs qui se faisaient entendre avec rage autour de lui; il inclinait de temps en temps en arrière une de ses oreilles délicates, il était indifférent au bruit; sa robe reluisait comme du satin, et le merveilleux réseau de ses muscles, semblables aux nervures d'une feuille de vigne, se dessinait sur son encolure brillante et bien modelée qui avait la courbure de Circassie, et ses yeux noirs d'antilope jetaient des regards doux, sérieux, pensifs sur la foule et ses hurlements.

Ses rivaux l'égalaient en formes et en condition, il y avait parmi eux des animaux superbes.

Le Régent était un grand poulain bai brun, haut de seize paumes, à l'allure puissante, à la large carrure, à la tête bien proportionnée; il appartenait à un colonel de carabiniers, mais il devait être monté par Jimmy Delmar, du 10e lanciers, dont les couleurs étaient violet avec des nœuds orange.

Le cheval de Montacute, *Pas-de-Charge*, qui portait tout l'argent de la grosse cavalerie, Montacute étant lui-même dans les dragons de la Garde, était un cheval de chasse, noir, de sang : ses reins et son garrot dénotaient une force remarquable; il n'avait qu'un défaut, une tête un peu vulgaire.

Géranium-Sauvage était une assez belle bête, une jument irlandaise bai clair, parfaite de formes, bien qu'un peu légère; peut-être son encolure et ses flancs ne dénotaient-ils pas toute la force désirable; cependant, elle aurait sauté les fossés de son paddock dix fois par jour pour s'amuser et était toujours prête à jouer. Elle était présentée par Cartouche, des *Enniskillens*, et devait être montée pa Baby Grafton, du même corps, léger comme une plume, un véritable enfant, mais d'une science consommée.

C'étaient là les trois favoris.

Trente-deux chevaux furent inscrits au tableau, et lorsqu'enfin le champ fut déclaré fermé, il était merveilleux de voir tous les concurrents admirablement beaux et les casaques de soie de toutes les couleurs de l'arc-en-ciel briller par cette radieuse après-midi d'hiver. Une expression d'indifférence sereine était répandue sur le visage de Cecil. Vu ainsi, c'était certes le plus élégant cavalier de tous ceux qui se trouvaient sur le champ de courses.

Le signal du départ fut donné... le drapeau s'abaissa... Tous les chevaux partirent en rasant la terre comme un peloton de cavalerie qui charge. Un instant après, ils étaient dispersés sur la première piste, *Le Roi-de-la-Forêt*, *Géranium-Sauvage*, et *Le Régent*, à deux longueurs, lorsque Montacute, avec sa fougue habituelle, les fit dépasser par *Pas-de-Charge*, qui passa comme un éclair.

La jument prit son élan et sauta à côté de lui; *Le Roi* en aurait bien fait autant, mais Cecil le retint et lui fit conserver ce galop calme et cadencé qui foulait si légèrement le gazon; les immenses enjambées, bruyantes comme le tonnerre, du *Régent* étaient olympiennes; mais Jimmy Delmar, sachant que le *crack* de la Garde était son ennemi le plus redoutable, se tenait prudemment sur le qui-vive, manœuvrant admirablement lui-même.

Le premier obstacle dispersa la moitié du champ; les chevaux franchirent le second dans le même ordre : *Géranium-Sauvage* encolure à encolure avec *Pas-de-Charge; Le Roi* aspirait à les rejoindre, mais son propriétaire le retenait doucement en arrière, ralentissant son allure et l'enlevant au-dessus des obstacles avec autant de facilité qu'un vanneau. Le second fossé fut une véritable défaite pour beaucoup; plusieurs chutes dangereuses eurent lieu en le franchissant, et la débandade commença. Après le troisième, qui était une grosse butte, tous s'arrêtèrent excepté les huit meilleurs, et la véritable lutte commença avec une ardeur extrême; une bonne douzaine d'entre eux qui avaient fourni une course splendide sur l'herbe se couvrirent de boue quand il fallut affronter les mottes de terre.

Les cinq favoris restèrent donc seuls : *Étoile-du-Jour* lancée avec une vitesse effrayante, *Pas-de-Charge* donnant de légers symptômes de détresse, conséquence de la violence de son premier effort, la jument irlandaise volant littéralement devant lui, *Le Roi-de-la-Forêt* et le bai brun galopant côte à côte.

Dans la Grande Tribune, les yeux du Séraphin suivaient le Rouge et Blanc, et il marmottait dans sa moustache : —

— C'est à n'y pas croire!... Le monde va finir!... Voilà Beauté qui devient prudent!

Oui, prudent, en effet, vis-à-vis de ce célèbre géant de Pytchley qui galopait tête à tête avec lui... oui, prudent, quoique les deux tiers de la course restassent encore à fournir et qu'aucun des obstacles sérieux ne fût encore franchi, prudent... quoique le sang du *Roi-de-la-Forêt* fût arrivé à une température brûlante et qu'il maintînt sa merveilleuse allure de lévrier qui s'allongeait toujours plus vite sous lui, prêt au moindre mouvement à s'emporter et à prendre la tête.

Ils arrivèrent devant deux nouvelles haies, garnies de hautes et dures épines, à peine espacées de vingt pieds l'une de l'autre; les grasses et lourdes terres labourées qui y conduisaient, toutes raboteuses, rudes et noires, dégageaient une odeur de terre fraîchement remuée lorsque les fers des chevaux s'enfonçaient dans les sillons avec un bruit sourd.

Pas-de-Charge s'enleva pour sauter la première; épuisé trop tôt, ses pieds de derrière s'engagèrent dans les épines, et il tomba débarrassé de son cavalier; Montacute le releva avec une véritable habileté, mais la journée n'en était pas moins perdue pour la grosse cavalerie. *Le Roi-de-la-Forêt* parut voler au-dessus des deux obstacles comme un oiseau et prit enfin la tête pour la première fois; le bai brun ne devait pas se laisser battre aux haies et courait de conserve avec lui; *Géranium-Sauvage* fuyait toujours avec la vitesse d'un cerf, fidèle à son sexe, elle ne pouvait supporter de rivalité; mais le petit Grafton, bien qu'il montât à cheval comme un homme du métier, était trop jeune et trop impétueux, l'ardeur de la jument eût demandé une main plus calme.

Alors seulement, Cecil laissa *Le Roi* aller à sa volonté et donner toute sa vitesse. Alors seulement, sa belle tête arabe se tendit comme celle d'un véritable cheval de course à l'arrivée du Derby, et ses grandes foulées se développèrent de telle sorte que ses fers ne semblaient pas toucher le sol noirâtre, mais paraissaient voler au-dessus; il n'était besoin ni de cravache ni d'éperon; Bertie n'avait qu'à laisser la vaillante nature et le feu généreux élevés alors à leur plus haute puissance, se donner carrière et agir d'eux-mêmes. Ses mains étaient baissées, sa tête un peu en arrière, son visage très-calme; les yeux seulement enflammés d'un éclair de volonté intrépide, ardente, résolue; le Brixworth était devant lui. Il savait bien ce que *Le Roi-de-la-Forêt* pouvait faire; mais il ignorait jusqu'à quel point pouvait aller la puissance du *Régent,* le grand bai brun.

L'eau miroitait devant eux, noirâtre, agitée, rendue plus profonde encore par la fonte des neiges du mois précédent. Ils le connaissaient bien, ce ruisseau qui a vu tant d'accidents sur ses bords fameux, depuis le temps où les cavaliers le franchissaient leur faucon sur le poing ou que les sons mélodieux du cor résonnaient dans les bois pendant les chasses du règne des Stuarts... Ils la connaissaient bien, cette longue ligne sombre, qui coulait rapidement, reflétant les rayons du soleil : c'était l'épreuve la plus dangereuse par laquelle devaient passer tous ceux qui étaient engagés dans le MILITARY.

Le Roi-de-la-Forêt aspira l'odeur de l'eau et avança, les oreilles dressées, son grand pas de lévrier s'allongeant, augmentant de vitesse, rassemblant toutes ses forces et toute son impétuosité pour l'élan qu'il avait à prendre... puis, comme un héron qui s'élève pour mieux fondre sur sa proie, il mesura l'eau du regard, quitta la terre, et s'élança en avant avec le sifflement strident d'un javelot qui fend l'air.

Le Régent était presque derrière lui; le bai brun avait horreur de l'eau, mais jamais cheval de chasse mieux entraîné n'avait paru dans les comtés, et Jimmy Delmar montait comme Grimshaw en personne. Le géant franchit l'obstacle d'une façon merveilleuse et vint tomber comme la foudre à une encolure du *crack* de la Garde. La jument irlandaise les suivait et, avec une habileté prodigieuse, elle toucha terre saine et sauve; mais ses pieds de derrière glissèrent sur la rive, ce qui lui fit perdre un moment, que le petit Grafton ne put pas rattraper, bien qu'il continuât à courir sans se laisser décourager.

Pas-de-Charge, très-loin derrière eux, refusa l'obstacle; ses forces n'étaient pas au-dessous de son courage, mais il avait été mené trop rudement tout d'abord. Montacute lui enfonça ses éperons dans les flancs, en même temps qu'il lui asséna un violent coup de cravache sur la tête; il fut puni de sa folie : la pauvre bête prit aveuglément son élan pour sauter, manqua la rive, en trébuchant et avec beaucoup de fracas; Sir Eyre fut lancé dans le ruisseau, et l'espoir de la grosse cavalerie demeura le poitrail appuyé contre la terre, le train de derrière dans l'eau, les reins cassés. *Pas-de-Charge* ne devait plus jamais revoir flotter le drapeau du départ, ni entendre la voix des chiens, ni sentir palpiter en lui toute l'ardeur et la joie de la vie aux sons de ralliement du cor. Sa carrière était finie.

Sans rien savoir, sans regarder, sans s'occuper même de ce qui se passait derrière eux, les trois derniers dévoraient l'espace sur la prairie et les terres labourées; les deux favoris à une encolure l'un de l'autre, la brave petite jument venait derrière, à la suite de l'accident qui lui était arrivé à la rivière. Les drapeaux du tournant furent dépassés; du sein de la foule, rassemblée sur le champ de courses, s'éleva une clameur sourde qui devint de plus en plus violente, et des exclamations se firent entendre, différentes à chaque seconde : —

—*Le Roi-de-la-Forêt* gagne!

— *Le Régent* gagne!

— La Garde a gagné!

— La Garde perd!

— La Garde est battue!

La Garde était-elle battue?

Au moment où ce cri avait été poussé, l'étrivière de gauche de Cecil s'était rompue et détachée; au train dont ils allaient, la plupart des hommes et même des meilleurs cavaliers eussent été précipités à bas de leur selle par le choc; Cecil fut à peine ébranlé; un instant pour soulager *Le Roi* et se remettre d'aplomb, ce fut tout, puis il reprit son allure comme si rien n'était arrivé.

Lorsqu'à l'aide de leurs lorgnettes, ses camarades de la Garde s'aperçurent de l'accident, ils mirent un instant de côté leur sérénité et poussèrent une acclamation qui retentit au-dessus des pâturages et des taillis comme un clairon. La voix sonore et bien timbrée du Séraphin dominait toutes les autres. Acclamation harmonieuse et triomphante qui traversa la froide atmosphère comme une fanfare de trompettes et vibra à l'oreille de Bertie lorsqu'il arriva au terme de la course un mille plus loin. Son cœur en battit plus vite lorsque, rempli du bonheur impétueux de la victoire, ses pieds pressèrent plus étroitement encore les flancs du *Roi-de-la-Forêt*, et qu'avec un seul étrier, comme les Arabes, il s'élança semblable à la foudre pour accomplir le plus grand exploit hippique de sa vie. Son visage était demeuré calme, mais son sang bouillait intérieurement, la folie de la vitesse s'était emparée de lui, vivre une minute ainsi valait une année; et il savait qu'il fallait vaincre ou mourir, car la terre semblait fuir sous lui comme un tapis noir, et dans cette course furibonde, fossés et haies, tranchées et cours d'eau, tout lui faisait l'effet d'un rêve, tournoyant au-dessus de lui pendant que le cheval gris courait, ventre à terre, sur les terrains unis, et s'enlevait pour sauter tour à tour tous les obstacles.

Le ralentissement momentané qu'il avait subi lorsque son étrivière s'était cassée menaçait de lui faire perdre la course. Il était à plus d'une longueur derrière *Le Régent* dont les fers, en touchant le sol, résonnaient sourdement et dont la force herculéenne se jouait des terres labourées; il n'avait plus seulement la tête à prendre maintenant, il lui fallait regagner du terrain, ou *Le Roi* perdrait comme *Géranium-Sauvage* avait perdu.

Cecil se sentait enivré par le vigoureux vent d'ouest qui lui fouettait si violemment le visage; une émotion furieuse s'était emparée de lui, chaque souffle de cet air d'hiver qui répandait autour de lui ses effluves fortifiantes semblait le déchirer comme l'aurait déchiré une lanière. Être battu sous les yeux de la Garde! Un certain sang sauvage, qui existait à l'état latent chez lui sous la tranquille douceur de son caractère et de ses habitudes, se réveilla et prit le dessus; il serra les dents avec force, et ses mains se cramponnèrent à la bride comme si elles eussent été d'acier.

— Oh! mon beau cheval!... mon beau cheval!... — s'écria-t-il presque tout haut, sans s'en douter, après avoir franchi le trente-sixième fossé. — Tue-moi si tu veux, mais ne me fais pas perdre!

Comme si *Le Roi-de-la-Forêt* eût entendu cette prière, le splendide animal se lança plus vite encore, ses immenses foulées s'étendirent plus que jamais avec la spontanéité de l'éclair, toutes ses fibres se tendirent, ses nerfs furent mis en jeu, et, par des bonds magnifiques, semblable à une antilope, le cheval gris reprit le terrain qu'il avait perdu et dépassa *Le Régent* d'un quart de longueur. Ce fut de nouveau une course tête à tête à travers les trois prairies et les derniers fossés les plus profonds qui se trouvaient entre eux et l'obstacle final; ce fossé d'eau artificiel, avec sa double haie et ses palissades de chêne garnies d'épines qui s'élevaient noires et menaçantes à une hauteur désespérante, se trouvait juste en face de la Grande Tribune.

Un mugissement semblable au mugissement de la mer s'éleva du champ de courses envahi par la foule, qui restait suspendue, haletante, à la vue de la course sur le terrain uni; dix mille cris retentirent en même temps que vingt mille yeux suivaient les péripéties de la lutte finale, le plus beau spectacle qu'eussent jamais présenté les Comtés, entre ces deux lutteurs qui couraient ensemble, le gigantesque bai brun, dont tous les énormes vaisseaux étaient gonflés et allongés par la tension, côte à côte avec la grâce merveilleuse, les flancs luisants, et la tête arabe du cheval de la Garde. Le tumulte et les cris devinrent plus violents et plus sauvages.

— Le bai brun l'emporte!

— Non, c'est le gris!

— Le rouge prend la tête!

— *Le Régent* le rattrape!

— Le violet gagne!... le violet gagne!...

— Dead-heat!

— *Le Roi* l'emporte!

— La Garde va gagner!

— C'est le *crack* des Gardes qui l'aura!

— Pas encore!... pas encore!...

— Le violet va le battre à l'obstacle!...

— Attention! les voilà.

— La Garde!..... la Garde!..... la Garde!.....

— Le rouge va gagner!

— C'est *Le Roi* qui l'a emporté!

— Non..., non..., non..., non!...

Lancés à une vitesse que les courses plates d'Epsom n'avaient jamais égalée, passant devant la Grande Tribune comme l'éclair d'une flamme électrique, ils coururent côte à côte pendant quelques instants encore; leur écume jaillissait du garrot de l'un sur celui de l'autre, la chaude haleine de l'un entrait dans les naseaux de l'autre, tandis que la terre fuyait sous leurs pas.

Les épines étaient devant eux derrière cinq solides barrières de chêne; l'eau s'étendait du côté opposé, noire, profonde, encaissée sur une largeur de douze pieds; sur l'autre bord, la même haie d'épines. C'était un obstacle qu'il n'aurait pas fallu donner à franchir à un cheval et qu'un commissaire n'aurait jamais dû autoriser.

Cecil pressa plus étroitement encore ses genoux contre

les flancs de son cheval et excita le vaillant animal pour l'épreuve finale. Le mugissement croissant de la foule, quoique plus rapproché, ne parvenait pas jusqu'à son oreille; il n'entendait rien, ne savait rien, ne voyait rien que la tête fine du bai-brun qui courait près de lui et le mur noir qui s'élevait devant lui. *Le Roi-de-la-Forêt* avait déjà tant fait!... aurait-il encore assez d'énergie et de force pour cette dernière épreuve?

Les mains de Cecil se crispèrent instinctivement sur la bride, et son visage devint très-pâle... pâle d'émotion... en même temps que son pied, du côté où l'étrier était cassé, serrait de plus en plus les flancs du *Roi*.

— Oh! mon beau cheval... mon chéri... allons!

Un coup d'éperon... le premier... et *Le Roi-de-la-Forêt* s'enleva pour sauter, après avoir rassemblé toute l'énergie et toute la vigueur qu'il y avait en lui pour un dernier effort surhumain; rapide comme l'éclair, en moins d'une demi-seconde, il s'éleva de plus en plus dans l'air froid, humide, âpre; poteaux et palissades, épines et eau étaient derrière lui; un bond au milieu des airs, un dernier mouvement convulsif imprimé aux membres rassemblés... *Le Roi-de-la-Forêt* avait triomphé!

Lorsqu'il repartit au galop pour arriver au poteau, il était seul, *Le Régent* avait refusé de sauter.

Tandis que *Le Roi* s'avançait vers la tribune du juge, l'air fut déchiré par des cris assourdissants qui semblaient s'élever comme des clameurs d'ivrognes du sein de la multitude.

— La Garde gagne!... la Garde a gagné!...

Et lorsque le cavalier apparut dans le lointain éclairé par le soleil qui donnait en plein sur sa casaque rouge et blanche avec la broderie d'or étincelante : COEUR VAILLANT

SE FAIT ROYAUME, *Le Roi-de-la-Forêt* se présenta dans toute sa gloire, vainqueur du Military, par un exploit sans précédent dans les annales du Vase-d'Or. Mais pendant que la foule se pressait autour de lui et que des clameurs insensées célébraient sa victoire, pendant que la Garde dans l'enivrement du triomphe et la plénitude de sa reconnaissance se précipitait des *drags* et des tribunes pour entourer sa selle, Bertie conservait la même sérénité et le même air indifférent et nonchalant; il fit seulement un signe de la tête au Séraphin en lui disant avec un doux sourire : —

— Voilà une arrivée assez solitaire, hein?... Vous n'avez pas un verre de moselle par ici?... je suis un peu altéré!

Cecil, tout en parlant, avait les yeux fixés sur la Grande Tribune; quand ses amis se furent dispersés pour surveiller les chevaux, et quand il eut pu déposer sa casaque au vestiaire et reprendre son paletot, il s'y rendit sans perdre un instant.

Une dame se tourna vers lui; elle ressemblait à un camélia rose avec ses rubans flottants rouges et blancs, dont la crudité était artistement adoucie par un flot de dentelle espagnole; c'était une belle brune, au teint chaud et délicat; un peu décidée, cependant très-distinguée; une coquette qui aurait volontiers fumé une cigarette, mais une pairesse qui n'aurait jamais voulu rien perdre de sa dignité.

— A cœur vaillant rien d'impossible! — dit-elle, en faisant tomber son lorgnon avec un sourire qui aurait dû enivrer Bertie... un sourire qui aurait pu récompenser un Richepanse d'un combat d'Hohenlinden. — Admirablement couru!... j'ai tremblé pour vous lorsque vous avez enlevé *Le Roi* au dernier obstacle. C'était terrible!

Pour toute réponse, Bertie mit sa plus grande éloquence dans ses yeux, très-versés dans ce genre d'éloquence.

— Après avoir combattu sous vos yeux, croyez bien que j'aurais été incapable de venir vous saluer si je n'avais été vainqueur !

Elle se mit à rire, il rit aussi; ils étaient habitués à échanger de ces phrases avec un masque admirable d'art; il paraissait toujours un peu drôle à l'un de voir l'autre porter le domino du sentiment, et leur méfiance à cet égard était réciproque.

— Quel preux chevalier ! — s'écria sa Reine de Beauté. — Vous seriez mort dans un fossé pour me rendre hommage. Qui donc disait que la chevalerie avait disparu ! Dites-moi, Bertie, est-ce donc si charmant de faire un effort si furieux pour se casser le cou? Cela doit être très-agréable, à en juger par vos succès. C'est la seule chose du monde qui vous amuse !

— Peuh !... il y a beaucoup de choses à dire là-dessus, — répondit Bertie d'un air rêveur. — Voyez-vous, jusqu'à ce que l'on se soit cassé le cou, l'émotion de cette éventualité n'est pas totalement usée; elle ne peut pas l'être naturellement, parce que le... comment appelez-vous cela?... le but n'est pas atteint jusque-là. Le pire, en ceci, c'est que ce passe-temps devint vulgaire; tant de gens vont se faire casser le cou, soit dans les Alpes soit ailleurs, qu'il ne nous restera bientôt plus rien à faire.

Cecil était amoureux de Lady Guenevere depuis qu'ils s'étaient trouvés un jour ensemble à Belvoir pendant la semaine des courses du Parc de Croxton l'automne précédent, et elle était assez belle pour rendre leur amitié aussi enchanteresse qu'une page du *Décaméron*.

Tandis que, penché près d'elle, il lui faisait la cour de cette façon discrète qui en avait fait le favori des salons, et qu'il contemplait ses beaux yeux à la Velasquez, il ne savait pas, et s'il l'avait su, il n'y aurait pris garde, que là-bas, blême de rage, le regard fixé sur le champ de courses, Ben Davis, l'escroc, qui avait observé l'arrivée, suivi des yeux le *crack* de la Garde, posté dans le lointain, grommelait avec un grognement de mâtin furieux : —

— Il a gagné !... Malheur à lui ! le maudit faquin, il ne gagnera plus, je le jure !

IV.

L'AMOUR A LA MODE.

La vie était très-agréable à Royallieu.

Le château était situé dans le pays de Melton, à égale distance du Pitchley, du Quorn et de Belvoir. Comme tous les châteaux respectables, il possédait une meute peu nombreuse mais parfaitement dressée de *petites dames* et de *demoiselles :* c'est ainsi qu'on appelait dans le pays les chiennes de chasse qui ornaient l'élégant chenil de Royallieu, probablement même pour faire ressortir la coquetterie de leur installation.

L'écurie était somptueuse. Quant à la cuisine, son chef, un artiste français d'un génie consommé, avait un brougham dont il faisait seul usage, et il portait des diamants de la plus belle eau. Sous les gros hêtres touffus on voyait bondir, dans l'herbe et dans les hautes fougères, biches et daims en quête de soleil ou d'ombre, selon la température. Une nuée de domestiques poudrés remplissaient les antichambres du manoir, et des hôtes de la plus haute volée s'asseyaient régulièrement dans sa splendide salle de festin aux tentures rouge et or parsemées de Van Dyck et de Vernet.

Cependant... l'argent était rare à Royallieu, malgré cet appareil fastueux. L'escompte de l'avenir payait le luxe présent, et l'extravagance, ce parasite, sapait constamment, d'une manière invisible, le noble vieux chêne de la famille planté par les Normands.

Qui donc se serait préoccupé de cela? Personne. Il était de règle dans la maison de ne jamais se soucier du terrible lendemain. Il est vrai que chacun des châtelains qui s'étaient succédé serait plutôt mort que de consentir à laisser une seule acre du magnifique diadème de verdure tomber sous la hache de l'entrepreneur de charpente ou passer aux mains d'un étranger; aucun d'eux n'avait jamais voulu admettre que telle était l'issue fatale vers laquelle ils s'acheminaient lentement avec une imprévoyance aveugle et irréfléchie.

Le vieux vicomte, le plus hautain parmi les plus hautains gentilshommes, n'aurait pas voulu diminuer d'un valet sa nombreuse livrée, et ses fils avaient accepté tels les enseignements qu'ils avaient reçus; ils ne pouvaient décemment oublier, parvenus à l'âge d'homme, les exemples qu'ils avaient eus sous les yeux dans leur enfance.

Un pâle soleil d'hiver blanchissait la terrasse de Royallieu; le vicomte s'y promenait le lendemain du Grand Military; son pas était lent, ses membres affaiblis, mais le port de sa tête et l'éclat de ses yeux de faucon étaient restés aussi fiers et aussi énergiques que dans ses plus jeunes années. Il quittait rarement son appartement, et personne, à l'exception du petit Berk, son Benjamin, ne paraissait devant lui sans qu'il en eût formellement exprimé le désir.

Il leva tout à coup les yeux d'un air mécontent; il venait d'apercevoir devant lui le jeune officier de la Garde. Le vicomte n'avait pas d'affection pour Beauté; son indifférence approchait même de la haine.

Comment ce sentiment avait-il pris naissance dans le cœur du vicomte?... Personne n'en savait rien, car il ne s'était jamais expliqué sur ce point. Bertie différait de ses ancêtres de la branche de Royallieu; il ressemblait surtout à sa mère.

Celle-ci, belle et frêle créature que son second fils avait aimée pendant les premières années de sa vie, comme il lui semblait impossible maintenant de pouvoir aimer personne, avait épousé le vicomte, sur les instances de sa famille, sans avoir d'amour pour lui, tandis que le vicomte l'adorait avec une passion violente et jalouse que l'indifférence polie de sa femme augmentait encore. Dans la suite, cependant, elle avait donné maintes preuves de fidélité et d'estime à l'époux dans les bras duquel elle avait été jetée malgré elle, tremblante; le vicomte ne pouvait concevoir le moindre doute sur la conduite de sa femme, quoiqu'il dût reconnaître qu'il n'avait pu gagner son cœur. Il savait plus encore; car elle lui avait avoué avec une noble franchise avant de l'épouser que l'homme qu'elle aimait était un cousin sans fortune, officier de cavalerie, qui s'était fait un nom fameux parmi les sauvages tribus montagnardes de l'Inde du Nord.

Ce cousin, Alan Bertie, soldat valeureux et chevaleresque qui n'aurait pas été moins apprécié au temps de la chevalerie qu'en notre siècle, avait revu Lady Royallieu à Nice, environ trois ans après son mariage. Le hasard les avait remis en présence; son premier amour, plus vivace, peut-être alors, qu'il ne l'avait jamais été, l'avait retenu auprès d'elle, et la vicomtesse n'ayant pas eu le courage de l'éloigner de nouveau, les mauvaises langues avaient un jour réuni leurs noms. Alan Bertie en fut informé; il quitta sans hésitation la femme qu'il idolâtrait, de peur que la calomnie ne l'effleurât par sa faute. Deux ans plus tard, il tombait pour ne plus se relever, sous les sombres et humides forêts voisines des montagnes désolées de l'Indoustan, où depuis longtemps il avait rendu le nom de Bertie le plus fameux parmi tous ceux des intrépides irréguliers de l'Orient.

Après la mort de sa femme, Lord Royallieu trouva une miniature d'Alan au milieu de ses papiers; il se rappela ces mois d'hiver sur les bords de la Méditerranée; avec l'ardente et prompte injustice d'une nature jalouse, il conçut des doutes et des soupçons que, pendant qu'elle vivait, un regard de ses yeux aurait dissipés.

Le second fils de Lady Royallieu portait le nom de sa famille, le nom de son chevalier mort, et ses traits ressemblaient à ceux du héros des Indes. C'en fut assez pour que le vicomte poursuivît Bertie d'une haine cruelle et sauvage, qu'il essaya néanmoins de dominer, car c'était un homme juste qui, dans ses bons moments, s'avouait que ses doutes calomniaient à la fois le vivant et la morte; mais il accusait, trop fortement pour les dissimuler, tous ses sentiments à l'égard de son fils, et il aurait pu à la fois aigrir et blesser tout autre tempérament moins nonchalant, moins doux, moins insouciant que celui de Cecil.

Bertie s'étonnait quelquefois du manque d'affection de son père, mais cet étonnement durait généralement peu; il l'attribuait, quand il voulait se l'expliquer, au caprice d'un vieillard fantasque. Se montrer jaloux de la préférence témoignée à son jeune frère eût été mesquin, et cette pensée ne s'était jamais un seul instant présentée à son esprit. A ses derniers moments, Lady Royallieu avait confié le plus jeune de ses fils, alors âgé de trois ans, à l'affection et aux soins de Bertie, qui n'était lui-même qu'un enfant de douze à quatorze ans. On sait que l'officier de la Garde ne perdait jamais beaucoup de temps à réfléchir, non plus qu'à se tourmenter des nécessités qui s'imposaient à lui, mais le vœu de sa mère mourante n'avait jamais été oublié par lui, et nous l'avons vu récemment exaucé.

Un sombre nuage s'étendit sur le visage sévère du vicomte pendant que son second fils s'avançait sur la terrasse; Bertie ressemblait trop à l'officier de cavalerie dont il avait vu pour la dernière fois la figure se détacher dans la lueur rose d'un coucher de soleil de la Méditerranée. Il y avait vingt-huit ans que le soldat était mort; mais la haine jalouse du vicomte n'avait pas encore disparu.

Cecil ôta son bonnet de chasse avec une courtoisie qui seyait à sa nonchalance et à sa langueur habituelles; il n'appelait jamais son père autrement que Royal, il le voyait rarement, le consultait plus rarement encore, et ne se souciait pas plus de ses reproches ou de ses conseils que d'une paille; mais il était trop homme du monde naturellement pour affecter le sans façon de mauvais goût que les jeunes gens de nos jours ont adopté vis-à-vis des vieillards.

— Vous m'avez fait demander? — interrogea-t-il, en jetant loin de lui une cigarette qu'il tenait entre ses doigts.

— Non, monsieur, — répondit le vieux lord, d'un ton bref, — j'ai envoyé chercher votre frère.

Et avec un geste de mauvaise humeur il murmura : —

— Ces imbéciles ne peuvent même pas s'acquitter convenablement d'un message, à ce qu'il paraît.

— Il ne faut attribuer cette méprise qu'à la similitude de nos noms, c'est souvent un ennui! — dit Bertie.

— Ce n'est pas à moi que vous devez le vôtre, monsieur, vous le tenez de votre mère, — répondit aigrement le vieillard.

Bertie s'était imprudemment avancé sur un terrain particulièrement désagréable à son père.

— L'un ou l'autre, c'est sans conséquence, — murmura Cecil, décrivant avec sa main une ligne droite irréprochable. — Il serait vraiment extraordinaire, vous en conviendrez, qu'on consultât un enfant sur le choix de son nom, alors qu'on l'a mis au monde sans solliciter son autorisation préalable. Permettez-moi de vous saluer, monsieur.

Et il se retourna pour regagner le château, mais son père l'arrêta; il comprit que son accueil avait été rien moins que courtois; crime cent fois pire aux yeux de Royallieu que l'indifférence inexplicable qu'il manifestait à son fils.

— Vous avez gagné le Vase hier, paraît-il? — demanda le vieillard en s'arrêtant dans sa promenade le dos voûté, mais tenant haut sa tête sévère aux cheveux argentés.

— Je n'ai rien gagné du tout, c'est *Le Roi* qui a triomphé.

— Raisonnement absurde, monsieur, — dit le vicomte de sa voix sonore et cependant malicieuse, — le meilleur cheval du monde peut se casser les reins s'il est mal monté, et telle rosse a gagné plus d'une fois quand elle était bien conduite. L'arrivée a été dure, m'a-t-on dit, n'est-ce pas?

— Oui... un peu. Mais j'ai joué serré. Les terres labourées n'étaient pas difficiles.

Lord Royallieu sourit d'un air maussade.

— Et vous avez gagné beaucoup avec vos paris?

— Pas mal, je vous remercie.

— Vous n'en serez pas plus riche d'un sou dans huit jours! — répliqua le vicomte avec une ironie âpre et mordante.

Il ne pouvait s'empêcher de lancer des bottes furieuses à l'homme qui le regardait avec des yeux si cruellement semblables à ceux d'Alan Bertie.

— Vous jouez cinq livres le point et vous mettez cinq cents livres sur la levée, m'a-t-on dit, au whist à votre club... joli jeu pour un cadet!...

— Jamais je ne parie sur la levée, ça gâte le jeu, on sacrifie la partie à la levée. Nous parions toujours sur la partie, — dit Cecil avec une douce langueur.

— Après tout, vos paris m'importent peu, monsieur; mais vous vivez comme un Rothschild, alors que vous n'êtes qu'un mendiant.

— Que ne suis-je un mendiant, hélas! Ces gens-là ont toujours quelque réserve, dit-on, et leur tailleur ne les ennuie pas beaucoup. Heureuses gens, dont l'unique souci consiste dans l'arrangement plus ou moins artistique de quelques guenilles, murmura Bertie, dont l'imperturbable sérénité n'était jamais troublée par l'amertume de son père.

— Votre vœu sera peut-être bientôt exaucé alors, — riposta le vicomte se laissant aller à la colère qu'il exhalait souvent sans raison contre chacun, mais jamais cependant avec plus d'amertume que contre le fils qu'il haïssait, — car vous menez un train de millionnaire, et qu'êtes-vous donc, s'il vous plaît? Un pauvre à ma charge maintenant, à celle de votre frère Montagu quand je ne serai plus... un pauvre couvert de clinquant. Vous êtes pauvre, monsieur... et vous êtes dans la Garde!

Une légère rougeur colora la figure de Bertie pendant qu'il écoutait; mais il se contint et ne laissa percer aucun signe d'émotion, d'impatience ou de colère. Il souleva de nouveau son bonnet avec un mouvement de sérieux respect.

— Ce genre de conversation est très-fatigant, pour moi, du moins, — dit-il avec son doux murmure accoutumé; — encore une fois, permettez-moi de vous saluer, milord.

Et il s'éloigna sans ajouter un mot. Il traversait dans sa longueur une vieille terrasse qui datait du temps d'Élisabeth, lorsque le petit Berk passa près de lui; il envoya le jeune homme vers le vicomte.

— Royal veut te voir, petit.

Berkeley fit un signe de la tête et s'avança.

Au moment où Bertie s'apprêtait à passer sous la porte basse qui conduisait aux écuries, il vit son père venir à la rencontre du jeune homme, l'accueillir avec un sourire qui changea complètement l'expression de son visage, et il put même entendre quelques bonnes paroles de bienvenue qu'il lui adressait; bientôt même le vieillard appuya son bras sur l'épaule de Berkeley et regarda avec orgueil la jeune et gracieuse figure de son fils.

Souvent ainsi, les vieillards accordent leur affection au plus petit de leurs descendants. D'après le testament de la vicomtesse, une portion considérable de la fortune de leur mère pouvait être distraite, sans pouvoir être dissipée; le vicomte pouvait, par testament, en disposer en faveur de celui de ses fils qu'il jugeait digne de cette faveur. Cecil ne mettait pas en doute que cette clause serait introduite dans le testament de son père en faveur de son jeune frère : c'était une conséquence inévitable de la préférence passionnée du vieillard pour le petit Berk; jamais, à cette pensée, Cecil ne sentit naître en lui un sentiment jaloux; il avait des défauts et ils étaient nombreux, mais il était incapable d'un sentiment bas, et son jeune frère lui était cher d'ailleurs, en souvenir du vœu exprimé par sa mère à son lit de mort; son respect pour cette volonté dernière était peut-être inconscient, mais Cecil n'aurait eu garde de rien faire qui pût le diminuer.

Jamais dans tout le cours de sa vie, Beauté n'avait été amené à se souvenir moralement, physiquement, ni même métaphysiquement qu'il n'était pas millionnaire, encore moins de s'en souvenir aussi péniblement. La vie le gâtait, le choyait, le caressait, lui prodiguait ses dons : c'est à peine s'il en faisait usage; elle le logeait comme un prince, le faisait dîner comme un roi, et ne lui rappelait jamais par une seule privation, par une seule sensation, qu'il n'était pas aussi riche que son frère d'armes, le Séraphin, le futur duc de Lyonnesse.

Il était le Benjamin déclaré et la propriété exclusive des jeunes et élégantes femmes mariées; les jeunes filles savaient que tout *flirtage* était inutile avec lui et l'abandonnaient tacitement aux conquérantes plus attrayantes, qui ne jugeaient pas le Séraphin aussi digne que Bertie de s'asseoir dans leurs calèches et dans leurs loges d'Opéra; de monter à cheval et d'aller en yacht avec elles; de conduire une intrigue à la Boccace pendant la durée de la saison, en Écosse, et de leur procurer l'illusion qu'elles en étaient éprises, tandis qu'elles descendaient le Nil à la recherche d'une nouvelle distraction, en échange de laquelle elles auraient donné gaiement leurs plus riches écrins.

Lady Guenevere était la dernière de ses conquérantes titrées et mariées, et peut-être la plus irrésistible de toutes. Ils n'avaient ni l'un ni l'autre, une foi ardente dans leur attachement réciproque, mais tous deux portaient leur travestissement avec un sérieux parfait. Il était aussi amoureux d'elle qu'il pouvait l'être, c'est-à-dire suffisamment pour l'amuser et jamais assez pour le troubler. Il s'était laissé fasciner sans s'épuiser à opposer une résistance inutile ou à conduire cette intrigue jusqu'à un point où il aurait peut-être été un peu plus engagé envers elle que ses statuts ne le lui permettaient. Ils partageaient l'amitié la plus délicieuse. Personne n'eût été assez indiscret pour donner un autre nom aux sentiments dont ils paraissaient animés, et Lord Guenevere attachait un trop profond intérêt aux produits superbes d'Alderney qui vivaient enfoncés dans la paille fraîche de la cour de sa ferme, et aux triomphes qu'il remportait sur les Shorthorns et les Sulfolks de ses collègues de la pairie, pour prendre ombrage des assiduités de Cecil auprès de la belle comtesse. Ils correspondaient en espagnol ; ils avaient mille chiffres charmants ; faisaient jouer aux colonnes du *Times* et du *Morning-Post* le rôle inconscient de *Mercure galant ;* ils éclipsaient toutes les pages des comédies de Calderon et de Congrève par les stratagèmes qui leur permettaient de se rencontrer, de s'écrire, d'obtenir d'être invités ensemble dans les mêmes maisons; ils organisaient des signaux pour communiquer secrètement ; mais tout cela ne leur assurait pas les heures de liberté qu'aucun d'eux peut-être ne désirait entendre sonner.

Néanmoins le temps passait ainsi, et ils en étaient venus à se persuader qu'ils s'aimaient réellement, et qu'ils avaient mille difficultés à surmonter et plus de dangers encore à affronter. Cette illusion ajoutait des épices à la sauce et lui donnait la saveur du fruit défendu. D'ailleurs un scandale public eût été très préjudiciable à la brillante grande dame, et il n'y avait peut-être rien sur la terre que Bertie redoutât plus qu'une scène; mais leur amitié actuelle était charmante et ne présentait aucun danger de cette sorte. Sa belle amie était une des plus célèbres beautés, mais aussi une des plus grandes coquettes de son temps; son sourire était un honneur, son éventail un sceptre, son visage un modèle parfait d'esprit, et son cœur ne la troublait jamais, non plus que ses amants.

Lorsqu'elle était assise à la lueur rougeâtre du feu de la bibliothèque, dont la flamme se jouait sur son front pur et dans les plis de sa robe de velours violet; lorsqu'elle trônait à sa table, avec des opales qui brillaient au milieu de dentelles de point sans prix, une fleur des tropiques au feuillage d'or étincelant couronnant ses cheveux cuivrés; lorsqu'elle glissait en valsant sur le parquet; lorsqu'elle inclinait sa tête altière à une table d'écarté, avec une grâce rêveuse qui faisait entièrement oublier à son partenaire de marquer le roi ou même de jeter ses cartes; lorsqu'elle causait, de sa voix basse et musicale, des affaires de l'Europe ou de consolidés et de coupons, car elle s'occupait de politique et de finance, ou qu'elle posait pour une belle étude ombrée de la *femme incomprise,* quand le moment ou le lieu y prêtaient, quand les étoiles étaient très claires au-dessus des terrasses, que la serre était tout à fait solitaire, et qu'une pensée de Musset ou d'Owen Meredith s'harmonisait à merveille avec la lumière et l'ombre des lauriers-roses et l'éclat de son éloquent regard... Oh! qu'elle était belle alors!

Et si en réalité, son sein ne s'abaissait qu'avec les actions en baisse et ne se soulevait qu'avec la hausse des obligations; si ces ombres si douces n'étaient empruntées, comme le rouge qui teintait le dessous de ses cils, que pour embellir sa beauté; si, dans le fond de son cœur, elle trouvait que Musset était un imbécile et se demandait pourquoi *Lucile* n'était pas écrite en prose, lui préférant de beaucoup *Le Follet,* il importe peu que nous le sachions. Toutes les grandes dames jouent sur les fonds, de nos jours, et les femmes sont pour la plupart aussi froides, aussi sereines, aussi pratiques que leurs adorateurs les croient douées des vertus contraires. Que voulez-vous! une femme incomprise est si charmante lorsqu'elle s'avoue comprise par vous, que vous ne voudriez pas risquer de gâter sa confidence en manifestant le moindre doute sur sa sincérité.

V.

SOUS L'ARBRE DU GARDE.

— Bravo!... bravo, *Le Roi!*... Bravo!... Vive *Le Roi!*... — s'écriait Rake avec enthousiasme, en contemplant le vainqueur du Grand Military avec des yeux qui dénotaient une profonde vénération, tandis que cette célébrité, dont aucun poil n'avait été retourné, dont pas un muscle ne s'était gonflé par l'effort qu'on lui avait demandé, était emmaillotté dans ses couvertures après une promenade au pas.

Et Rake sortit du box pour monter à cheval. Il allait porter un message de son maître à mademoiselle Zuzu.

Mademoiselle Zuzu était jolie, suavement jolie; ses cheveux n'avaient pas besoin de poudre d'or; ses yeux étaient vifs et spirituels; sa bouche la plus jolie du monde; de la grammaire, en revanche, elle n'avait pas la moindre notion, elle ne se rappelait jamais les *h* aspirées, et était incapable de causer avec Rake lui-même pendant dix minutes; elle possédait, il est vrai, tout un répertoire d'argot, mais là se bornaient ses connaissances littéraires.

Rake avait des préjugés très-nombreux, surtout contre ces belles pillardes qui s'en vont partout cherchant *quem devoret* et se riant des ruines qu'elles entassent pendant que les sentimentalistes viennent nous parler dans la *Science sociale* de perles perdues et d'innocence trompée.

— Une fille habituée à manger des tripes et des harengs saurs au sixième sur la cour, élevée pour danser à un shilling par soirée en jupes de gaze, être devenue subitement si grande dame qu'elle ne veut manger d'asperges qu'en mars et ne boire que les meilleurs vins avec des truffes! Ma foi! elle ne vaut pas la peine qu'on lui jette six pence, à moins que ce ne soit pour l'entendre jurer après soi! — affirmait Rake avec son éloquence spéciale.

Et il avait incontestablement raison; mais... Mademoiselle Zuzu faisait fureur et, si jamais on devait vendre ses meubles, elle ne devait pas s'en alarmer; les grandes dames se presseraient à sa vente et achèteraient avec une curiosité avide et surtout à de très hauts prix ses pots de pommade les plus dorés, ses plus élégants bibelots de marqueterie.

Rake avait étudié nombre d'hommes et vécu plusieurs manières de vivre; il était préparé à tous les revirements dont on peut être victime en ce monde d'iniquités. Garçon intelligent, souple, vigoureux, plein d'ardeur, résolu, il avait les cheveux jaunâtres et semblait avoir une pointe du Celte, qui le rendait plein de feu et de piquant; Rake polissait son esprit tout à fait, comme il vernissait les bottes à revers, et il se croyait philosophe.

De qui était-il fils?... Il n'en avait pas l'idée la plus éloignée; ses premiers souvenirs dataient des tendres sollicitudes du dépôt de mendicité; mais la paroisse elle-même, cette froide nourrice, n'avait pas diminué la vivacité de son caractère ni l'indépendance de ses opinions, et dès qu'il avait eu quinze ans, Rake avait pris la fuite pour se joindre à une troupe d'acrobates : il s'était distingué par son adresse à se tenir sur la tête et à contourner ses membres en forme de nœud de portefaix. Du cirque, il avait pérégriné successivement en qualité de chanteur comique, de garçon de taverne, de terrassier, de colleur d'affiches, de *gaucho* au Mexique, après avoir gagné son passage, de pompier à New-York, de ventriloque dans le Maryland, de *vaquero* dans la Californie espagnole, de marchand de limonade à San-Francisco, de révolutionnaire dans la République Argentine, sans avoir jamais pu savoir exactement le parti qu'il servait, de batelier dans la baie de Mapiri, de forgeron à Santarem, de trappeur dans le désert, et, finalement, après s'être engagé pour gagner son passage de retour, il avait accepté le shilling de la Reine, à Dublin, et il avait été incorporé dans un régiment de cavalerie légère.

Il avait servi une demi-douzaine d'années dans l'Inde avec le ***; c'était un rude cavalier, splendide dans une charge ou dans une poursuite, exerçant un pouvoir extraordinaire sur les chevaux, possédant le plus beau coup de sabre qui se soit jamais abattu sur une bande d'indigènes; mais... il était insubordonné. Aussi longtemps qu'il s'agissait de se battre, il s'acquittait de son devoir avec le plus grand zèle; mais quand à l'existence fiévreuse des combats succédait la monotonie de la garnison, Rake se distinguait encore, mais tout différemment; l'épreuve était au-dessus des forces de cet amant déréglé de l'indépendance.

Lorsqu'il était arrivé au régiment, un certain brigadier nommé Warne et lui avaient conçu une vive antipathie l'un pour l'autre. Rake devait tant bien que mal la réprimer comme il pouvait; mais le brigadier était disposé à donner cours dans toutes les petites occasions à la tyrannie que son rang lui permettait d'exercer.

Dans le service actif, Rake était, par instinct, trop bon soldat pour ne pas s'arranger de manière à se soumettre assez bien à la discipline, quoiqu'il fût toujours considéré dans son escadron comme on considère dans une meute un limier disposé à s'emballer; mais lorsque le *** revint à la caserne de Brighton, le mauvais esprit de rébellion commença à se faire sentir plus vivement au sujet de la persécution prétendue justifiable du brigadier. Warne provoquait incontestablement son inférieur par une série de rapports froids, inflexibles, strictement réglementaires, et par cela même, d'autant plus irritants pour un caractère comme celui de Rake.

— Que je sois pendu, si je me soucie de la façon dont les officiers me traitent, ce sont des gentlemen, eux, et leur hauteur ne blesse personne, — disait Rake dans ses moments d'épanchement, en buvant de la bière à l'absinthe et en fumant du tabac fin; son séjour dans la République Argentine lui ayant laissé des préjugés fortement aristocratiques, — mais quand le dédain vient d'un propre à rien comme celui-là, qui n'en sait pas plus long que moi, qui ne vaut pas mieux que moi, qui est le plus maladroit cavalier que je connaisse, il se laisserait presque jeter à bas de sa selle par un poulain, ma foi, alors, il faut que je tape dur, je ne peux pas le nier; et je ne vois pas ce qu'il y a dans ses galons pour qu'il se permette d'être aussi agaçant.

A la suite de quoi Rake écartait l'écume de son gobelet d'étain avec un souffle rempli d'une colère concentrée, et murmurait un juron contre ses sous-officiers, lequel juron aurait pu éclairer tant soit peu les avocats de l'avancement dans le rang, s'ils s'étaient trouvés là pour profiter de la leçon. A la fin, cependant, les loisirs de Brighton aidant, l'orage éclata.

Rake avait un lévrier écossais qui faisait la joie et l'orgueil de sa vie; l'argent destiné à sa bière était souvent employé à acheter des friandises pour ce chien. Warne trouvait, comme on le pense, de nombreuses occasions de faire payer au maître les gambades désordonnées de l'animal. Le chien ne faisait aucun mal; c'était un bel animal, un chien courant de bonne race, mais il plut au brigadier de trouver qu'il troublait le quartier, uniquement parce qu'il appartenait à Rake.

Celui-ci, grâce à sa bonne nature, à sa verve intarissable, et aux interminables récits de ses voyages et de ses aventures amoureuses en Amérique, avait acquis une certaine réputation dans le régiment. Cette popularité augmentait le mécontentement jaloux que son talent d'écuyer (on confiait à Rake les poulains indomptés) et sa connaissance parfaite de l'écurie avaient dès l'abord excité chez son supérieur.

Un jour, dans une des écuries des chevaux d'armes, le chien sortit tout à coup d'un box et s'élança vers Rake en renversant un baquet de mélange chaud. Le brigadier, qui se tenait près de là en uniforme, le frappa à la tête avec une lourde cravache qu'il tenait à la main; rendu furieux par la douleur, le chien s'élança sur le brigadier et, d'un violent coup de dent, lui déchira son pantalon.

— Qu'on me prenne cet animal-là et qu'on lui attache un licol au cou, je l'ai supporté trop longtemps! — s'écria Warne en s'adressant à deux simples soldats qui travaillaient près de là en tenue d'écurie.

Il n'avait pas achevé ces mots que Rake s'était jeté sur lui d'un bond rapide comme l'éclair et, lui arrachant la cravache des mains, lui en avait cinglé un coup à travers la figure.

— Pendre mon chien, mauvaise drogue! si tu touches à un de ses poils, je t'entoure le cou d'une double sangle et je te mets à deux doigts de la mort!

Il aurait tenu parole assurément si on ne s'était pas emparé de lui. Il fut envoyé à la salle de police.

Rake fut victime de la sévère nécessité de la loi qui, pour l'amour de la morale, doit rendre les soldats, dont on veut que le sang soit versé sur le champ de bataille, patients, impassibles, prêts à supporter toute les provocations, les cruautés mêmes, et les insolences, au camp et à la caserne, comme s'ils étaient des statues de pierre, loi nécessaire, loi sage, loi indispensable, sans aucun doute, mais sévère quand elle doit être appliquée à un homme plein de vie, sous l'empire de toutes les passions humaines.

A la cour martiale, devant laquelle fut jugé cet acte de mutinerie, de nombreux témoins rétablirent les faits et leur donnèrent leur véritable portée; on apprit l'impopularité de Warne dans le régiment, sa dureté, et sa tyrannie envers Rake. Beaucoup d'hommes du régiment déclarèrent hautement ce qu'ils se disaient tout bas, depuis des années; et, en considération de la provocation, le prisonnier, qui était très-aimé des officiers, fut condamné à six mois d'emprisonnement pour insubordination.

Cecil, qui par hasard se trouvait à Brighton en revenant de Goodwood, assistait au procès avec quelques autres officiers de la Garde, et le regard de Rake, son enjouement dans sa position critique, son affection pour son chien, son air vif, plein de finesse et de bonne humeur, plurent au jeune officier. Beauté possédait une nature bonne entre toutes. Indolent lui-même, il avait horreur de voir un de ses semblables contrarié; paresseux, mou, fantasque, gâté par son entourage, il n'était pourtant ni assez égoïste, ni assez philosophe, malgré ses affirmations, pour ne pas commettre une bonne action, s'il s'en trouvait une sur son chemin; ce n'est pas là une très-grande vertu, peut-être, mais c'en est une assez rare.

— Pauvre diable! il a frappé cette brute parce qu'il ne voulait pas laisser pendre son chien. Eh bien, ma foi! j'aurais fait de même à sa place, si j'avais pu me décider à faire un si grand effort, — murmura Cecil sans se soucier de la tendance démoralisatrice de ses remarques pour l'armée en général.

Si la chose se fût passée dans la Garde et qu'il eût siégé dans l'affaire, Rake aurait eu en lui un juge très-indulgent. Quoi qu'il en soit, Bertie se donna la peine de penser sérieusement à la chose; le dévouement de Rake pour son ami muet lui avait plu; il entendit parler de l'estime dont jouissait le soldat dans son escadron; il résolut de mettre, s'il le pouvait, un si beau garçon à l'abri des risques que lui faisait courir sa trop bouillante colère contenue par les sévères entraves d'une discipline outrée. Lorsque Rake, après sa condamnation, rentra à la prison, il reçut un billet apporté par le groom de Bertie, l'avisant que lorsque le temps de sa peine serait expiré, M. Cecil, de la Garde, payerait sa libération du service et le prendrait comme valet de chambre supplémentaire, ayant eu de bons renseignements sur son compte. Bertie avait recueilli le malheureux chien dans son propre chenil.

Lorsque le message de Cecil lui parvint, Rake comprit seulement avec un très-vif sentiment de tristesse qu'il était condamné et déshonoré. Sur-le-champ, il voua une reconnaissance passionnée au jeune patricien qui s'était souvenu de lui alors qu'il était abandonné, après sa condamnation, lorsqu'il apprit que Cecil avait pensé à recueillir son chien. L'indomptable et philosophe Rake se sentait disposé du fond du cœur à s'agenouiller dans la poussière et à baiser la courroie de l'étrier, quand il le tiendrait pour son nouveau maître, tant était à toute épreuve le dévouement qu'à partir de ce moment il jura à Bertie.

Les officiers sévères, les *martinets*, comme on les appelle, furent scandalisés de voir un officier de la Garde prendre pour son service particulier un homme qui s'était rendu coupable d'un pareil crime dans la cavalerie légère. Mais Cecil n'accordait jamais grande attention à ce qu'on disait autour de lui, et Rake lui devint bientôt si précieux qu'il l'avait gardé depuis lors auprès de lui. Il y avait deux ans qu'ils se connaissaient. Rake servait son maître avec une grande fidélité, très-rare de nos jours; il aimait ses chevaux, ses chiens, tout ce qui était à lui, depuis sa carabine jusqu'à ses bottes; il s'éreintait gaiement pour lui; il était fier du cerf que son maître tuait, des perdrix qu'il empochait, de ses gains quand la Garde jouait le zingari, ou de sa victoire lorsque son yacht avait gagné la Coupe de Cherbourg. Il n'aurait pas été plus fier si ces succès eussent été les siens propres.

— Mon cher Séraphin, — disait à ce sujet Cecil au marquis, — si tu veux trouver réunies la générosité, la fidélité, et tout le reste des... comment les appelle-t-on?... des péchés... cardinaux, n'est-ce pas?... cherche un chenapan au cœur noble : il s'attachera à toi jusqu'à la mort. Si tu veux, au contraire, être dupé, prends un respectable immaculé : il t'escroquera pieusement et décampera avec ton Vase de Doncaster.

Et Rake, qui assurément avait été un chenapan fieffé, avait justifié la croyance de Bertie, il s'était attaché à lui avec dévouement, et jamais terrier ne fut plus acharné sur une loutre qu'il ne l'était aux intérêts de son officier.

Ce fut cette vigilance même qui lui fit remarquer, pendant qu'il revenait de chez mademoiselle Zuzu au crépuscule, ce qui aurait échappé à tout autre qu'à un homme qui avait été employé comme trappeur dans les bois rouges du Canada, c'est-à-dire, la tête d'un homme au milieu des broussailles épaisses, quoique dégarnies de feuilles, et des ajoncs aux fleurs jaunes d'un taillis qui s'étendait à sa gauche dans le parc de Royallieu. Les yeux de Rake lui servaient à la fois de télescope et de microscope; en outre, ils étaient habitués à distinguer de petits objets tels qu'un halbrand d'une poule d'eau au vol, à la longueur de l'aile et de la queue, et une macreuse ou une foulque d'un canard sauvage ou d'une sarcelle, par l'élévation de chacun de ces animaux pendant qu'il nageait hors de l'eau. Quoique le temps fût gris et brumeux, et malgré la hauteur des ajoncs, Rake reconnut son ennemi-né, Willon.

— Que peut-il faire là? — pensa-t-il en examinant le lieu qui était désert. — Si celui-là n'est pas un coquin, je n'en ai jamais vu; je suis persuadé qu'il vole l'écurie dru et ferme et qu'il fait de bons profits sur les paris de M. Cecil... Oui, si cela arrange son carnet... Aussi, comme cet excellent *Roi* déteste cet homme-là et comme il lui décoche des coups de sabot!

Il était certainement possible que Willon pût employer une heure de loisir à guetter des lapins ou à s'occuper autrement et très-innocemment, mais sa présence au milieu des ajoncs fit concevoir des soupçons à Rake. Il pensa immédiatement à descendre de son cheval, à l'attacher à un arbre, et à opérer une reconnaissance avec précaution; il était aussi habile à débusquer un animal ou un homme que ses amis les Sioux qui lui avaient jadis enseigné ce talent. Mais les réflexions suivantes lui démontrèrent que ce plan était impraticable.

Le cheval qu'il montait n'était qu'un poulain à peine dressé qui n'avait encore eu qu'un « jockey muet » sur le dos, et il n'aurait pas consenti à se tenir immobile pendant une seconde.

— Dans tous les cas, je vais le débusquer, — pensa Rake obéissant à son vigilant dévouement pour Cecil.

Et son animosité latente contre le piqueur dissipa les scrupules que faisait naître en lui l'examen de son droit de contrôle sur les agissements de son ennemi Le tapis de bruyère devait assourdir le bruit des sabots de son cheval : il le mit donc au galop et s'avança sans être aperçu vers le fourré : dix pas le séparaient à peine du piqueur.

Willon tressaillit et leva vivement les yeux; il était occupé à causer avec un homme aux épaules carrées, très-simplement vêtu d'un manteau de berger, et remarquable surtout par sa barbe et des favoris d'une nuance rougeâtre. Le piqueur devint très-pâle et se mit à rire nerveusement lorsque Rake s'approcha brusquement.

— Vous voilà donc encore sur ce jeune poulain ? Prenez garde qu'il ne vous jette à bas.

— Je n'ai pas peur comme vous de tomber sur l'herbe, moi, — riposta Rake d'un air méprisant; la hardiesse n'était pas le côté fort de son ennemi. — A qui parlez-vous donc là, mon camarade?

— C'est un de mes cousins qui arrive du Yorkshire, — s'empressa de dire Willon d'un ton embarrassé, pendant que le susdit cousin hochait la tête d'un air assez morose, à la suite de cette présentation.

— Ah! il ressemble à un gredin du Yorkshire,—marmotta Rake d'un ton qui prêtait tout un volume d'intentions à ces innocentes paroles. — L'endroit est très-sec, très-convenable, très-gai, pour causer avec votre ami, oui, vraiment!... excessivement agréable. J'espère que cela lui fera du bien de se trouver ainsi avec tous ses cousins; il n'a pas l'air trop bien disposé pour l'instant, — continua l'impitoyable inquisiteur en jetant un coup d'œil sur l'Arbre du Garde qui se trouvait à quelques pas de là, au milieu de broussailles humides, et dont les branches étaient garnies de chats morts, de roquets, de hiboux, de crécerelles, de fouines, de belettes et de martres.

Quelle aurait été l'issue de cette passe d'armes, c'est ce qu'il est impossible de dire, car à ce moment le poulain prit sur lui de mettre fin à l'entretien; il partit à fond de train, avec une fougue dont Rake lui-même ne put se rendre maître qu'après avoir filé pendant un bon mille.

— Il se passe quelque chose, — pensa ce sagace et rude cavalier; — si ce gaillard aux cheveux rouges n'est pas un original, je le mangerai. J'ai vu cette figure-là quelque part; où diable était-ce donc? Son cousin!... oui, ils sont tous cousins dans la Rue de l'Originalité, je le sais bien. Pourquoi viendrait-il trouver son cousin ici, dans le brouillard, quand on peut amener vingt cousins à l'office sans que personne songe à rien vous dire? Si ce Willon n'est pas aussi malin que le vieil Harry...

Rake entrait en ce moment dans la cour des écuries, pensif et rempli de soupçons sur le rendez-vous sous l'Arbre du Garde dans les fourrés les plus écartés. Il l'eût été encore davantage s'il avait deviné que la barbe rouge et le modeste costume de Ben Davis, ainsi que les autres parties de son travestissement, tout aussi bien réussies, avaient empêché son œil perçant de reconnaître l'identité du cousin de Willon avec le fripon que, la veille, il avait vu chasser du champ de courses par son maître.

VI.

LA FIN D'UNE CHASSE A COURRE.

Dans toute l'armée il n'y avait pas un homme qui aimât autant la chasse que Bertie. Bien qu'il fût un peu mou et inconcevablement efféminé dans toutes ses habitudes; quoiqu'il fût plus indolent que le créole le plus gâté, Beauté ne manquait jamais de se trouver en tête des plus intrépides; une journée de fatigue à travers champs le réjouissait; le vent d'est dans la figure et la neige fondue dans la bouche étaient pour lui de douces caresses.

Le seul effort qu'il devait faire lui était demandé le matin. Rarement il était prêt à l'heure fixée.

— Monsieur... monsieur Cecil..., le *drag* va arriver dans dix minutes, — disait Rake en se précipitant d'un air désespéré pour la septième fois dans la chambre de son maître, par une belle matinée qui promettait un temps exceptionnellement favorable.

— Au diable! — répondit Cecil, à moitié endormi, tout en achevant une tasse de café et jetant les yeux sur un roman de La Demirep.

— Ces messieurs sont tous descendus, monsieur, et vous allez être en retard.

— Tant pis! Qu'ils m'attendent! — dit Bertie en bâillant.

. . . .

Le rendez-vous était brillant et très-nombreux; l'assemblée telle qu'en peut offrir le pays de Melton. Tout à coup un tayaut formidable retentit, tandis que Cecil sur *Le Roi* et le Séraphin montant un magnifique cheval de carrière blanc, aussi bien dressé et aussi colossal que son maître, ouvraient la marche.

La piste était chaude dans les broussailles épineuses, et la meute courait avec un entrain qu'un bon chien seul pouvait supporter; aussi la chasse se comporta-t-elle admirablement au saut du premier fossé et sur les pâturages. Le vieux renard chassé ne manifestait nullement l'intention de rentrer dans le fourré; il courait droit comme vole un corbeau, et il accrut ses élans en même temps que sa vitesse devenait vertigineuse.

La bête était suivie de près, les chiens lui touchaient presque la queue, la tête en l'air, la croupe basse, courant toujours droit comme une flèche à découvert, franchissant taillis et fourrés, à travers ajoncs et ronces, sans que le renard laissât deviner la moindre envie de chercher un abri. Les fossés et les tranchées, les haies et les ruisseaux dispersèrent promptement la chasse, chacun allait de son côté.

Bientôt un certain nombre de chutes réduisirent le nombre des coureurs; l'assemblée devint plus choisie alors, et il n'y eut guère que les plus acharnés qui purent se maintenir en vue des chiens. Arrive que pourra! tel était le mot d'ordre. Il s'agissait d'une course, en effet; les chiens ne perdaient jamais la piste une seconde; le renard s'étant jeté de côté leur faisait tout le mal qu'il pouvait leur faire en fuyant à travers les bois. Leur action était magnifique; après l'avoir devancé, ils l'environnèrent, et l'animal tourna bientôt dans un cercle; on le chassa à vue un instant, puis de nouveau on le fit sortir du couvert encore une fois pour le rejeter dans les pâturages, tandis que les chiens se remettaient sur une piste plus chaude et s'élançaient après lui comme sur un cerf. Une demi-douzaine de chasseurs seulement les accompagnaient alors; leur allure était effrayante. Cecil ouvrait la marche; *Le Roi* au même pas et franchissant les obstacles avec l'agilité qui lui avait fait gagner le Military. Tout à coup le vieux renard fit une courbe sur la droite, cherchant, avec toute l'habileté et toute la vitesse dont il était capable, un abri sûr sous l'épais ombrage des buis et des lauriers.

— Sus!... sus!... mes bons chiens... s'il entre là dedans, il va se terrer et sauver sa queue! — s'écria le Séraphin d'une voix tonnante comme s'il chassait à Lyonnesse avec ses propres chiens de chasse.

Mais les jeunes chiens de la meute avaient vu le mouvement de Maître Renard et deviné son intention; après avoir couru si rapidement d'abord, ils semblaient voler maintenant; la course devint vertigineuse. Deux haies furent franchies comme si elles eussent été en papier, les prairies fuyaient sous leurs pas avec la promptitude de l'éclair, une flaque d'eau sautée, une barrière franchie d'un bond formidable, et dans l'ardeur insensée de la « vue », ils parcoururent une avenue d'un demi-mille de longueur, ils se précipitèrent dans un parterre de fleurs et, renversant un treillage garni de plantes grimpantes pourpres, ils s'engagèrent dans le verger de la maison où l'animal fut mis à mort aux cris des chasseurs et aux aboiements des chiens, cris et aboiements bruyants qui résonnèrent dans tout le pays par cette belle et radieuse journée, comme jamais plus joyeuses acclamations ne furent répétées par les échos du Comté.

— Sacrebleu! — s'écria Bertie quelques heures après, — voilà une vraie chasse á courre!...

A peine avait-il prononcé ces mots qu'un groom s'approcha de lui en toute hâte. Son jeune frère, qu'il n'avait presque pas aperçu depuis le lancé, était tombé de cheval et avait été rapporté à Royallieu sur un brancard; les blessures étaient sérieuses, disait-on.

Le sourire de Bertie disparut aussitôt; il devint très-grave; quelque gâté qu'il fût par le monde, quelque indifférent qu'il fût à tout, quelque égoïste, comme par profession il l'était depuis longtemps, il aimait le jeune homme.

. . . .

Lorqu'il pénétra dans la chambre dont les volets étaient hermétiquement clos, où l'atmosphère était imprégnée d'une légère odeur de chloroforme, son jeune frère était couché avec toutes les apparences de la mort, ses beaux cheveux épars sur l'oreiller, la poitrine nue, le bras droit cassé et entouré de ligatures. Cet aspect si semblable à celui de la mort n'était que le résulat du chloroforme, mais Cecil ne se donna pas la peine de le demander ou de se le rappeler. D'un bond, il fut près du lit et se laissa tomber à côté, la tête cachée dans ses mains.

— C'est ma faute... J'aurais dû m'occuper de lui.

Une minute après, il eut repris son empire sur lui-même; il se releva et posant la main sur les beaux cheveux de son frère, il se tourna d'un air calme vers les médecins attachés à la maison, qui étaient accourus en toute hâte sur les lieux.

— Qu'a-t-il?

— Un bras fracturé, avec une contusion... rien de sérieux, rien du tout, à son âge, — répliqua le chirurgien; — lorsqu'il sortira de sa léthargie, il vous le dira lui-même, monsieur Cecil.

— En êtes-vous certain?

Malgré lui sa voix tremblait un peu, ses mains n'avaient pas tremblé deux jours auparavant, lorsque la ruine ou le salut momentané dépendaient de la perte ou du gain de la course.

— Parfaitement certain, — répondit le chirurgien d'une voix enjouée. — Il n'est pas très-fort, il est vrai, mais les contusions sont légères; il sera debout dans quinze jours.

— Comment est-il tombé?

Il entendait à peine ce qu'on lui racontait; il considérait la belle figure d'Antinoüs du jeune homme étendu, inerte et muet, devant lui; cela rappelait à sa mémoire le lit de mort de leur mère, alors que la seule voix qu'il eût jamais respectée lui avait dit tout bas, en lui montrant le petit enfant qui n'avait vu que trois printemps : « Quand tu seras un homme, prends soin de lui, Bertie. » Comment avait-il rempli cette mission? Dans combien de maux brillamment colorés ne l'avait-il pas entraîné... par son exemple au moins?

Le chirurgien lui toucha le bras, en forme d'apologie, après un silence prolongé.

— Il vaut mieux que votre frère ne soit pas agité, lorsqu'il va revenir à lui, monsieur, voyez... ses yeux commencent à s'ouvrir. Pourriez-vous me rendre le service d'aller trouver Sa Seigneurie? Son chagrin l'a positivement rendu fou .. ce coup est dangereux pour sa vie à son âge Nous avons eu beaucoup de peine à obtenir qu'il se retirât, il y a quelques instants, en prétextant l'intérêt de M. Berkeley. Si vous pouviez le voir...

Cecil sortit presque machinalement. Son accablement et

sa douleur étaient immenses; il était si peu habitué à se soucier de quelque chose, si complétement déshabitué de penser à rien de pénible, qu'il avait de la peine à se rendre compte de ce qui le faisait souffrir. S'il eût été en possession de son jugement ordinaire, il aurait reconnu combien il était plutôt préjudiciable qu'utile que ce fût lui qui se présentât devant son père en un pareil moment.

Lord Royallieu était renversé dans son fauteuil, dans un état d'abattement complet, lorsque Cecil ouvrit la porte de son appartement particulier, entièrement fermé et fortement parfumé. Au tour de clef, il se leva en tressaillant.

— Quelles nouvelles?

— De bonnes nouvelles, je l'espère, — dit Cecil d'une voix calme, en s'avançant. — Les blessures ne sont pas graves, m'a-t-on dit. Je suis fâché de ne l'avoir pas surveillé au saut des haies, mais...

Le vieillard ne l'avait pas reconnu avant d'entendre sa voix; il lui fit signe alors de se retirer avec un geste impérieux et méprisant. Le chagrin causé par le danger que courait son favori, les folles angoisses que ses craintes avaient évoquées, son désespoir presque insensé à la nouvelle de l'accident, avaient excité chez lui une fureur qui allait jusqu'au délire.

— Hors d'ici, monsieur! — dit-il d'un air terrible, tandis que sa voix mélodieuse tremblait de rage, — je souhaiterais de tout mon cœur que vous fussiez mort dans un fossé plutôt que d'avoir à regretter la perte d'un seul des cheveux de mon cher enfant. Mais vous vivez, vous... et lui est étendu là, mourant!

Cecil s'inclina en silence; la brutalité de ces paroles l'avait blessé, mais ne l'offensait pas, car il savait que son père, en ce moment, avait à peu près perdu la raison; il fut touché de l'air hagard et de profonde douleur empreint sur le visage du vieux pair.

— Hors d'ici, monsieur ! — répéta Lord Royallieu en faisant quelques pas en avant. — Si vous aviez eu le cœur d'un homme, vous auriez sauvé cet enfant du danger... vous l'auriez averti, surveillé, secouru, au moins quand il est tombé. Au lieu de cela, vous avez continué votre chemin et vous l'auriez laissé mourir là, s'il avait dû y trouver la mort! Vous êtes sain et sauf, vous êtes toujours bien portant... vous faites tout ce qu'il faut pour vous tuer en recourant à tous les vices qui sont la plaie de notre société, et vous n'en vivez qu'avec plus de force, plus de grâce et plus de plaisir... vous en sortez toujours sain et sauf parce que je vous hais... oui, je vous hais, monsieur !

Cecil l'avait écouté en silence, se demandant s'il avait bien entendu; ces paroles amères le flagellaient et le déchiraient comme un fouet, mais il s'inclina encore une fois avec cette grâce et cette froideur qui étaient aussi inséparables de lui que sa nature.

— La haine est un sentiment extrêmement pénible; je regrette de vous causer cette peine. Puis-je vous demander pourquoi vous m'en favorisez?

— Oh ! je puis vous le dire ! — s'écria son père d'une voix tonnante en même temps que ses yeux de faucon s'emplissaient d'un feu ardent. — Vous ressemblez à l'homme que j'ai maudit vivant et dont je maudis la mémoire depuis qu'il est mort. Vous me regardez avec les yeux d'Allan Bertie; j'aimais votre mère... je l'adorais... mais vous êtes le fils de cet homme et non le mien !

Le doute secret, si longtemps contenu, s'était fait jour à la fin.

Le sang montait au visage de Bertie qui devint cramoisi,

et il tressaillit, en proie à un tremblement involontaire, comme un homme qui a reçu un coup de feu; il lui sembla éprouver la même sensation qu'un homme poignardé dans les ténèbres par une main sûre et cruelle. La honte, l'étonnement, causés par ces paroles, semblèrent d'abord l'avoir paralysé; mais bientôt il se remit et releva la tête avec un geste aussi hautain que celui de son père. Ses traits étaient de nouveau parfaitement calmes et plus graves qu'ils ne l avaient jamais été pendant toute sa vie insouciante et facile.

— Vous mentez et vous savez très-bien que vous mentez. Ma mère était pure comme les anges. Désormais, vous ne pouvez plus être pour moi qu'un calomniateur, qui a osé souiller le seul nom qui soit saint à mes yeux.

Et sans dire un mot de plus, il se retourna et sortit de la chambre. Cependant, lorsque la porte fut refermée, la vieille habitude reprit tellement le dessus que, même au milieu de sa douleur profonde et amère et du sentiment confus d'un outrage immérité, il se surprit presque se souriant à lui même.

— C'est un fou, il ne sait pas ce qu'il dit, — pensa-t-il. — Comment ai-je pu être si mélodramatique?... Nous ressemblions à deux acteurs de la Porte-Saint-Martin. Le langage ampoulé est décidément une mauvaise forme!

Mais ce coup cruel ne l'en avait pas moins blessé au vif, et quelque indulgente et douce que fût sa nature, si largement qu'il pratiquât le pardon des injures, sa charité n'allait pas au delà du déshonneur jeté sur la mémoire de sa mère.

VII.

LES SUITES D'UN DINER A RICHMOND.

La saison était dans tout son éclat, et durant le cours de cette saison pendant laquelle un bravo de lui sacrait une *prima donna*, pendant laquelle il mettait à la mode un nouveau nœud de cravate en le portant le soir, pendant laquelle il décernait un brevet de grand cordon à un cuisinier par ses éloges, pendant laquelle une liqueur nouvellement inventée faisait fureur sur sa recommandation, Bertie savait, à n'en pas douter, qu'il était ruiné.

La rupture entre son père et lui était irrévocable.

Il avait quitté Royallieu aussitôt après ses hôtes, dès que le jeune Berkeley avait été tout à fait hors de danger. Il savait depuis longtemps qu'il ne devait espérer aucun secours du vieux lord ou de son frère aîné, l'héritier. Il ne lui restait plus le moindre espoir à conserver; le caprice seul ou la volonté de ceux qui étaient en possession de son papier flottant et des fournisseurs qui avaient son nom inscrit sur leurs livres à des intérêts composés des plus exorbitants, se tenaient entre lui et l'heure fatale où il faudrait vendre jusqu'au dernier de ses bibelots et ne plus compter sur le grand champ de course de la vie. Il savait qu'une saison, un mois, un jour pouvaient être le seul répit qui lui serait accordé avant d'être séparé de son monde luxueux et brillant, avant sa mise hors la loi et l'exil. Il savait que les juifs pouvaient tomber sur lui tous les soirs pendant qu'il était au mess des Gardes, pendant qu'il faisait la cour aux princesses étrangères ou riait à gorge déployée des menus cancans de la ville ou en buvant des boissons glacées dans les clubs.

Son passif était effrayant, ses ressources totalement épuisées; mais l'indifférence du sang nonchalant de Royallieu et la langueur insouciante de son éducation et de son caractère étaient telles, que cette certitude ne troublait presque jamais ses plaisirs du moment. D'une façon ou d'une autre, il ne se rendait jamais compte de sa situation. Cecil n'avait ni le temps ni le loisir de penser; et il n'aurait pas voulu réfléchir sérieusement pour tout l'or du monde. Il était naturellement des plus intelligents, et sa facilité à tout comprendre était presque dangereuse; mais il aurait tout aussi bien pu être dépourvu de cervelle qu'un mollusque, car il ne demandait jamais aucun effort à son cerveau.

— Si j'étais un pique-assiette de profession, voyez-vous, j'userais de mes moyens; mais pourquoi le ferais-je maintenant? — avait-il dit certain jour à une belle dame qui lui reprochait son apathie. — Le meilleur genre consiste à ne dire que oui et non... et encore doit-on être fort ennuyé de le dire... c'est un genre très commode. On s'amuse sans avoir la peine d'ouvrir les lèvres.

— Mais si tout le monde était également monosyllabique, qu'arriverait-il? Vous ne vous amuseriez pas, — riposta son interlocutrice, une brillante Parisienne.

— Eh bien!... tout le monde l'est presque, — dit Bertie, mais il y a toujours un tas de gens qui se servent de leur esprit pour se procurer des dîners... de vraies fusées sociales, voyez-vous... qui sont toujours prêtes à prendre feu pour

5.

aller briller à votre place, si vous leur donnez une boule blanche à votre club ou une invitation dans les meilleures maisons. Cela vous épargne beaucoup de peine; c'est un si grand ennui d'être obligé de parler!

— Là..., faites-moi coucher aussi vite que vous le pourrez, Rake, — murmura un matin vers cinq heures Cecil rentrant chez lui, en se laissant tomber dans un fauteuil.

Étonné que Rake ne lui répondit pas, il aperçut près de lui, à sa place, le jeune Berkeley. La surprise était une faiblesse de pure inexpérience que Cecil n'éprouvait jamais; sa nomination au poste de commandant en chef, ou la présence du Juif-Errant dans sa chambre ne l'auraient pas excitée en lui davantage. Dans le premier cas, il eût simplement levé les sourcils et dit : « Quel affreux ennui! » dans le second, il aurait fait de même et murmuré : « Quel drôle de bonhomme! » Donc, il ne fut pas surpris de l'apparition du jeune homme à cette heure indue; mais ses yeux s'arrêtèrent sur lui avec un affectueux étonnement, et ses lèvres ne laissèrent échapper qu'un seul mot :

— *Amulette-d'Ambre.*

Amulette-d'Ambre était un poulain du haras de Royallieu qui donnait les plus merveilleuses espérances et qui était destiné à gagner le prochain Clearwel, les Guinées, et le Derby avec certitude. Un accident arrivé au jeune bai brun était la seule chose qui se présentât à l'esprit de Bertie comme suffisamment importante pour justifier la présence de son frère à cinq heures du matin, chez lui, au mois de juin.

Berkeley leva les yeux d'un air embarrassé et impatienté.

— Tu ne penses jamais qu'aux chevaux et aux femmes, — dit-il d'un ton grognon et irrité; — il peut bien y avoir d'autres choses dans le monde, assurément.

— Incontestablement il y a d'autres choses dans le monde, mon cher enfant, mais peu qui me plaisent autant, — dit Cecil très-froidement en se détirant et en bâillant. — Avec tous les égards qu'exigent l'hospitalité et les charmes de ta société, m'est-il permis d'insinuer que cette heure n'est pas précisément la plus généralement admise pour les visites et les dissertations morales?

— Pour l'amour de Dieu, sois donc sérieux, Bertie!... je suis l'être le plus malheureux de la création!...

Cecil rouvrit ses yeux fermés, dont l'indifférence endormie disparut, et son visage serein et insouciant prit une expression d'intérêt sincère et affectueux.

— Mon cher petit, pourquoi n'as-tu pas dormi par là-dessus? Moi, je ne pense jamais aux choses désagréables qu'au moment où l'on vient m'éveiller avec mon café; alors je les prends avec la tasse, et je les dépose avec elle. Tu ne saurais croire comme cela répond à mes désirs; cela les dissipe merveilleusement.

Le jeune homme leva vivement la tête, d'un air de colère et de reproche; la lumière du gaz laissa voir ses joues enflammées et ses yeux pleins de larmes.

— Que tu es brutal, Bertie! Je te dis que je suis perdu, et tu ne t'en émotionnes pas plus que si tu étais une pierre. Tu ne songes qu'à toi... tu ne vis que pour toi!..

Il avait oublié l'argent qui lui avait été compté sur cette table la veille même du Grand Military; il avait oublié les dettes qui avaient été payées pour lui sur les gains de cette course-là même. Il y a des caractères enfantins, fantasques, chagrins, qui ne comptent jamais les bienfaits reçus à temps que comme des titres qui autorisent à en demander d'autres. Cecil jeta sur lui un regard qui contenait une ombre de regret, pas assez prononcée cependant pour être un refus, mais il ne se défendit nullement contre l'injuste et ridicule accusation, pas plus qu'il ne rappela ses dons passés.

— Brutal !... quel mot, petit! Personne n'est brutal, à présent; on ne voit jamais personne de brutal de nos jours. Allons, qu'y a-t-il encore qui va mal cette fois-ci?

Berkeley baissa les yeux vers la table sur laquelle ses coudes étaient appuyés, après avoir écarté les billets roses, les romans français, les cigarettes, et les flacons d'essence en or dont elle était encombrée. Il y avait dans son attitude quelque chose de chagrin et de fiévreux, quelque chose d'insolent, de timide, d'irrésolu, qui était nouveau chez lui.

— Le mal n'est pas long à dire, — dit-il d'une voix sourde. — J'ai perdu deux cents livres cette nuit, il faut que je les paye, ou je suis déshonoré à tout jamais; je n'ai pas un liard; jamais de ma vie je ne pourrai trouver cet argent; aucun juif ne voudra me le prêter, je n'ai pas l'âge, et..., et...

Sa voix devint plus sourde et plus hésitante, car il savait que la seule chose qui lui avait été péremptoirement défendue par son père et son frère était la chose qui lui restait encore à avouer.

— Et... j'ai emprunté trois *ponies* à Granville Lee hier; il revenait du Corner avec une masse de billets de banque après avoir réglé ses comptes. Je lui ai promis de les lui payer demain; je croyais être sûr de les gagner cette nuit.

Bertie s'élança de son fauteuil; sa langueur endormie s'était dissipée, et son visage offrait la même expression que lorsque Lord Royallieu avait maudit le nom de sa mère. Son code contenait un cas honteux de dégradation absolue et inavouable : Emprunt à un ami.

— Tu amèneras quelque opprobre sur notre nom avant de mourir, Berkeley, — dit-il avec une inflexion plus marquée de douleur et de mépris qu'il n'y en avait jamais eu dans sa voix. — Tu n'as donc pas le plus léger sentiment de l'honneur?

Le jeune homme rougit sous le coup de ces paroles, mais c'était une rougeur de colère plutôt que de honte.

— Tu es bien sévère! — dit-il d'un air froid et cependant insolent. — Es-tu donc un miroir d'honneur sans tache, toi-même? Je parie que toutes mes dettes ne s'élèvent pas au cinquième des tiennes.

Un instant, la douceur même du caractère de Cecil fut sur le point de l'abandonner. Que ses dettes fussent ce qu'elles voulaient, il n'y en avait pas une seule contractée envers un de ses amis, ni une pour laquelle la loi ne pût s'emparer de lui. Il garda le silence; il ne voulait pas avoir une querelle avec son frère, qui n'était qu'un enfant à sés yeux; en outre, il était dans sa nature d'abhorrer les scènes d'aucun genre et d'éviter même une dispute à tout prix. Il se rassit donc sans changer d'expression et remit son cigare à sa bouche.

— Mon cher petit, tu n'es pas poli, — dit-il d'un air fatigué, — mais il se peut que tu aies raison. Je ne suis pas un bon exemple à imiter pour toi en rien, excepté dans la coupe de mes habits; mais je ne crois pas t'avoir jamais dit de m'imiter? Je ne suis pas si satisfait de moi-même que je me propose comme modèle en rien, à moins, comme je viens de te le dire, que ce ne soit pour me mettre à la montre d'un tailleur de Bond Street, afin de faire voir aux badauds comment on s'habille. Mais il ne s'agit pas de cela; tu dis que tu as besoin de trois cents livres pour demain... pour aujourd'hui plutôt. Je n'ai rien à te conseiller, si ce n'est de prendre le train-poste du matin pour les comtés et de t'adresser directement à Royal; il ne te refuse jamais rien.

Berkeley le regarda avec un air de vague terreur qui fit disparaître immédiatement son effronterie morose; il était indécis comme une jeune fille et facile à émouvoir par la crainte.

— J'aimerais mieux me couper la gorge! — dit-il avec une exagération insensée qui était l'aveu inconscient de son agitation intérieure. — Oui, sur ma vie, je l'aimerais mieux! J'ai déjà tant reçu de lui dernièrement... tu ne peux savoir combien... maintenant moins que jamais, on menace déjà de forclore l'hypothèque de Royallieu...

— Comment?... forclore... quoi?...

— L'hypothèque! — répondit Berkeley avec impatience. Dans son égoïsme enfantin, il lui semblait cruel et intolérable qu'on s'occupât d'autres embarras que des siens.

— Tu sais que les terres sont hypothéquées pour tout ce que Montagu et la substitution ont permis de faire. On a menacé de forclore... je crois que c'est là le terme... et Royal a eu Dieu sait quelle peine à les en empêcher; je n'ose pas plus me trouver en face de lui, ni lui demander un souverain maintenant, que je n'oserais lui demander de me donner la vaisselle d'or qui est sur les dressoirs.

Cecil l'écouta gravement; il ressentait plus vivement qu'il ne voulait le laisser paraître la nouvelle des maux et de la ruine qui menaçaient de si près sa maison; et il regrettait de voir combien l'aversion insensée de son père pour lui l'avait séparé de tous les intérêts et privé des confidences de sa famille, en lui laissant ignorer des choses qui le touchaient d'aussi près.

— Ta nouvelle n'est pas gaie, petit, — dit-il en étendant

languissamment ses membres ; il était dans sa nature de glisser sur les sujets pénibles. — Et j'ai vraiment bien envie de dormir! Tu crois qu'il ne faut pas espérer que Royal vienne à ton aide?

— Je te dis que je me brûlerais plutôt la cervelle que de lui demander un sou.

Bertie s'agitait brusquement sans trouver le repos dans les moelleuses profondeurs de sa chaise longue ; il fuyait l'inquiétude, la repoussait avec horreur, lui échappait par toutes les issues, et justement elle tombait sur lui au moment où il avait besoin de dormir. Il ne pouvait pas chasser de son esprit que si sa propre existence eût été différente, moins extravagante, moins dissipée, moins indolemment prodigue, il aurait pu exercer une meilleure influence et que son jeune frère eût pu être plus prudemment lancé dans le monde. Il sentait aussi, avec une angoisse plus poignante qu'il ne l'avait jamais éprouvé pour lui-même, la pauvreté dorée au milieu de laquelle il vivait, l'impossibilité absolue dans laquelle il était de réunir la somme dont le jeune homme avait besoin, somme si insignifiante pour son entourage et avec ses habitudes, qu'il l'avait plus d'une fois risquée dans un pari ou dans un des salons du club, sur une simple partie de whist. Il en éprouvait une douleur amère et irritante ; il était d'une générosité à toute épreuve, et il n'y a rien de plus sensible pour un semblable caractère que le manque d'argent qui paralyse son envie de donner.

— Cela ne servirait à rien de te donner de fausses espérances, petit, — dit-il avec douceur. — Je ne puis rien faire ! Tu dois avoir appris à me connaître depuis le temps, et tu dois savoir que, si j'avais de l'argent, il serait à toi au premier mot... Si tu ne le sais pas, tant pis !... Sans phrases, Berk, je suis tout ce qu'il y a de plus bas; mes billets peuvent être protestés d'un moment à l'autre; quand ils le seront, je n'aurai qu'à tout faire vendre et à quitter le pays si mes animaux de créanciers n'ont pas mis la main sur moi auparavant, ce qu'ils feront probablement; de toutes manières, en cas de pareil événement... je serai mort. Tout cela ne fait pas une conversation bien gaie, mais tu me rendras cette justice de reconnaître que ce n'est pas moi qui l'ai commencée. Seulement... un mot, mon cher petit, et comprends-moi bien : si je pouvais t'aider, je le ferais, coûte que coûte, mais au point où en sont les choses... je ne peux pas.

Ayant dit, Cecil tira de son cigare un grand nuage de fumée pour s'envelopper; le sujet était douloureux; le refus blessait autant celui qui devait le faire qu'il pouvait blesser celui qui l'essuyait. Berkeley l'écouta en silence, la tête toujours inclinée, tandis que ses mains jouaient nerveusement avec les flacons d'odeurs dont il fermait et ouvrait les bouchons dorés.

— Non... oui... Je sais, — dit-il avec précipitation, — que je n'ai pas le droit de rien espérer et que je me suis conduit comme une brute, et... et... c'est là tout ce que je suis. Mais... il y aurait un moyen pour toi de me sauver, Bertie, si ce n'était pas trop de te le demander.

— Je ne vois pas quel serait ce moyen, petit, — dit Cecil, en soupirant. — Qu'est-ce donc?

— Eh bien! écoute-moi. Tu sais que je ne suis pas majeur; ma signature n'a aucune valeur; on ne veut pas la prendre; autrement je pourrais me procurer de l'argent sans perdre de temps sur ce qui doit me revenir lorsque Royal sera mort. Il se peut que ce ne soit pas une garantie encore suffisante pour que les juifs s'attendrissent et veulent en courir le risque. Voyons... voyons... écoute-moi bien. Je ne vois pas qu'il puisse y avoir grand mal à cela. Vous êtes très-bien, Lord Rockingham et toi, et il est aussi riche que tous les juifs réunis. Que dirais-tu si je te priais de lui demander un petit *monkey* pour moi ! Il le ferait à la minute ; il est prêt à donner sa tête pour toi... du moins ils le disent tous... et il ne s'en apercevrait pas. Voyons, Bertie... veux-tu ?

Dans son enfantine incohérence et son décousu sans élégance, cet appel avait été plutôt soupiré que parlé ; il laissa tomber sa tête tandis qu'une vive rougeur colorait son visage, et il lança sur son frère un rapide coup d'œil si rempli de crainte et de désolation, qu'il perça le cœur de Cecil ; celui-ci se leva et se mit à arpenter la chambre en jetant son cigare de côté ; ce regard avait désarmé la réponse qu'il avait sur les lèvres, mais son visage s'assombrit.

— Ce que tu demandes est impossible, — dit-il d'un ton bref. — Si je faisais une chose comme celle-là, je mériterais d'être chassé de la Garde dès demain.

La figure du jeune homme devint plus morose, plus farouche, plus courroucée tandis qu'il se tenait toujours les bras appuyés sur la table, sans que son regard rencontrât celui de son frère.

— Tu parles de cela comme s'il s'agissait d'un crime, — murmura-t-il d'un air farouche, mais avec un gémissement plaintif dans la voix.

Il se trouvait très-maltraité et puni injustement.

— Ce serait un tour de fripon, indigne d'un galant homme, — dit Cecil, toujours brièvement. — C'est assez répondre, il me semble.

— Alors tu ne veux pas?

— Je t'ai déjà répondu.

Il y avait quelque chose dans son ton et dans son regard, lorsqu'il s'arrêta devant la table, que Berkeley n'avait jamais entendu ni vu chez lui auparavant... quelque chose qui fit trembler et réduisit au silence la nature souple, enfantine, pétulante et poltronne de l'adolescent... quelque chose, qui passa comme l'éclair, du caractère hautain et intraitable du sang des Royallieu qui s'était réveillé dans la mollesse trop féminine et la douceur de caractère de Cecil.

— Tu viens de dire que tu m'aiderais à tout prix, et, maintenant que je te demande cette malheureuse bagatelle, tu me traites comme si j'étais un gredin, — gémit-il avec colère. — Le Séraphin te donnerait l'argent au premier mot. C'est ton orgueil... rien que ton orgueil. Il nous sied bien d'avoir de l'orgueil, à nous qui sommes des mendiants sans le sou!

— Si nous sommes des mendiants sans le sou, de quel droit irions-nous emprunter aux autres?

— Tu deviens tout à coup étonnemment scrupuleux!

Cecil haussa légèrement les épaules et recommença à fumer. Il n'essaya pas de lui répondre par des arguments. Son caractère était trop indolent pour se défendre contre la calomnie, et son horreur des scènes était beaucoup plus grande que sa crainte de voir mal interpréter une de ses actions.

— Tu agis comme une brute avec moi! — continua le jeune homme, dont la colère gémissante et amère allait presque jusqu'aux larmes comme celle d'une femme. — Tu prétends ne pouvoir rien me refuser, et dès que je te demande la plus petite chose, tu changes de ton et tu me parles comme si j'étais le plus grand vaurien de la terre. Tu me laisserais aller à tous les diables demain, plutôt que de faire plier ton orgueil pour me sauver... Tu vis comme un duc et tu ne t'inquiètes pas si je n'irai pas mourir dans une prison pour dettes!... Tu ne sais que te vanter de ton honneur quand il s'agit de te dispenser d'aider un pauvre diable, et, si je me coupais la gorge aujourd'hui, tu ne ferais que hausser les épaules et que ricaner de ma mort au club en faisant quelque plaisanterie ramassée dans tes maudits romans français.

— Mélodramatique et très-inexact! — murmura Bertie.

L'ingratitude de son frère envers lui le touchait effectivement très-peu; il n'était pas porté à faire grand cas de ce qui lui était dû, autant par insouciance que par générosité; mais l'absence chez son frère de ce nerf sensitif, délicat, intangible, indescriptible, que les hommes appellent l'Honneur, absence qui ne l'avait jamais frappé si vivement qu'elle le frappait ce matin-là, le troubla, le surprit, et le bouleversa.

— Mon petit, tu es monté et tu ne sais pas ce que tu dis, — commença-t-il très-doucement quelques moments plus tard, en se penchant pour regarder le jeune homme dans le blanc des yeux. — Ne te laisse pas abattre à cause de cela; tu t'en tireras, n'aies pas peur. Écoute-moi; va-t'en trouver Royal et dis-lui tout, franchement. Je le connais mieux que toi; il sera furieux pendant une seconde, mais il vendrait les bois et les pierres de la propriété pour l'amour de toi; il voudra te voir sortir de là sain et sauf. Mais rappelle-toi bien une chose, dis-lui tout. Pas de demi-mesures, pas de demi-confidences, dis-lui le mauvais comme le pire, et demande-lui de t'aider. Tu ne reviendras pas sans l'avoir obtenu.

Berkeley écoutait, en évitant de rencontrer les yeux de son frère; la rougeur de son visage s'était encore accrue.

— Fais ce que je te dis, — reprit Cecil toujours avec

beaucoup de douceur. — Dis-lui, si tu veux, que c'est en imitant mes extravagances que tu en es arrivé là; tu peux être sûr qu'il aura pitié de toi alors.

Un sourire un peu triste effleura ses lèvres en prononçant ces derniers mots, mais il ne dura pas et il ajouta :

— M'entends-tu, et iras-tu?

— Si tu le veux... oui.

— Tu me donnes ta parole, alors?

— Ma parole!

Il y avait une certaine impatience dans cette réponse, une vivacité fiévreuse dans la manière dont il consentait, qui auraient pu faire croire que ce consentement était plutôt un moyen d'éluder l'insistance de son frère qu'un sincère engagement de suivre le conseil qu'il lui donnait; son visage conservait toujours cette expression plus sombre, plus méchante, plus provocante, qui lui enlevait toute sa jeunesse et laissait à sa place une ombre fâcheuse. Il se leva d'un brusque mouvement, les cheveux épars, les vêtements en désordre, les yeux injectés de sang, le regard enfiévré par le manque de sommeil et la surexcitation.

Tout cela formait un étrange contraste avec la perfection distinguée de la toilette de Cecil et la calme langueur de son attitude. Berkeley était très-jeune, et il n'était pas encore façonné à la vie et acclimaté avec la ruine comme l'était son frère aîné. Il le regarda avec une certaine envie impatiente, l'envie d'un très-jeune homme pour un homme du monde.

— Je te demande pardon de te tenir si longtemps levé, Bertie, — dit-il d'une voix étranglée. — Adieu.

Cecil le laissa partir; mais il ne put complétement se délivrer d'une secrète angoisse, causée moins encore par l'ingratitude de son frère que par son insensibilité pour les beaux et nobles instincts que renferme le mot concret d'Honneur.

Le soir de ce jour-là, dans son box, à Royallieu, *Le Roi-de-la-Forêt* était resté sans couverture, car la nuit était calme et l'atmosphère suffocante; une poignée du meilleur foin avait passé inaperçue dans son râtelier, et son gruau d'orge favori, placé sous son nez, n'avait pas même été regardé. *Le Roi* était arrivé au plus haut degré de l'agitation, de l'alarme, et d'une colère hautaine. Ses oreilles étaient couchées à plat sur sa tête, ses narines se dilataient, ses yeux lançaient des regards inquiets remplis d'un éclat de colère fiévreuse, qu'on lui voyait rarement, et par moments il frappait violemment ses pieds de derrière contre le mur opposé avec un bruit assourdissant qui retentissait dans toutes les écuries et faisait tressaillir et reculer les gens qui étaient pres de lui.

C'étaient précisément ces gens-là que le héros aristocratique du Ruban Bleu des Soldats méprisait et abhorrait.

Pour dire la vérité, ses préventions étaient très-justes; et si ses intelligents sabots avaient attrapé la tête de ses deux compagnons, au lieu de venir frapper avec ce bruit formidable les panneaux de son box, la société n'aurait certainement pas fait une grande perte, et son propriétaire aurait gagné plus que tout ce qui était jamais entré dans la balance dans sa vie. Mais les talons de fer, aux garnitures brillantes, n'atteignirent que le poteau de la porte de son box, et le tête-à-tête continua pendant cette nuit chaude et suffocante, tandis que les interlocuteurs s'éloignaient à une distance prudente.

— C'est presque dommage... il est en si parfaite condition des pieds à la tête! Frais comme une rose après le plus long galop d'essai, il savoure son avoine jusqu'au dernier grain, tient la corde, et file avec un entrain qui n'a jamais été égalé que par un *cracker* du Derby avant lui. C'est presque dommage, — dit Willon d'un air pensif, en jetant sur le dépôt confié à ses soins, *Le Roi*, des regards pleins de remords.

Un des interlocuteurs était le piqueur que nous connaissons.

— Prut! ta ta ta ratata... — dit son compagnon avec un sifflement qui se termina par une imprécation. — Cela ne le gênera que pour la course, il se portera comme un charme après. Quel petit jeu jouez-vous donc là de vous radoucir tout d'un coup? vous détestez ce jeune blagueur-là comme la peste...

— Oui, — dit le piqueur avec l'énergie d'un tigre. — Pourquoi... moi, qui suis piqueur en chef depuis près de vingt ans et chez des marquis et des vicomtes avant lui... suis-je mis de côté pour un garçon qu'il a pris à son service parmi les rebuts d'un régiment, un homme qu'on a attaché aux triangles et marqué d'un D, comme je l'ai appris depuis, et fortement soupçonné de pire encore; c'est ce gueux-là qui est maintenant installé ici orgueilleusement; nulle autre voix que la sienne n'a le droit de se faire entendre.

Ici la voix du piqueur devint rauque et véhémente, et de plus en plus retentissante en vomissant ses injures.

— Un homme qui a soigné les chevaux de tant de ducs depuis qu'il a de la barbe au menton, être ainsi mis de côté pour ce misérable vaurien qui sort d'un pénitencier. Un che al est-il enrhumé?... C'est la tisane de Rake qu'il faut lui donner. Un cheval n'a-t-il pas d'appétit?... C'est Rake qui est chargé de peser la dose de nitre et de fer. Un cheval boite-t-il ?... C'est Rake qui doit le guérir. Un cheval est-il entraîné pour une course?... C'est encore Rake qui ordonne ses temps de galop du matin et ses rations d'eau. Cela passe les bornes! Une canaille comme ça, qui a traîné ses guêtres de tous les côtés, devenir valet de chambre et vous passer par-dessus la tête dans votre propre établissement, et à qui on permet d'en remontrer à un dresseur de chevaux comme il le fait!...

— Allons, allons, pas de bavardages, — grommela le compagnon, qui n'était autre que le cousin du Yorkshire aperçu sous l'Arbre du Garde.

— Quelle somme avez-vous dit? — reprit Willon d'un air pensif.

— Deux mille ou rien.., voyons! cela ne peut pas être plus beau, — riposta le cousin du Yorkshire, de l'air d'un homme persuadé qu'il se conduit très-noblement.

— Pour la course en Allemagne? — poursuivit Willon, toujours en réfléchissant.

— Deux mille, allons! — répéta l'autre les bras croisés pour montrer que c'était là, et rien de plus, le chiffre auquel il voulait s'engager.

Willon jeta un regard sur le cheval, comme s'il avait été un être humain capable de comprendre ce qui se tramait, d'en informer qui de droit, de le faire prendre, et de le faire condamner; il pâlit légèrement, puis il se pencha en avant.

— Chut! quelqu'un pourrait nous épier! Marché conclu!

— C'est bien, et vous le badigeonnerez?

— Oui... je... je le badigeonnerai.

Le consentement avait été donné d'une voix étranglée et lentement articulé, en même temps que ses yeux lançaient un regard furtif et effrayé sur le box. Puis... toujours avec ce même regard bas, rampant, terrifié, jeté à la dérobée en s'en allant sur le cheval, comme un assassin qui surveille son inconsciente victime avant d'accomplir son crime, le piqueur et son camarade fermèrent la porte du box et se retrouvèrent dehors dans la nuit tiède et déjà avancée.

Laissé à sa solitude, *Le Roi-de-la-Forêt* se secoua avec un hennissement, se roula dans sa litière pour se rafraichir, et retourna avec appétit au gruau qu'il avait négligé jusque-là. Malheureusement pour lui, ses beaux instincts ne pouvaient pas le mettre au courant du complot qui se tramait contre lui et les siens, et le noble animal, heureux d'être tranquille, s'endormit bientôt du sommeil du juste.

VIII.

UNE CHASSE AU CERF AU CLAIR DE LUNE.

« Quand il s'agit d'une comtesse, monsieur, l'imagination est plus excitée », disait le docteur Johnson qui avait, je suppose, rarement l'occasion de mettre à l'épreuve cette doctrine des intrigues amoureuses dans la pratique de tous les jours.

Bertie, qui au contraire avait maintes occasions, différait en cela de lui. Il trouvait que la galanterie dans ses cercles policés et tranquilles commençait à devenir un peu monotone, et Laure Lelas l'amusait davantage. Cependant, il était engagé au service de Lady Guenevere, et, ce jour-là, il partit dans son phaéton attelé en poste pour se rendre à un dîner à Richmond; la grande dame devait en être l'héroïne.

Lady Guenevere se plaisait à se croire la femme d'un seigneur et maître jaloux et inexorable, et elle arrangeait ses coquetteries de manière à lui échapper avec tant d'habileté, qu'il était lamentable que tout ce talent fût dépensé contre un mari amoureux d'agriculture qui n'eût jamais songé que les mots : FIDELIO — III — TSTNEGER... que ses yeux rencontraient sur l'innocente page de son *Times*, avaient rapport à un rendez-vous chez une modiste de Regent Street; ou que l'annonce : BLANCS GAGNENT —

Douze signifiaient que, si elle portait des camélias blancs dans ses cheveux à l'Opéra, elle recevrait Beauté ensuite.

Lady Guenevere s'attachait scrupuleusement à ne jamais heurter les convenances, et cependant elle était un peu lancée, très lancée même, et elle était la reine d'une des coteries les plus lancées; mais pourtant, — ô bouclier sacré de la vertu d'une femme! — elle n'aurait pu supporter l'idée de perdre sa très-belle position, son magnifique douaire et, par-dessus tout, les superbes diamants de Guenevere!

Je ne connais rien qui garantisse mieux un mari contre une infidélité que de très-beaux joyaux de famille, lorsque cette infidélité pourrait en priver à jamais sa femme. Beaucoup de femmes quitteront leur intérieur, leur mari, leurs enfants, et sacrifieront leur réputation, si la fantaisie leur en prend; mais il n'y en a pas une sur un million qui s'oubliera assez pour risquer de perdre des diamants de la plus belle eau. Donc, our l'amour des diamants, elle et Bertie arrangeaient leurs rendez-vous le plus secrètement possible. Ce jour-là, la comtesse était allée voir une tante, baronne douairière, à Hampton-Court; elle y était bien réellement allée, car elle n'était jamais assez imprudente pour manquer à sa parole, et elle avait dîné à Richmond, avec la douairière, qui était sourde et aveugle, tandis que tout le monde croyait qu'elle dînait à Hampton-Court.

Il était bien indifférent, puisque personne ne le saurait pour en médire, que Cecil vînt les y rejoindre; qu'après le dîner à *Star and Garter* ils arrangeassent leur rencontre à Bade pour le mois suivant; que, tandis que la baronne sommeillait sur les pêches et les raisins, ils s'en allassent sur la rivière, dans un petit canot qu'il avait là au service de sa belle amie, voguer lentement à la fraîcheur du soir, tandis que les étoiles se montraient une à une dans l'épanouissement doré du soleil couchant, composant ainsi une scène gracieuse à la Musset et à la Meredith, et prenant un certain plaisir à combiner ces travestissements poétiques, car ils étaient essentiellement mondains, on le sait; la confiance de l'un pour l'autre ne s'était pas accrue.

Quand on a bien diné, que les vins étaient irréprochables, que le paysage est joli, quoique ce ne soit ni le Nil au crépuscule, ni l'Arno au clair de lune, ni la Loire au temps des vendanges, mais tout uniment la Tamise au-dessus de Richmond, n'est-il pas très-explicable qu'on se sente envahi par une pointe de sentiment quand on a à côté de soi une jolie femme, qui attend avec anxiété l'éclosion de ce sentiment qu'elle pressent?

La soirée était très-chaude et très-calme. Un léger vent du sud ridait l'eau, qui faisait entendre un doux murmure en clapotant au milieu des roseaux et des herbes. Et puis la comtesse était charmante, étendue au milieu de ses dentelles, sous son cachemire de l'Inde, le soleil couchant se reflétant dans les profondeurs de ses yeux bruns et sur sa joue délicate En contemplant sa maîtresse, Bertie sentit comme une lueur de l'ancien sentiment sincère, oublié, absurde, éclairer son cœur, en la voyant ainsi dans le demi-jour, et il se dit presque sérieusement : —

— Si les juifs me tombaient sur le dos demain, s'en affecterait-elle réellement, je me le demande?

Bertie connaissait trop bien son monde et les femmes de ce monde, pour se tromper sciemment sur la réponse.

Néanmoins, il risqua sa question.

— Seriez-vous très affectée, chère belle...

— Affectée de quoi?

— S'il m'arrivait quelque malheur, si je tournais mal, si je... enfin, si je disparaissais du monde?

Elle leva ses splendides yeux avec étonnement, et un léger frisson agita ses dentelles.

— Bertie, j'en mourrais de chagrin!... Mais à quoi pensez-vous?

— Malheureusement, il y a quantité de gens de notre monde qui finissent comme cela. Après tout, quelle doit être la fin d'un homme? — répondit philosophiquement Bertie, dont les pensées s'inspiraient toujours d'un scepticisme spéculatif. — Est-ce qu'on meurt de chagrin?

Sa Seigneurie le regarda et se mit à rire.

— Un Werther dans la Garde!... Je ne crois certes pas que le rôle vous convienne beaucoup, Bertie; mais si vous l'acceptez, au moins jouez-le artistiquement, je vous en prie. Je me souviens de m'être trouvée l'année dernière, sur la route de Saint-Germain, près de Bougival, au moment où l'on venait de retirer un jeune homme de la Seine; il était très-beau, très-bien mis, et il serrait fortement dans sa main crispée une mèche de cheveux blonds. Eh bien, voilà un homme qui savait mourir avec grâce et faire de sa mort une idylle.

— Mourir pour une femme?... Ah! — murmura Bertie, avec la nonchalance à la Brummel, propre à sa coterie, — je ne crois pas que je puisse jamais faire cela, même pour vous; non, tant qu'il me resterait un cigare.

Puis, le canot remonta le courant, les étoiles devinrent plus brillantes, et le dernier reflet du soleil s'effaça. Ils projetèrent de se retrouver le lendemain et causèrent de Bade, puis ils esquissèrent des combinaisons pour passer l'hiver à Paris. Ils rentrèrent ensuite et allèrent s'asseoir près d'une fenêtre pour prendre leur café et jouir, avec une vague sensation de plaisir, de l'air embaumé du parfum des héliotropes qui montait doucement du jardin, et du calme de la rivière éclairée par les étoiles en cette soirée d'été : une voile blanche glissait par-ci par-là, et l'on entendait de temps à autre le bruit d'un aviron suivant le sillage rapide d'un bateau à vapeur.

Ce calme si paisible et si étrange, après la cohue et le rouhaha d'une saison de Londres, était imposant.

— Serait-elle réellement affectée? — pensa de nouveau Cecil.

Dans ce moment, il aurait presque désiré qu'elle le fût.

La douairière rentra chez elle dans son coupé; la comtesse revint dans le phaéton attelé en poste de Bertie, ce qui présentait des inconvénients, car elle aurait pu être aperçue, mais il eût été encore beaucoup plus dangereux de laisser voir à ses domestiques que Cecil était venu la rejoindre à Richmond. D'ailleurs, elle avait paré à ce danger en le priant de la descendre à une petite villa dans le parc où habitait une de ses protégées, élevée au rang de confidente et qu'elle patronnait; c'était une ancienne gouvernante française, assez bien mariée, qui possédait toute la confiance de la comtesse. Une fois là, elle devait prendre le petit coupé de son ex-institutrice et rentrer tranquillement chez elle, à Eaton Square; il ne serait pas trop tard, et elle pourrait se montrer à tous les galas et à toutes les réceptions auxquels elle devait faire une apparition.

Tels étaient les petits stratagèmes qui leur faisaient croire qu'ils étaient amoureux et qui donnaient du sel à la banalité de leur intrigue. En outre, et ce qui en formait la base, c'est que, si le mari de la comtesse avait une fois jeté les yeux en dehors de la litière de ses bestiaux primés, il y avait en lui certains préjugés de caractère et d'orgueil opiniâtres, déraisonnables, d'un autre âge, qui lui auraient fait envoyer les convenances à tous les diables, à droite, à gauche, avec un dédain aveugle et brutal du scandale, et il aurait parfaitement accepté que personne ne dût plus embellir ses diamants de famille comme la comtesse les avait embellis jusqu'alors.

De sorte que Cecil avait non-seulement en garde la bonne réputation de sa compagne, mais encore ses joyaux, dépôt beaucoup plus précieux, quand il partit de *Star and Garter* par cette belle et chaude soirée d'été. Le temps était charmant; aucun nuage ne voilait l'éclat des étoiles; une forte rosée développait la senteur des herbes, et les ombres profondes des avenues étaient traversées çà et là par de larges rayons de lune argentés, glissant obliquement à travers les massifs des arbres et venant tomber sur le gazon comme une lumière blanche et sereine.

Au parc, où l'on apercevait l'eau briller de temps en temps, à travers les branches et le feuillage, Cecil arrêta ses chevaux; il avait renvoyé son groom en arrivant à Richmond, obéissant au même scrupule qui avait poussé la comtesse à congédier ses gens. Mais il n'avait pas remarqué ce dont il s'aperçut alors, c'est qu'au lieu de l'un de ses carrossiers gris, qui avait été pris d'une légère boiterie, on avait attelé le jeune cheval, *Marasquin,* qui était admirablement assorti comme taille et comme robe, mais qui, dressé pour la chasse, quoiqu'il eût été rompu aussi aux harnais, n'était pas un cheval avec lequel on pût se risquer à mener une femme.

Cependant Beauté conduisait parfaitement et tenait facilement son attelage en main, de sorte qu'il ne pensait plus à ce changement lorsque les deux chevaux gris partirent à une allure raisonnable pour traverser le parc; leurs harnais étincelaient au clair de lune, et leurs pompons rouges flottaient au gré du vent.

Ces yeux qu'il avait près de lui; cette bouche digne du Titien; ces joues au teint si riche et si délicat, étaient bien faits pour battre en brèche le calme et l'habileté qu'exigeait un cheval de cinq ans comme *Marasquin;* ils donnaient des distractions à Cecil lui-même, et il n'eut pas assez de prudence pour chagriner sa souveraine d'un refus lorsqu'elle posa sa main sur les guides.

— Ces bonnes bêtes!... Donnez-les-moi, Bertie! Ce serait dangereux, dites-vous?... Vous êtes fou! Comme si je ne savais pas *tout* conduire? Vous souvenez-vous de mes quatre rouans à Longchamps?

Elle pouvait, en effet, et à juste titre, se targuer de son habileté; elle conduisait merveilleusement, mais, au moment où il lui remettait les rênes, *Marasquin* et son compagnon accélérèrent leur trot et secouèrent leurs jolies têtes de race avec la conscience qu'une main moins ferme tenait les rênes.

— Je vais les laisser suivre leur allure, il n'y a personne à écraser ici, — dit la comtesse. — En route donc, mon beau monsieur.

Marasquin, comme s'il eût entendu cette flatteuse adjuration, se lança à un petit galop léger et vif, et secoua de nouveau la tête; il savait que, tout bon cocher qu'elle pouvait être, il n'avait qu'à donner une secousse quand il voudrait pour que sa bouche se trouvât libre en une seconde. Cecil ne fit que rire; la prudence n'était pas une de ses vertus en aucun temps; il s'appuya en arrière d'un air satisfait, pour se laisser entraîner à travers l'air embaumé de la nuit, au bruit des fers qui résonnaient joyeusement sur le gazon, en traversant ou en écartant les rameaux des branches d'arbres tout chargés d'une rosée parfumée.

Autour d'eux le clair de lune se répandait sur le chemin, dans tout l'éclat dont il brille aux premières heures de la nuit, et à l'extrémité d'une échappée de buissons, sur un tertre de gazon, on apercevait comme des fantômes ces mêmes silhouettes gracieuses qui se détachent sur la bruyère empourprée et les ajoncs foncés des landes d'Écosse, silhouettes que le canon mince et allongé des carabines guette et cherche à surprendre. Par ce beau clair d'étoiles, quelques daims, une douzaine à peu près, étaient réunis; un clan de cerfs solitaires, dont les andouillers faisaient entendre un cliquetis d'épées et s'agitaient comme des bannières déployées lorsqu'ils secouaient leurs têtes pour tendre l'oreille.

En effet, à leur vue, le cheval de chasse dressa les oreilles, aspira l'air, et fatigua son mors avec impatience. Une minute après sa tête était dégagée, et il s'élançait au grand galop, se dirigeant vers la clairière.

Cecil abandonna sa pose nonchalante et, s'élançant en avant, saisit les guides, qui en moins d'un instant avaient mis les gants de sa compagne en lambeaux.

— Restez tranquille et assise! — lui dit-il avec calme, mais d'une voix étouffée. — Ce cheval a toujours été monté pour suivre les chiens, et il va chasser les daims, ou je me trompe fort.

En effet, il chassait les daims. Surpris au moment où ils se préparaient à leurs courses vagabondes de la nuit, les cerfs partirent comme le vent au premier bruit d'alarme, et les chevaux se précipitèrent après eux. Ni adresse, ni force, ni science ne pouvaient les retenir; ils avaient pris le mors aux dents, et le démon qui s'était emparé de *Marasquin* communiqua sa folie à la jeune jument qui n'avait jamais connu pareille allure depuis qu'elle avait été attelée pour la première fois à un break. La main de Cecil, pas plus que n'importe quelle autre force humaine, n'aurait pu les arrêter : ils allaient toujours devant, en droite ligne comme si des lévriers les eussent précédés et qu'un phaéton n'eût pas été ballotté et ne se fût heurté de tous côtés ainsi qu'un poids inerte traîné derrière eux.

Bertie mesura en un instant l'imminence et l'étendue du danger; il n'y avait rien à faire que de s'abandonner au hasard et de continuer à tenir les guides jusqu'à la fin, attentif au premier signe de défaillance. Cependant le danger augmentait à chaque instant; les daims couraient toujours et les chevaux les suivaient se précipitant tête baissée; la terre fuyait sous leurs pas; la voiture roulait, cahotait, penchait à droite et à gauche; la course était arrivée à son plus haut point : il y avait danger de mort.

Tout à coup droit devant eux, au delà de l'obscurité du feuillage, l'on vit briller une ligne de lumière, étincelante, limpide, transparente, tantôt noire et obscure, là où les ombres venaient tomber sur elle, tantôt lumineuse et claire lorsque les étoiles s'y reflétaient. Cette ligne indécise barrait précisément leur chemin.

Pour la première fois, un cri de terreur s'échappa des lèvres pâles de la femme assise auprès de Bertie.

— La rivière... Oh! Cecil... la rivière!...

En effet, on apercevait, dans le lointain, la rivière aux eaux jaunes et profondes, pareille à une tombe béante, au moment où les chevaux, aveuglés par leur folie, se précipitant à l'envi l'un de l'autre, s'approchèrent de ses bords. La mort n'avait jamais été plus proche; une vingtaine de mètres encore, et la vie serait terminée à tout jamais pour eux deux. Éperdu, hors de lui, Bertie fixa les yeux pendant un instant sur ceux de sa compagne... Dans ce moment, il sentit qu'il l'aimait... dans ce moment, leurs cœurs battirent avec des pulsations plus sincères, plus tendres l'un pour l'autre qu'ils ne l'avaient jamais fait. En face de la mort, la vie devient une réalité et l'amour précieux pour les plus insouciants.

Il n'y avait qu'une seule chance de salut, et encore était-elle si désespérée qu'elle ressemblait à une folie. Ce fut la pensée d'une seconde; Bertie n'employa qu'une seconde pour se décider. Il se leva, quoique la voiture fût ballottée çà et là sur le gazon, et, conservant miraculeusement son équilibre tandis qu'elle penchait alternativement à droite et à gauche sous ce galop furieux, il saisit les rênes entre ses dents, mesura la distance d'un œil parfaitement exercé, et ramassant son corps pour prendre son élan, avec toute l'habileté acquise autrefois à Eton dans les exercices du corps, il sauta par-dessus le tablier et alla tomber à califourchon sur le dos du cheval de cinq ans.

La vitesse effrayante à laquelle ils étaient lancés le fit osciller et chanceler du côté hors montoir; un cri de femme, perçant, aigu, plein d'angoisse, retentit encore dans la nuit; un instant de plus, et il tombait la tête la première sous les pieds des chevaux. Mais il avait plus d'une fois monté sans étriers ni selle; il reprit son aplomb avec la souplesse d'un Arabe, et bien assujetti derrière le collier, une jambe écrasée entre la flèche et les flancs de *Marasquin*, rassemblant les guides raccourcies et passées à l'état de bride, il s'efforça de tout son pouvoir, avec toute la force musculaire dont il était doué, de se rendre maître des chevaux avant qu'ils fussent précipités dans l'eau. Il avait les poignets tordus comme des poulies, car la résistance qu'il rencontrait était aussi dure que du fer; mais de même qu'il avait risqué sa vie et ses membres dans l'effort qui l'avait assis sur les reins et les harnais de l'animal alors terrifié, il voulait les risquer de nouveau pour s'en rendre maître, pour ralentir leur vitesse, les détourner légèrement, et sauver la femme qu'il aimait au moins à cette heure, comme il ne l'avait jamais aimée auparavant.

Le cheval de chasse reconnut la voix de son maître, sa main, la pression de son corps, il ralentit sa course par l'habitude irrésistible et presque inconsciente de l'obéissance; la jument, arrêtée et gênée au plus fort de sa vitesse, se dressa tout debout en battant l'air de ses pieds de devant, inondant son poitrail de son écume blanche, et elle voulut s'élancer encore en avant; puis, ses pieds retombèrent à terre avec un violent fracas, les harnais brisés s'entrechoquèrent avec un bruit sec et métallique, enfin l'attelage hennissant, haletant, frissonnant, tremblant, resta immobile et vaincu.

La voiture était renversée; mais le noble et inaltérable courage de la comtesse l'avait préservée de tout mal, même lorsqu'elle fut lancée sur la fougère; quoiqu'elle fût toujours belle à toute heure, jamais elle ne lui avait semblé plus belle que lorsqu'il quitta en toute hâte les chevaux enfin maîtrisés pour se précipiter près d'elle.

—Ma bien-aimée!... mon cher amour! vous êtes sauvée!...

Les beaux yeux de la comtesse se levèrent un peu inconsciemment : le danger se faisait sentir à elle alors qu'il était passé, comme cela arrive toujours chez les femmes.

— Sauvée!... perdue au contraire!... Tout le monde saura maintenant que vous étiez avec moi ce soir!... — murmura-t-elle en frissonnant.

Elle vivait pour le monde, et sa première pensée fut pour elle-même. Il la consola tendrement.

— Chut ! soyez tranquille. Il n'y a pas de mal que je ne puisse réparer, car il n'y a ici personne qui ait été témoin de l'accident. Fiez-vous à moi, personne n'en saura jamais rien. Vous allez retourner à Londres saine et sauve, et seule.

Et, tandis qu'il faisait cette promesse, il oubliait qu'il engageait son honneur à laisser quatre heures de sa vie si bien ensevelies que, quel que fût le besoin qu'il en pourrait avoir, il ne voudrait ni ne pourrait jamais en expliquer l'emploi.

IX.

LE MORS EMPOISONNÉ.

Bade était dans tout son éclat.

Parmi les rois, les héros et les célébrités qui se rassemblaient sous les ombrages délicieux des montagnes couronnées de sapins, il n'y en avait pas un seul dans son genre plus grand que le vainqueur des steeple-chases, *Le Roi-de-la-Forêt*... certes, il n'y en avait pas un seul qui fût à moitié aussi honnête. Le favori des Gardes était le seul représentant de l'Angleterre engagé dans le Prix des Dames; aussi ses compatriotes étaient-ils heureux d'avoir pour soutenir leur honneur et leur vieille réputation Beauté et son cheval de six ans.

Beauté lui-même, avec une philosophie très-caractéristique, avait une sorte de conviction intime que les courses allemandes remettraient toutes choses en équilibre. Il s'attendait ou à faire une très-bonne affaire ou à être rudement atteint. Il n'y avait pas de milieu. Il n'avait jamais su *garantir* sa vie, et comme il y avait presque une impossibilité matérielle que, quels que fussent les chevaux présentés par les écuries étrangères, aucun d'eux fût en état d'arriver à moins d'une demi-douzaine de longueurs du *Roi*, Cecil, toujours empressé à se consoler et toujours trop insouciant pour faire entrer en ligne de compte l'éventualité d'un accident, était venu à Bade et s'y amusait soit en laissant tomber un frédéric d'or sur la rouge, soit en muguetant sous les allées ombreuses du Lichtental, soit en faisant valser Lady Guenevere dans la salle de bal, ou en jouant à l'écarté avec quelque Altesse Sérénissime, ou bien encore en soupant avec Zuzu et sa bande.

Il occupait des appartements qu'un prince russe avait occupés avant lui, et il menait cette vie princière avec toute la sérénité d'un millionnaire d'aussi loin qu'on pouvait s'en souvenir de mémoire d'argent. Il était peut-être à la veille d'une ruine totale, mais il n'admettait pas que cette raison fût suffisante pour l'empêcher d'apprécier un sorbet glacé et de rire avec une jolie actrice française le soir. Les choses, pensait-il, ne pouvaient empirer pour lui, elles étaient arrivées au pire. Il avait donc tout mis sur un seul coup, et il s'apprêtait à être roulé à fond ou sauvé par le Prix des Dames.

Lady Guenevere était rentrée chez elle sans avoir été aperçue, à la suite de l'accident qui lui était arrivé lors de leur chasse au cerf au clair de lune, et Bertie ayant rencontré son frère un ou deux jours après leur entrevue, ce dernier avait hoché la tête affirmativement, mais d'un air assez bourru, en réponse à ses questions, et avait murmuré entre ses dents qu'il « était en règle à présent ». Les juifs et les fournisseurs avaient laissé partir Cecil pour Bade sans mesures plus sérieuses qu'une menace plus ou moins insolemment notifiée. Il comptait donc que la course du *Roi* à Bade, avec tout l'argent qui reposait sur lui, remettrait le baromètre de son avoir au beau pour un certain temps : et alors, pensait-il, si l'influence de sa famille, qui était grande, lui faisait obtenir son avancement dans le 1er régiment de la Garde, si désespérées que fussent les choses, elles pourraient s'arranger encore tout doucement, sans un éclat trop bruyant.

Le matin du jour des courses, Bertie jeta un regard sur le télégramme de Londres qu'on lui présentait et qui lui était envoyé par un agent particulier et confidentiel.

— Cote ici : 2 contre 1 pour ÉTOILE. — *Rouan Irlandais offert et pris à volonté.* — *Légère baisse sur* LE ROI. — *La jument française baie un peu lourde à minuit.* — *Pense coup monté contre* LE ROI. — *Semble suspect.*

Cecil haussa les épaules et leva un peu les sourcils.

Tandis qu'il se rendait en flânant aux écuries, son visage était le plus calme, le plus paisible, le plus indifférent du monde, mais la pensée qu'il était peut-être bien près de la fin finale traversa son esprit pendant une seconde. Les totaux de son livre de paris se chiffraient par plusieurs milliers de livres dans un sens ou dans l'autre. S'il gagnait ce jour-là, tout irait bien, naturellement; s'il perdait... Beauté lui-même, malgré le bizarre mélange d'intrépidité et de langueur qui était en lui, sentit ses lèvres, tour à tour, pâlir et s'enflammer à la pensée de cette éventualité possible.

Le Roi paraissait en splendide condition ; il se rendait bien compte de ce qui se préparait, il savait ce que signifiait cette recherche inusitée de sa toilette, ce bridon qu'on lui avait passé déjà depuis plusieurs nuits, la diminution de ses boissons, les essais d'obstacles soigneusement faits dès la pointe du jour, l'examen définitif de ses fers par une main habile; il savait ce qu'on exigeait de lui, et jamais cheval en plus bel état ne s'était présenté sous une couverture que lorsqu'il fut amené lentement dans les plaines d'Iffesheim.

Le dragon autrichien, comte et chambellan de l'Empereur, qui devait monter son seul rival possible, le cheval français *Étoile*, tira sa moustache brune, lorsqu'il aperçut le grand héros anglais s'avancer sur la piste, et il murmura entre ses dents : —

— L'affaire est dans le sac!

Étoile était un cheval bai assez beau dans son genre, mais le comte Ruteroth connaissait trop bien la mesure de son pas et de ses forces pour attendre de lui qu'il luttât contre les foulées du cheval gris de la Garde.

— Allons, mon bon cheval, tu vas en oncer ces Allemands-là ! — murmura l'enthousiaste Rake, dans l'enceinte du *saddling*. — Quant à ces imbéciles . sont contre toi, tu vas les mettre dans un trou, et ne te trompe pas. Un cheval français, allons donc! Tu vas dépasser tous les veaux de ces beaux messieurs et de ces beaux membres-là en deux secondes.

L'ennemi de Rake, le piqueur en chef, l'interrompit en lui disant d'un air furieux : —

— Vous n'apprendrez donc jamais la bonne éducation? Quand *nous* gagnons, *nous* gagnons tranquillement, et quand *nous* perdons, *nous* perdons comme si cela nous faisait plaisir; toutes ces phrases et toutes ces fanfaronnades-là sont bonnes pour les gens de peu. Le cheval est en bonne condition des pieds à la tête; laissez-le donc montrer ce qu'il peut faire sur une piste plate. Excellente condition, mon garçon... excellente... j'en suis sûr, — répéta à demi-voix Willon pour l'édification de ceux qui l'entouraient, pendant qu'on bouclait les sangles des selles et que le favori de la Garde était le point de mire de tous les yeux à Iffesheim.

Puis, en sa qualité de piqueur en chef de l'écurie du héros, il dirigea l'opération du changement de bridon et, de ses propres mains, il en ajusta un tout neuf et très-brillant, qu'il portait passé dans son bras.

— C'est vraiment dommage!... c'est vraiment dommage!... — pensait le digne homme en attachant la gourmette du *Roi;* — mais je ne pouvais pas supporter d'être exaspéré comme cela par cet insolent gueux de soldat. Là, mon garçon, si tu gagnes avec une chique préparée comme celle-là, je ne suis qu'une brute!

Le Roi-de-la-Forêt mordit un peu son mors; il le trouva amer; il secoua la tête et le lécha impatiemment; le goût lui était descendu dans la gorge, et il n'en aimait pas la saveur; il tourna son œil profond et brillant avec une expression patiente et douce sur la foule qui l'entourait comme pour lui demander de quoi il s'agissait.

Personne ne toucha à son mors; la seule personne qui aurait pu se permettre de l'examiner était activement occupée à donner le dernier lustre à son poil avec un mouchoir fin... caressant cette belle encolure que le mouchoir de fine batiste aux coins armoriés d'une grande dame avait plus d'une fois essuyée, et son instinct, malgré sa supériorité, ne l'engagea pas à étendre d'un coup de pied son piqueur en chef, empoisonneur et traître.

Le Roi s'irritait du goût de la drogue dont son mors était badigeonné; il avait des nausées toutes les fois qu'il avalait sa salive et tournait et retournait sa belle tête d'un air mélancolique et étonné.

En ce moment, une main familière caressa sa crinière, un pied bien connu se posa sur l'étrier, et Bertie s'élança en selle, aussi léger que le fut jamais gentleman-rider, en dépit de ses membres de six pieds.

Le Roi, à ce contact bien connu, à cette voix bien-aimée, redressa ses oreilles délicates, trembla de tout son corps sous l'impression d'une vive sensation de plaisir, aspira l'air avec impatience par ses narines dilatées, et sentit toutes ses veines se gonfler et tressaillir de joie sous sa peau de satin; c'était toute l'impatience, la force, l'ardeur, la vivacité et l'intensité de la vie même.

Si, du moins, ces nausées pouvaient disparaître! Il sentait en lui comme un malaise indéfinissable que sa jeune et noble constitution n'avait jamais éprouvé depuis sa naissance. Entre lui et le soleil du matin s'élevait comme une vapeur confuse, épaisse; les bruits familiers frappaient son oreille délicate avec quelque chose de sourd et d'étrange; son corps semblait comme paralysé; il secouait la tête avec une impatience nerveuse et inaccoutumée; il ne pouvait se rendre compte de ce qui le faisait souffrir. La main qu'il chérissait lui indiquait bien la besogne qu'on demandait de lui, mais il ne sentait plus sa direction avec la même certitude, et la terre sèche et brûlante qu'il frappait de ses fers lui faisait l'effet de s'enfoncer et de se soulever sous lui tour à tour. Le narcotique s'était infiltré dans ses veines et commençait à envahir lentement, mais sûrement, son cerveau sagace et ses sens délicats.

Le signal du départ fut donné. La première impulsion insensée, irréfléchie, les fit tous partir avec la force d'un torrent contenu devenu subitement libre; tous les instincts de la race et de l'habitude, et cette obéissance, qui le rendait aussi souple que la soie à la volonté de son cavalier, lui firent prendre les devants avec ce pas qui avait rendu le nom du favori des Gardes célèbre dans tous les comtés.

Pendant un moment, il eut l'avance sur tous ses concurrents et, d'un seul effort de son galop allongé d'autrefois, il eut bientôt dépassé le cheval français de trois longueurs. Puis ses yeux exprimèrent une angoisse terrible, la paralysie et les nausées s'emparèrent encore une fois de lui, ses jambes tremblèrent, devant sa vue s'éleva comme un brouillard opaque et tourbillonnant; toute la force, l'énergie, la puissance vitale qui étaient en lui, semblaient être anéanties.

Et cependant il luttait bravement.

Il faisait de violents efforts, son cœur battait avec force; il entendait le bruit assourdissant du premier peloton qui gagnait de plus en plus sur lui, il sentait ses rivaux se presser autour de lui avec une habileté toujours croissante, il sentait le souffle ardent de son adversaire lui brûler les flancs et les épaules, il sentait la pression affolée d'une lutte d'encolure à encolure, il sentait ce que, dans le cours de toute son existence victorieuse, il n'avait jamais connu... la paralysie de la défaite.

La foule étincelante, dispersée sur la pelouse, le suivait des yeux avec une stupeur et un étonnement indicibles; chacun voyait le fameux héros anglais battu comme le premier cheval surmené venu.

Il essaya encore une seconde de s'élancer à travers la foule de ses concurrents, de sortir de la cohue affolée et irréfléchie, à travers le brouillard... ennemi pire que le reste!... qui lui mettait un voile sur les yeux... Un instant encore il fit de grands efforts pour rendre la vie à ses membres, pour donner de nouveau la vigueur et la puissance à ses nerfs et à ses reins. Puis les ténèbres se firent tout à fait; sa vaillance et son courage l'abandonnèrent; il ne put faire davantage... la main de son cavalier se détendit et le fit tourner doucement en arrière, sa voix arriva très-basse et très-calme à ceux qui, voyant que tout effort était inutile, l'observaient en se pressant autour de sa selle.

— *Le Roi* a quelque chose, — dit Cecil avec calme. — Il

est bel et bien pris par les jambes. Il faut qu'un vétérinaire le voie, car s'il fait un pas de plus, il va tomber.

Avec quelle douceur ces paroles avaient été dites! et pourtant pendant l'unique minute qui s'était écoulée depuis qu'ils avaient quitté le poteau du départ, l'existence semblait s'être centuplée pour *Le Roi-de-la-Forêt* et son propriétaire.

Les autres chevaux passèrent comme une flèche sans le favori.

Le prix des Dames fut gagné par le cheval bai français, *Étoile*.

X.

PETITE REINE.

Un jeune Prussien s'était brûlé la cervelle la nuit précédente, à la suite de pertes à la roulette; ce tragique événement avait passé inaperçu; il n'avait ni surpris ni impressionné la foule joyeuse rassemblée à Bade, et ne devait certes pas défrayer les conversations à moitié autant que l'inconcevable échec du favori de la Garde. On ne cherchait l'explication de ce fait incompréhensible que dans un mystère; pour tout le monde il y avait là quelque chose de louche.

La drogue malfaisante avait fait son œuvre plus complétement encore que Willon et son complice n'auraient osé l'espérer; ils avaient cru que leur préparation agirait juste assez seulement pour enlever au favori une partie de sa vitesse, mais non pas pour produire des effets aussi palpables que ceux qu'on avait remarqués. La chose, néanmoins, avait été si habilement préparée, qu'en examinant l'animal, il fut impossible de découvrir aucune trace du délit, et les investigations des vétérinaires, tout en laissant subsister la conviction que le cheval avait été médicamenté, ne purent expliquer ni quand, ni comment, ni à l'aide de quelles drogues il avait été réduit à l'impuissance.

Tous les officiers de la Garde, ceux qui avaient assisté

à la course, comme ceux que leur service avait retenus en Angleterre, avaient été rudement atteints; il n'en était pas un qui se préoccupât de la perte qui venait de lui être infligée ni des embarras qu'elle lui causerait : l'échec de leur champion en face de l'Europe les touchait bien autrement. Les gentilshommes autrichiens et français, quoique l'événement les eût favorisés, étaient presque dans le même état d'exaspération; il semblait que leur honneur eût reçu une odieuse flétrissure par le fait que sur une terre étrangère le célèbre steeple-chaser anglais avait été traité de la sorte.

Cecil seul, au milieu de tout cela, restait très-calme; à peine s'il disait un mot, et le plus fin observateur n'aurait pu découvrir un changement dans sa physionomie. Une fois seulement, pendant qu'on parlait autour de lui des investigations du Club et de l'enquête qu'on allait faire pour découvrir le traître, un éclair subit, terrible, s'alluma dans ses yeux bruns et doux, comme ceux d'une gazelle, sous leurs longs cils semblables à ceux d'une femme.

— Quand vous l'aurez trouvé, amenez-le-moi.

L'éclair disparut aussitôt; mais ceux qui connaissaient la passion impétueuse que contenait le sang des Royallieu se dirent qu'en dépit de la douceur de caractère de Bertie, il y aurait un jour ou l'autre un terrible compte à rendre à ce quiétiste pour le mal fait à son cheval. Il ajouta peu de choses ou presque rien à ce qu'il venait de dire; à la sympathie et à l'indignation qu'on lui exprimait de tous côtés, il répondait avec son calme et son indolence ordinaires. Mais à bien dire, c'est à peine s'il savait ce qu'on disait ou ce que l'on faisait autour de lui; il était dans l'état d'un homme abasourdi ou écrasé par la violence d'une chute épouvantable. Il lui tardait d'être hors de ce monde qui l'avait tant amusé; il aspirait ardemment pour la première fois de sa vie à être seul. Car il savait qu'avec l'échec du *Roi-de-la-Forêt* avait disparu la dernière planche qui faisait surnager sa fortune; peut-être même la dernière planche qui empêchait son honneur d'être submergé.

Pour la première fois de sa vie, la société de ses nombreuses connaissances lui devint intolérable; pour la première fois de sa vie, il chercha un refuge contre ses pensées dans le stimulant de la boisson, et il se fit servir du cognac pur comme si c'eût été du badminton glacé, avant de s'éloigner avec ses camarades des plaines désastreuses d'Iffesheim. Dès qu'il le put, il se débarrassa d'eux; le papotage qu'il entendait autour de lui lui était insupportable. Les hommes se montraient tous pleins de cœur; quoiqu'ils eussent été cruellement atteints dans cette journée, aucun d'eux n'avait fait la moindre allusion pour rappeler qu'ils devaient leur désastre à la confiance qu'ils avaient eue en lui; mais la cordialité et la sympathie même qu'ils lui témoignaient le piquaient d'autant plus, et leur indulgence rendait ses pensées d'autant plus sombres.

Il se délivra d'eux à la fin et alla se promener seul dans les jardins de l'Hôtel Stéphanie jusqu'à ce que les verts ombrages d'une allée lui eussent procuré comme une solitude, et que le seul écho de la joyeuse société de Bade qui parvînt jusqu'à lui fût le son éloigné d'un orchestre, un léger murmure de rires, ou le roulement d'une voiture résonnant au travers de l'air attiédi.

Il était huit heures; le soleil descendait obliquement vers l'ouest dans une splendeur sans nuages, inondant le brillant paysage d'un riche coloris d'or et teintant d'une couleur de bronze les sombres masses de la forêt Noire.

De l'endroit où il s'était jeté sur un banc sous un frêne

des montagnes, essayant en vain d'envisager l'étendue de la catastrophe qui était venue fondre sur lui, et à laquelle ni son éducation, ni ses habitudes, ni un moment de réflexion sérieuse ne l'avaient jamais préparé, les yeux fixés vaguement et inconsciemment sur les épais bois de sapins et les gorges escarpées de la forêt qui s'étend au-dessus et autour du nid verdoyant et touffu où est situé Bade, il suivait machinalement du regard la laborieuse ascension d'un charbonnier qui gravissait au loin le flanc de la montagne à travers les arbres verts.

— Ces pauvres diables nous envient! — pensait-il. — Mieux vaut dix mille fois être l'un d'eux que de s'entraîner pour la grande-course et de partir avec les favoris, lourdement chargé du dédit de la Pauvreté!

Un léger coup frappé sur son bras, pendant qu'il était assis là, lui fit détourner les yeux avec surprise. Devant lui se tenait une petite personne élégante et délicate, la gaieté même au milieu de ses dentelles blanches, de ses broderies, de ses rubans roses, et de ses longs cheveux flottants renfermés dans un filet d'or.

C'était la petite Lady Venetia, fille unique de la maison de Lyonnesse, née d'un dernier mariage de Sa Grâce, la sœur de huit ans du colossal Séraphin; le joujou d'une jeune et charmante mère qui avait flirté avec son futur beau-fils dans Belgrave, avant de s'éprendre sincèrement et réellement du vieux duc, toujours galant et toujours beau.

Cecil sortit de sa rêverie et lui sourit; il avait passé des mois entiers à Lyonnesse depuis la naissance de cette enfant, et il avait été doux et bon avec elle, comme il l'était avec tous les êtres vivants, quoiqu'il l'eût rarement remarquée.

— Comment, Petite Reine, — lui dit-il avec bonté, malgré l'amertume de ses pensées, en lui donnant le nom qu'elle portait généralement, — toute seule... et où sont donc vos compagnes de jeu?

Petite Reine, qui, pour justifier son sobriquet, était une imposante et impériale petite personne, inclina sa tête excessivement délicate, vraiment, et portée royalement, toute jeune qu'elle était.

— Ah! vous savez que je ne me soucie pas des enfants!

Cela était dit si dédaigneusement, et pourtant si sincèrement, sans la moindre affectation, avec l'expression d'une opinion mûrie et si méprisante, que même dans ce moment cela l'amusa. Elle n'attendit pas la réponse et se pencha plus près encore, avec une expression de pitié et d'anxiété infinie dans ses jolis yeux.

— Je voudrais bien savoir... vous êtes bien contrarié, n'est-ce pas? Ils disent que vous avez perdu tout votre argent!

— Vraiment?... Ils n'ont pas tout à fait tort. Mais qui sont ces « ils », Petite Reine?

— Oh! le prince Alexis, et le duc de Lorance, et maman, et tout le monde. Est-ce vrai?

— C'est très-vrai, ma chère petite.

— Ah!... — dit-elle en poussant un soupir et en le regardant d'un air triste, la tête penchée de côté et les lèvres entr'ouvertes. — J'ai entendu le gentilhomme russe dire que vous étiez ruiné. Est-ce que c'est vrai aussi?

— Oui, chère petite, — répondit-il négligemment sans penser beaucoup à l'enfant dans l'extrémité désespérée où il était arrivé.

Petite Reine resta devant lui silencieuse, sa jeune et fière seigneurie avait le cœur très-tendre et elle était très-affligée; elle avait compris ce qu'on avait dit de lui devant elle, vaguement, il est vrai, et sans se rendre compte du véritable sens des paroles qu'elle avait entendues, mais avec la prompte intuition d'un enfant intelligent et gâté.

En la regardant, il s'aperçut avec étonnement que ses yeux étaient pleins de larmes : il lui tendit la main et l'attira vers lui.

— Eh bien, ma chère petite, comment savez-vous tout cela?... Comment m'avez-vous découvert ici?...

Elle se pencha vers lui, en balançant sa taille élancée au milieu de ses fines et diaphanes mousselines comme une gracieuse campanule, et leva vers lui son visage, d'un air sérieux, suppliant et très-ardent.

— Je suis venue... je suis venue... je vous en prie, ne vous fâchez pas... parce que je leur ai entendu dire que vous n'aviez pas d'argent, et que je voudrais que vous prissiez le mien. Prenez-le, je vous en prie!... Voyez, c'est de l'or tout brillant, et il est à moi, bien à moi. Papa me l'a donné exprès pour que j'en fasse ce que je voudrais. Prenez-le, je vous en prie!....

Et rougissant vivement, car Petite Reine avait ce véritable instinct des généreuses natures, une délicatesse de sensitive pour les autres; puis doucement, de plus en plus ardente dans son éloquence, plus suppliante dans ses instances, elle répandit sur les genoux de Cecil, d'une petite bonbonnière en émail, vingt napoléons brillants qui tombèrent en pluie dorée sur le gazon.

Il tressaillit et la regarda sans prononcer un mot; elle crut qu'elle l'avait offensé. Elle s'approcha plus près encore, toute pâle d'inquiétude, et ses grands yeux remplis d'une expression d'ardente supplication.

— Ne vous fâchez pas, je vous en prie; prenez-le, il est bien à moi, et vous savez que j'ai des bonbons, des livres, des joujoux, des poneys, et des chiens tant que j'en veux; je n'ai jamais besoin d'argent, je vous assure. Prenez-le, s'il vous plaît... prenez-le... et si vous vouliez seulement me laisser demander à papa ou à Rock, ils pourraient vous donner des milliers et des milliers de livres, eux, si ce que je vous apporte n'est pas suffisant; je vous en prie, laissez-moi vous donner cela!

Cecil, toujours silencieux, se pencha et l'attira vers lui. Lorsqu'il prit la parole, sa voix tremblait légèrement, et il sentit ses yeux voilés par une émotion qu'il n'avait jamais éprouvée pendant toute sa vie insouciante. Les paroles et l'action de cette enfant l'avaient profondément touché, l'innocence caressante et généreuse du don offert, à côté de l'énorme extravagance et de la banqueroute sans espoir de sa carrière, lui avait fait éprouver une angoisse indicible, mais lui faisait ressentir un étrange plaisir.

— Petite Reine, — murmura-t-il doucement, en essayant en vain de reprendre son ancienne légèreté, — Petite Reine, comme un homme devra vous aimer un jour! Merci de tout mon cœur, mon innocente petite amie!

Le visage de la petite fille rougit de plaisir; elle sourit avec toute la joie sans mélange d'un enfant.

— Ah! alors vous allez le prendre?... et s'il vous en faut davantage, laissez-moi le leur demander. Papa et Philippe ne me refusent jamais rien.

La main de Bertie caressa doucement sa magnifique chevelure, et il remit les napoléons qu'il avait ramassés dans la bonbonnière bleue.

— Petite Reine, vous êtes un petit ange, mais je ne puis pas prendre votre argent, mon enfant; il ne faut pas non plus que vous en demandiez pour moi, ni à votre père, ni à Rock. N'ayez pas l'air si désolé, ma chère petite;

je ne vous en aime pas moins parce que je vous refuse.

Le visage de Petite Reine était très-pâle et très-sérieux; visage délicat qui, dans son enfantine miniature féminine, ressemblait singulièrement à celui du Séraphin; ses yeux se remplirent d'un étonnement douloureux et d'une tristesse pleine de reproches.

— Oh! — dit-elle, en baissant la tête avec un soupir, — cela ne peut pas vous être utile, parce que c'est trop peu de chose; je vous en prie, laissez-moi en demander davantage!

Il sourit, mais son sourire était contraint.

— Non, ma chère petite, il ne faut rien demander; je me suis conduit comme un fou, ma petite amie, et il faut que je porte la peine de ma folie; tous les hommes doivent se résoudre à cela. Je ne puis accepter l'argent de personne, pas même le vôtre; quand vous serez plus âgée, souvenez-vous de cela, vous saurez pourquoi alors; mais je ne vous en remercie pas moins de tout mon cœur.

Elle leva les yeux sur lui d'un air affligé et de regret.

— Vous ne prendrez donc rien, monsieur Cecil? — lui demanda-t-elle avec un soupir, en regardant ses napoléons refusés.

Il prit la bonbonnière d'émail.

— Je vais prendre cela, si vous voulez me le donner, Petite Reine, et je le garderai en souvenir de vous.

En disant ces mots, il se baissa et l'embrassa très-doucement; cette démarche l'avait ému, plus profondément qu'il ne croyait qu'il fût en lui d'être ému par quelque chose, et le visage que l'enfant tournait vers lui avait une beauté parfaite et aristocratique bien au-dessus de son âge.

Elle rougit quand ses lèvres touchèrent son front, et elle s'éloigna légèrement de lui.

Un des domestiques de l'Hôtel Stéphanie s'approcha avec

une lettre d'Angleterre qui, portant l'indication de PRESSÉE, avait été mise à part de la pile des lettres adressées aux autres voyageurs.

Cecil la prit négligemment... de nouveaux embarras pouvaient seuls lui venir d'Angleterre... il regarda la petite Lady Venetia,

— Vous permettez?... — dit-il.

Elle inclina sa tête gracieuse, avec toute la naïve ignorance d'une enfant. Elle avait toutes les manières de l'ancienne cour; elles la rendaient ravissante.

Il déchira l'enveloppe et lut.

Quelle lettre déplorable, tachée, griffonnée, où les mots étaient effacés par des ratures furieuses et ces ratures couvertes des traces d'abondantes larmes, que cette lettre écrite sous l'impression d'un profond désespoir! Elle était longue; cependant d'un coup d'œil, Bertie en devina le but et le sujet; au premier aperçu, il en sut le contenu comme s'il en avait étudié chacune des lignes, chacun des mots.

Un violent tremblement s'empara de lui de la tête aux pieds, tremblement causé à la fois par une colère terrible, aussi bien que par un chagrin mortel; son visage devint d'une pâleur livide; ses dents se serrèrent comme s'il eût voulu se roidir contre une douleur physique. Il déchira la lettre en deux et l'enfonça de son talon dans le gazon avec un mouvement aussi peu en rapport avec la sérénité de ses manières, que la terrible fureur qui grondait dans ses yeux ressemblait peu à la douceur habituelle de son caractère trop souple et si peu vindicatif.

L'enfant qui l'observait tressaillit et resta stupéfaite; elle lui toucha doucement la main.

— Qu'est-ce donc?... est-ce quelque chose de pire encore?...

Il tourna les yeux vers elle avec une expression d'angoisse sèche, brûlante, accablée; il savait à peine ce qu'il disait et ce qu'il répondait.

— De pire.... de pire?... — répéta-t-il machinalement, tandis que son talon enfonçait toujours avec mépris les débris de papier dans l'herbe. — Il ne peut rien y avoir de pire!... c'est la honte la plus infâme, la plus noire!...

La ruine, qui était tombée sur lui ce jour-là même, était réduite à néant et bannie de son esprit; ce n'était plus rien à côté de l'horrible désolation qui l'atteignait alors.

De joyeux rires d'enfant retentirent en ce moment. C'étaient les enfants d'une princesse française qui cherchaient leur compagne Venetia, qui leur avait échappé pour se mettre à la recherche de Cecil. Il l'engagea à aller les rejoindre, il ne pouvait même pas supporter près de lui les yeux limpides et compatissants de Petite Reine.

Elle hésita en le regardant fixement; elle n'aurait pas voulu le quitter.

— Laissez-moi donc rester avec vous! — dit-elle d'une voix caressante. — Quelque chose vous a fait de la peine... moi, je ne puis vous aider, mais Rock le peut... le duc le peut... Permettez-moi de le leur demander.

Il lui posa la main sur l'épaule; sa voix en lui répondant était rauque et mal assurée.

— Non; allez-vous-en, ma chère petite. Vous me ferez plus de plaisir en me laissant. Ne demandez rien à personne, n'en parlez à personne; puis-je me fier à vous pour garder le silence, Petite Reine?

Elle jeta sur lui un long regard sérieux.

— Oui, — répondit-elle simplement et gravement, comme quelqu'un qui n'accepte pas un dépôt à la légère.

Puis elle partit lentement, à regret; le soleil faisait étinceler le filet d'or qui retenait ses cheveux, et de grosses larmes roulaient sous ses cils soyeux.

Resté seul, la tête dans ses mains, il donna un libre cours au violent mépris, à la souffrance aiguë qui s'emparaient de lui tour à tour à mesure que les expressions de la lettre pénétraient plus profondément dans son cerveau. Jusque-là, il n'avait jamais su ce que c'était que de souffrir; jusque-là, sa foi languissante admettait qu'aucun homme raisonnable ne sent rien profondément, et que glisser dans la vie sans trouble et sans émotion est aussi possible que politique. Alors il souffrait; il souffrait en silence comme un chien, avec fureur comme un barbare; à présent, il était en face d'un malheur qui, venant le frapper, perçait son armure d'indifférence, et échappait à sa superficielle philosophie.

— Oh! mon Dieu! — pensa-t-il, — tout... tout, excepté la honte!...

Une heure ou deux auparavant, dans un repaire misérable, deux hommes étaient en conférence. L'un d'eux était Ben Davis; l'autre, plus petit et plus calme, avec un œil hébreu vif et perçant et une peau olivâtre, un juif, Ezra Baroni.

— Ce beau faraud de la Garde! — murmura le premier en fermant à demi les yeux pour la centième fois. — Je lui ai pourtant rivé son clou à la fin! Il ne sera plus si pressé de faire un *walk over*, à présent. Maudits soient ces farceurs-là! ils vont toujours jusqu'au bout dans tout; ils ne font que des sottises, et ils s'en tirent toujours; et avec cela, quand par hasard on en vient à bout, ils ont l'air si tranquilles, qu'on ne sait jamais s'ils sont vraiment battus, même quand leurs amis les débarbouillent, comme à la fin d'une partie de boxe on débarbouille le vaincu... On ne peut jamais les faire reculer, même quand ils ont reçu un coup mortel, c'est là ce qu'il y a d'assommant.

— Eh bien! qu'est-ce que cela fait, puisqu'on les a frappés? — répliqua très-philosophiquement le juif.

— Comment, qu'est-ce que cela fait? mais c'est une volerie, — reprit le fripon d'un air farouche que son succès n'avait pas modifié; — c'est une volerie.... Quand on finit par venir à bout d'un mirliflore comme celui-là et qu'on le met à bas proprement, on devrait au moins jouir du spectacle de sa défaite.

Le juif fit entendre un petit ricanement.

— Que vous êtes enfant, mon gros Ben!... Qu'importe son air fanfaron, du moment que vous avez réussi et que l'argent est dans votre poche?

Le gros Ben grogna sourdement, comme un mâtin qui essaye d'atteindre un os que l'on tient suspendu au-dessus de sa gueule.

— Au diable l'argent! les jaunets ne me font pas moitié autant de plaisir que j'en éprouverais si je le voyais avouer qu'il est enfoncé! D'ailleurs, il est très-vrai que cette expédition-là a rapporté pas mal d'argent comptant, je ne dis pas le contraire; mais il y a deux mille livres à faire sauter pour Willon, et l'imbécile n'en mérite pas un centime; n'a-t-il pas mis la couche de peinture si épaisse que si le Club ne flaire pas toute l'affaire...

— Laissez donc! — dit le juif placidement. — Ils pourront faire ce qu'ils voudront, ils ne sauront jamais la vérité tout entière. Ce Willon est bien fin; il saura tenir sa langue; ils ne peuvent rien prouver; ils peuvent bien donner son sac à un garçon d'écurie et se croire très-habiles à découvrir l'origine d'une jument, mais ils n'arriveront jamais jusqu'à nous!

Le drôle poussa un bruyant éclat de rire de soulagement et de joie.

— Non. Nous connaissons trop bien les tenants et aboutissants de la loi du turf pour être pris en dormant. Maintenant, c'est à votre tour d'aller mettre ce blagueur sous la meule pour le deuxième acte de la comédie, voulez-vous?...

Ezra Baroni sourit en se penchant sur la table pour examiner quelques papiers.

— Ceci est une affaire délicate; n'y mettez pas votre grosse patte... vous gâteriez tout.

Ben Davis grogna de nouveau.

— Non, soyez tranquille. Vous savez aussi bien que moi que je ne peux pas me montrer dans l'affaire. Que je sois pendu si je ne serais pas presque disposé à risquer un voyage à Botany-Bay pour avoir le plaisir de tordre le cou moi-même à ce bel oiseau, mais je n'ose pas; il n'aurait qu'à me voir paraître, tout serait perdu. Il faut que vous fassiez la chose tout seul. Allez-y donc, vous avez l'air extrêmement respectable. Si votre paletot était un peu plus long, on vous prendrait pour un curé.

Le juif se mit à rire doucement, et le fripon sourit d'un air sinistre pour appuyer sa plaisanterie. Baroni réunit ses papiers dans un portefeuille en cuir de Russie très-propre. Très-correctement vêtu, sans la moindre apparence de luxe superflu, il avait l'air extrêmement comme il faut; il dit en s'arrêtant un instant : —

— A propos, cher enfant, que faut-il faire si le marquis veut tout acheter pour étouffer la chose? Dix à parier qu'il le fera; il ne tient pas plus à l'argent qu'aux macarons, et il aime son ami, dit-on.

Ben Davis retira ses jambes de dessus la table en faisant

grand bruit et se leva en colère, l'œil enflammé et presque agressif dans un emportement instantané.

— Sans tordre le cou de ce bel oiseau?... Non... pas pour un million comptant! Sans avoir réduit ce beau monsieur en poudre?... Non, pas pour tout l'or de tous les Rothschild du monde! Le diable l'emporte avec sa figure de femme! Je veux bien me tenir dans l'ombre à présent; mais quand je l'aurai vu écrasé, éreinté, ruiné, montré au doigt, et chassé de son beau monde et de tous les champs de courses aristocratiques, c'est alors que je paraîtrai pour jeter un regard sur lui; alors je verrai mon brillant gentilhomme réduit à l'état de *swindler,* usé, éreinté, et allant mourir dans un bagne!

L'insigne méchanceté, le désir brutal et affamé de vengeance qui avaient inspiré ces paroles, prêtaient à leur grossière vulgarité quelque chose de tragique dans son énergie, d'horrible dans sa fureur. Ezra Baroni le regarda tranquillement; puis, sans ajouter un seul mot, il partit pour aller accomplir une tâche sympathique à sa nature.

— Ce gros enfant n'est qu'un imbécile, — se dit avec le plus grand calme le subtil juif. — La vengeance... ce n'est que la largeur du vent; elle souffle un jour pour vous, le lendemain elle souffle contre vous; le seul véritable bien, c'est l'argent.

Le Séraphin était revenu à cheval d'Iffesheim à l'Hôtel de Bade, en compagnie de quelques officiers autrichiens et d'un ou deux de ses camarades. Au moment où il mettait pied à terre, un petit homme bien mis, d'un extérieur froid et même assez distingué, s'approcha respectueusement de lui en ôtant son chapeau.

C'était Baroni.

— C'est au très-noble marquis de Rockingham que j'ai l'honneur...? — dit-il.

— C'est bien mon nom. Mais je ne vous connais pas... avez-vous quelque chose à me demander?

— Je désirerais, — reprit Baroni respectueusement, mais avec assez d'indépendance pour ne pas effrayer son auditeur, à qui, il l'avait deviné d'un seul coup d'œil, une soumission rampante déplairait, — avoir l'honneur de poser à Votre Seigneurie une question très-simple.

Le Séraphin parut tout à la fois un peu ennuyé et assez diverti.

— Eh bien, faites, mon brave homme! je vous écoute! — dit-il avec un air d'impatience, mais toujours d'assez bonne humeur.

— Alors, voudriez-vous être assez bon, milord, — continua le juif avec un accent hébraïque allemand prononcé, — pour me faire l'honneur de me dire si cette signature est la vôtre?

Le juif tendit au jeune homme un papier plié, si bien plié qu'une seule ligne était visible en travers de laquelle était tracé en caractères hardis le mot : *Rockingham*.

Le Séraphin prit son binocle, se baissa, examina le papier avec attention, puis hocha la tête.

— Non; ce n'est pas ma signature; du moins je ne le crois pas Je n'ai jamais fait mon R aussi bien que cela.

— Bien des remercîments, milord, — dit tranquillement Baroni. — Encore une question, et nous pourrons établir le fait. Votre Seigneurie a-t-elle endossé des billets le 15 du mois dernier?

Le Séraphin parut surpris et réfléchit un moment.

— Non, pas du tout, — dit-il après une pause. — J'en ai endossé quelquefois pour des camarades de mon régiment, mais pas ce jour-là. Je suis allé chasser à Hornsey-Woo[d] presque toute la journée, si je m'en souviens bien. Mai[s] pourquoi cette question ?

— Je vais vous le dire, milord, si vous voulez bien m'accorder un entretien particulier.

— Je ne désire pas en entendre davantage, — répliqua Rock, pendant qu'il pensait avec regret : — C'est roide, ce morceau de papier! peut-être est-ce quelque pauvre malheureux dans l'embarras. J'aurais mieux fait de ne pas nier si fort ma signature. Si le mal est fait, il n'y a rien à gagner en contrecarrant cet homme.

La bonne nature du Séraphin était sujette à dédaigner des bagatelles comme la Loi.

Baroni marcha près de lui jusqu'à la porte de l'hôtel en continuant à parler très-bas.

— Milord, si vous ne voulez pas m'entendre, il peut en résulter un grave préjudice pour la réputation de votre régiment et celle de vos amis.

Le Séraphin se retourna; sa belle et insouciante figure devint aussitôt sérieuse, ses grands yeux bleus se remplirent d'un éclat de mauvais augure.

— Montez! — dit-il d'un ton bref, en indiquant au juif le grand escalier. — Conduisez cet individu à mon appartement, Alexis.

Baroni avait gagné son procès; il fut introduit dans les splendides appartements affectés au futur Duc de Lyonnesse. Le Séraphin le suivait, et, lorsque le valet de chambre eut fermé la porte et les eut laissés seuls, il se dressa comme une tour au-dessus de la petite taille grêle du juif, en même temps que les mots sortaient de ses lèvres par saccades et comme avec un violent effort.

— Prouvez ce que vous osez dire, ou je vous fais

jeter par cette fenêtre par mes palefreniers!... allons!...

— Je ne désire pas autre chose, milord, — dit Baroni tranquillement, — tout en regrettant infiniment d'être le porteur d'une pareille nouvelle. Ce billet, que dans un instant je vais avoir l'honneur de mettre sous vos yeux, a été négocié par ma maison... je suis un des associés d'un comptoir d'escompte de Londres!... ainsi endossé, votre nom bien connu... Bref, des sommes d'argent ont été prêtées sur ce billet; comme il était fait à deux mois de date, nous avons pensé que vous l'acceptiez; il ne pouvait pas y avoir le moindre danger avec une signature comme la vôtre. Lorsque ce billet a été négocié, j'étais à Leyde, à Lubeck et autres lieux; je n'entendis donc pas parler de cette affaire; quand je revins à Londres, il y a un peu moins de huit jours, je vis la signature pour la première fois. Je fus tout de suite convaincu que ce n'était pas la vôtre, car j'avais sous la main quelques billets payés, signés de vous, et la comparaison ne permettait pas le doute. Naturellement, ma seule ressource était de venir vous trouver, quoique je fusse à peu près certain, avant votre dénégation de tout à l'heure, que ce billet était faux.

Le Séraphin l'écoutait d'un air agité, impatient, cruellement secoué par les efforts qu'il faisait pour contenir la colère qui s'était éveillée en lui à l'insinuation que cette malheureuse affaire pouvait concerner ou atteindre l'honneur de son corps.

— Eh bien! expliquez-vous! — dit-il avec impatience. — Tous ces détails ne signifient rien. De qui est ce billet?... Qui a imité mon nom, s'il a été imité?... Allons, vite! donnez-moi ce papier!...

— Avec toute la confiance et tout le respect que je vous dois, milord, je ne puis laisser ce billet sortir de mes mains avant que cette malheureuse affaire ait été éclaircie... si elle peut l'être. Votre Seigneurie va cependant voir ce billet, tout naturellement, déposé là sur la table; mais d'abord permettez-moi de vous avertir, monsieur le marquis, que cette vue vous sera profondément pénible. Très-pénible, milord, — ajouta Baroni avec expression. — Préparez-vous donc à.....

Rock laissa tomber sa main sur la table de marbre avec une telle force que les candélabres et les statuettes dont elle était chargée résonnèrent et tremblèrent.

— Pas un mot de plus!... mettez ce billet là!...

Baroni s'inclina et déposa doucement sur la console le document chiffonné, qu'il retint d'une main, laissant cependant visible avec la signature contrefaite un autre nom, le nom du faussaire en faveur duquel le billet avait été souscrit; cette autre signature était : Bertie Cecil.

— Je regrette profondément de vous porter un pareil coup contre un ami comme celui-là, milord, — dit le juif d'un ton mielleux.

Le Séraphin se baissa pour regarder; un instant, un étonnement rempli d'horreur le rendit muet; il demeura les yeux fixés sur l'écriture comme sur quelque chose de hideux; puis son sang bouillant se fit jour sur sa belle et noble figure, il s'élança sur l'israélite; et, avant que l'autre eût eu le temps de respirer ou de se mettre en garde, il l'enleva jusqu'au plafond et le lança sur le tapis aussi légèrement qu'un chien couchant attrape au vol et laisse retomber un canard sauvage ou un coq de bruyère, et se penchant vers Baroni couché à terre : —

— Misérable!...

Baroni, étendu immobile et suffoqué par la violence du

choc et la surprise, n'en avait pas moins conservé, même au milieu de l'ouragan de colère qui l'avait secoué de la tête aux pieds comme le vent secoue les feuilles, le document entre ses mains, et aussi la nette et entière possession de lui-même.

— Milord, — dit-il d'une voix faible, — je ne m'étonne pas de la douleur qui vous rend si irritable, mais je ne puis admettre que ce faux que je sais être une escroq...

— Silence!... Répétez encore ce mot, et je suis capable de m'oublier et de vous flanquer dans la rue comme un lâche coquin que vous êtes!

— Milord, puisque votre confiance en votre ami est si parfaite, envoyez-le chercher. S'il est innocent et si je mens, d'un seul regard je serai confondu.

Le ton était parfaitement impassible, mais les paroles exprimaient tout un monde.

Un instant, les yeux du Séraphin se fixèrent sur lui avec une expression qui lui fit croire qu'il était plus proche de la mort qu'il ne l'avait jamais été de sa vie; mais Rockingham eut la force de se contraindre.

— Je veux bien l'envoyer chercher! — dit-il d'un ton bref.

Il y avait dans cette réponse plus de menace que dans n'importe quelle action physique. Il s'éloigna et laissa Baroni se relever tout ému et tout meurtri, mais, du reste, très-peu sérieusement blessé, et tenant toujours obstinément le papier froissé.

Il sonna, son domestique répondit à l'appel.

— Allez à l'Hôtel Stéphanie et demandez M. Cecil. Allez vite et priez-le, en quelque lieu qu'il soit, d'être assez bon pour venir me trouver sur-le-champ ici.

Le domestique s'inclina et sortit.

Un silence absolu suivit; ces deux hommes, si bizarrement réunis, demeuraient muets; le Séraphin, le dos appuyé à la cheminée, tenait tous ses sens en éveil pour suivre les mouvements du juif et écouter la première annonce de l'arrivée de Cecil. Il passait par une véritable agonie d'épreuve et d'impatience.

XI.

POUR UNE FEMME.

La porte s'ouvrit... Cecil entra.

Le Séraphin traversa la chambre, la main tendue; il n'eût pas voulu, au prix de sa vie, omettre en ce moment ce geste d'amitié.

— Cecil, mon cher ami!... je suis honteux de t'envoyer chercher pour une si sotte affaire. Jamais de ma vie je n'aurais imaginé semblable escroquerie. Impossible de flanquer ce coquin-là dans la rue à cause de l'apparence de l'affaire, et je ne puis prendre aucune autre mesure sans toi. Je ne t'ai envoyé chercher que pour t'exposer toute cette abominable trame... car je ne crois pas que... Sacrebleu! Beauté, je n'ai même pas le courage de te dire ce dont il s'agit! Si avec de l'argent j'avais pu éclaircir l'affaire, je ne t'aurais pas ennuyé, jamais je ne t'en aurais dit un mot. Mais avant tout, sois bien certain, Bertie, n'est-ce pas? que je n'ai jamais ajouté foi pendant un instant à l'indigne calomnie dont on voudrait nous accabler tous deux. Je n'ai pas admis une seconde qu'il pouvait y avoir un mot de vrai... Tu me connais?... Tu as assez confiance en moi pour en être certain?...

Ses paroles n'auraient causé que de la stupéfaction à quelqu'un qui aurait été étranger au sujet dont il parlait;

cependant Cecil ne lui demanda pas ce qu'il voulait dire. Il n'y avait aucune surprise sur son visage, aucune rougeur de colère, rien qui manifestât l'étonnement ou l'indignation; à peine si l'expression qui avait paralysé Rock à son arrivée subsistait; il restait immobile et muet.

Le Séraphin le regarda, une frayeur intense s'était emparée de lui; il craignit que son camarade ne rejetât cet acte odieux sur quelqu'un de ses frères d'armes, et cette frayeur mit le comble à sa colère nouvellement éveillée.

— Sacrebleu!... Cecil, ne m'entends-tu pas?... Un coquin a porté contre toi la plus infâme accusation qui ait jamais été imaginée par des escrocs; une infamie pour laquelle il mérite d'être tué comme un chien. Il est cause que je suis là, devant toi, comme si j'étais ton accusateur, comme si je doutais de toi, comme si une seconde j'avais prêté l'oreille à son méprisable mensonge. Je t'ai envoyé chercher pour le confronter avec toi et le livrer à la justice. Allons, ici, drôle, et voyons comment vous allez oser nous regarder à présent!

Il tourna sur lui-même à ces derniers mots, et fit signe à Baroni de quitter le canapé sur lequel il était assis.

Le juif s'avança lentement, d'un air doucereux.

— Si Sa Seigneurie veut bien me pardonner, elle n'a pas expliqué très-clairement l'affaire pour laquelle monsieur a été mandé. C'est à peine s'il sait qu'il s'agit d'une accusation de faux.

Les yeux du Séraphin lancèrent sur lui un regard plein de feu semblable à celui d'un lion, et il serra fortement sa main droite.

— Pardieu! si vous prononcez encore ce mot-là, vous allez être jeté dans la rue comme un coquin que vous êtes, c'est moi qui vous le dis. Cecil, pourquoi ne protestes-tu pas?

Bertie n'avait pas bougé; pas un souffle ne s'était échappé de ses lèvres. Il restait comme une statue, pâle comme la mort sous la lumière des lampes; lorsque la petite taille de Baroni se dressa devant lui, une expression sombre voila sa physionomie. On aurait dit d'une amertume terrible, d'une horreur profonde, d'une expression de complet dégoût; mais rien en cela ne ressemblait à de la culpabilité, encore moins à de la crainte. Il restait toujours silencieux comme un coupable, du moins, c'est ce qu'aurait pensé tout autre que son loyal ami, comme un coupable en face de son accusateur.

Cette expression n'échappa pas au Séraphin, et un frisson mortel glaça son sang dans ses veines, comme la première accusation du juif l'avait déjà glacé, non parce qu'il doutait. Une pareille hérésie à sa foi, une pareille injure à son camarade et à son corps ne pouvaient se présenter à lui, mais une vague terreur imposa silence à son impétueuse véhémence.

La dignité du vieux sang de Lyonnesse reprenait son empire.

— Monsieur Baroni, exposez votre accusation. M. Cecil pourra s'en venger plus tard.

Cecil ne bougea pas; une seule fois ses yeux se portèrent sur Rockingham avec une expression navrante de reconnaissance et de douleur intolérable, mais elle fut aussitôt réprimée; il redevint parfaitement impassible.

Le juif sourit.

— Mon exposé est facile à faire et ne sera pas aussi nouveau pour monsieur qu'il l'a été pour Votre Seigneurie. J'accuse simplement l'Honorable Bertie Cecil d'avoir négocié un billet de la valeur de 750 livres à ma maison, le 15 du mois dernier, tiré à son propre ordre et accepté à deux mois de date par Votre Seigneurie. Vous, monsieur le marquis, vous reconnaissez que votre signature est fausse... et moi, j'accuse votre ami de ce faux !

— Le 15!...

Ces deux seuls mots s'échappèrent comme un écho des lèvres brûlantes de Cecil; il ne laissa percer ni étonnement ni indignation. Une fois seulement, quand cette accusation eut été formulée, il eut un geste brusque, accompagné d'une lueur soudaine, si sombre, si menaçante dans les yeux, que son camarade crut et espéra que l'instant d'après, le juif allait être étendu à ses pieds, et son mensonge arrêté sur sa bouche par la main vengeresse d'un homme calomnié et outragé. Le mouvement fut réprimé; cette mansuétude extraordinaire, plus désespérante, parce qu'elle était plus résignée qu'un signe de douleur ou de colère, reprit le dessus, soit par la force de l'impassibilité de Bertie, soit par la stupeur du désespoir.

Le Séraphin le regardait d'un œil fixe et consterné; il ne pouvait en croire ses sens; il ne pouvait s'expliquer ce qu'il voyait. Son ami le plus cher restait muet devant cette accusation de la plus infâme bassesse... il restait impassible devant les mensonges d'un juif rapace.

— Bertie... juste ciel! — s'écria-t-il, presque hors de lui, — comment peux-tu garder le silence ainsi? Entends-tu... as-tu bien entendu?... Sais-tu de quelle infamie cet effronté coquin essaye de t'accuser? Dis donc quelque chose, pour l'amour de Dieu ! C'est moi qui vais me venger de ton calomniateur, si tu ne le fais pas!

Cecil continuait à garder le silence; son visage était recouvert d'une expression étrange, fixe, continue, qui lui donnait l'apparence de la rigidité de la pierre; son calme n'était pas naturel; cependant il leva la tête avec un geste aussi hautain pour la circonstance que son défenseur aurait pu le désirer.

— Je ne suis pas coupable, — dit-il simplement.

Les mains du Séraphin avaient saisi les siennes dans une étroite et chaleureuse étreinte presque en même temps que ces paroles avaient été prononcées.

— Bertie!... Bertie! ne me dis jamais cela à moi!... Penses-tu donc que je puisse jamais douter de toi?...

Cecil laissa tomber sa tête un instant. La dignité avec laquelle il avait parlé ne l'avait pas abandonné, mais le mépris provocant et l'air de dénégation avaient disparu.

— Oh! toi, Dieu merci! je sais bien que tu ne douteras jamais de moi!

Ces paroles avaient été dites presque machinalement; un homme qui rêve parle de la sorte.

Ezra Baroni, debout et calme, avec cette tranquillité que donne seul un pouvoir assuré, sourit doucement, légèrement.

— Vous n'êtes pas coupable, monsieur Cecil? Je serai charmé si nous pouvons nous en assurer... Vos preuves?

— Mes preuves?... ma parole!

Baroni s'inclina, avec un ricanement à la fois insolent et contenu.

— Nous autres gens d'affaires, monsieur, nous sommes... peut-être d'une façon assez indiscrète pour certains... disposés à donner la préférence à des preuves plus... comment dirai-je?... plus substantielles. Votre parole, sans aucun doute, est un gage réel parmi vos relations; il est malheureux pour vous que le nom de votre ami ait été ajouté à l'obligation que vous avez contractée vis-à-vis de nous. L'exigence des gens d'affaires est un peu vétilleuse, sans doute, pour des officiers et des membres de l'aristocratie comme vous; mais je n'en dois pas moins persister... Par quels moyens repoussez-vous cette accusation?

Le Séraphin se tourna vers lui avec toute la fureur d'un bouledogue.

— Drôle! si vous prenez encore ce ton-là en ma présence, je vais vous serrer la gorge, et suffisamment pour que vous ne puissiez plus recommencer.

Baroni se mit à rire; il se sentait à l'abri, et il ne put résister au plaisir de braver et de torturer des aristocrates... ces gueux d'aristocrates!...

— Je ne mets en doute ni votre bonne volonté, ni votre force, milord, mais je ne doute pas non plus de la force de la loi pour vous faire rendre compte des brutalités qu'il pourrait plaire à Votre Seigneurie d'exercer contre moi.

Le Séraphin enfonça son talon dans le tapis.

— Nous perdons notre temps avec ce misérable, — dit-il brusquement à Cecil. — Prouve-lui donc que son insolence est un mensonge, et nous ferons justice de lui plus tard.

— Précisément nous voilà d'accord, milord, — murmura Baroni. — Que M. Cecil prouve son innocence.

Une expression de désespoir, semblable à celle d'une bête fauve traquée, se montra un instant dans les yeux de Bertie. Il se tourna vers Rockingham avec un regard qui lui perça le cœur; de nouveau l'horrible pensée traversa son esprit... ce n'était pas là le regard d'un homme innocent!

— M. Cecil était avec mon associé à sept heures cinquante dans la soirée du 15. Il y avait longtemps que l'heure consacrée aux affaires était passée; mais pour l'obliger, mon associé la prolongea un peu, — continua la voix bénignement doucereuse et malicieuse du juif allemand. — S'il n'était pas à notre bureau... où était-il? c'est assez simple.

— Et on va vous répondre à l'instant! — dit le Séraphin avec une impétueuse certitude.

— Cecil!... prouve donc à cet homme ce qu'il est, sans perdre un instant, je t'en supplie... Où étais-tu à cette heure-là, le 15?...

— Le 15?

— Oui, où étais-tu? — poursuivit son ami. — Étais-tu au mess?... à un club?... t'habillais-tu pour le dîner?... Où?... où?... il doit y avoir mille manières de t'en souvenir... mille personnes qui le prouveraient pour toi?

Cecil resta muet, les dents serrées sous sa lèvre inférieure; il ne pouvait pas parler... la réputation d'une femme dépendait de son silence.

— Ne peux-tu pas te le rappeler? — implora le Séraphin. — Penses-y donc... Il faut y penser!

Il y avait une fiévreuse supplication dans sa voix. Cette inertie désolante, devant une question si simple et pourtant si importante, faisait entrer malgré lui dans son esprit une pensée qu'il repoussait comme un serpent.

Cecil les regarda tous les deux dans le blanc des yeux... son accusateur et son ami. Il ne pouvait pas plus parler que si sa langue eût été paralysée; il était lié par sa parole d'honneur; il avait la charge du secret d'une femme.

— Ne me regarde pas comme cela, Bertie, pour l'amour de Dieu! Dis... où étais-tu?

— Je ne puis pas te le dire; mais ce n'était pas là que j'étais.

Ces paroles furent prononcées avec calme; en outre, le ton dont elles furent prononcées indiquait une grande résolution; mais sa voix était rauque, et ses lèvres tremblaient. Il payait d'un prix bien amer le plaisir fugitif de l'amour d'un jour d'été!

— Tu ne peux pas le dire?... tu ne le peux pas?.. entends-tu par là que tu l'as oublié?

— Je ne puis le dire, voilà tout.

Il y avait une intonation presque désespérée, violente et farouche, dans cette réponse; sa fermeté n'était pas ébranlée, mais l'épreuve était terrible. La réputation d'une femme... cette chose si légèrement perdue par la parole d'un oisif, par le sourire d'un Lovelace!... voilà tout ce qu'il avait à sacrifier pour se délivrer des entraves qui l'accablaient. C'était tout! Et sa parole d'honneur.

Baroni pencha la tête avec un sourire de sympathie ironique.

— C'est là ce que je craignais, milord, M. Cecil ne peut pas dire où il était. Quoi qu'il en soit, mon associé peut le dire, lui. M. Cecil était avec lui à l'heure et au jour que je spécifie; et M. Cecil lui a négocié le billet que j'ai eu l'honneur de vous montrer...

— Faites-le-moi voir.

La requête était péremptoire autant qu'impérieuse; cependant Cecil eût mieux aimé voir la mort en face que ce morceau de papier.

Baroni sourit.

— Il ne nous arrive pas souvent de traiter des gentilshommes dans le malheur de la façon dont nous vous traitons, monsieur; on agit ordinairement avec eux plus sommairement, avec moins de commisération. Vous voudrez bien m'excuser de ne pas vous montrer ce document; vous et Sa Seigneurie, vous êtes, je crois, tous les deux passés maîtres dans la science patricienne du coup de poing.

— Voulez-vous dire que nous tomberions traîtreusement sur vous pour nous en emparer? — tonna Rockingham au paroxysme de la colère. — Vous jugez tout le monde d'après vous, infâme gueux! Montrez-lui ce papier... posez-le là... ou, aussi vrai qu'il y a une vérité sur la terre, je vous tue à l'instant!

Le juif faiblit sous le terrible éclat de ces yeux dilatés; il s'inclina avec le tact qui ne l'abandonnait jamais.

— Je le confie à votre honneur, monsieur le marquis, — dit-il en posant le billet sur la console.

C'était un habile diplomate.

Cecil se pencha pour examiner les signatures tracées en travers du papier. Les deux hommes qui le regardaient aperçurent un frisson, semblable au frisson causé par un froid intense, parcourir tout son corps en ce moment, et ils virent ses dents serrées par la violence de la fureur, ou pour retenir les paroles prêtes à s'échapper de ses lèvres.

— Eh bien?... — demanda le Séraphin avec anxiété.

Il ne savait que croire, que faire, qui accuser, ni comment éclaircir ce ténébreux mystère d'iniquité. Cecil ne se ressemblait plus; son attitude n'avait nul rapport avec aucun des actes ou des paroles de sa vie, elle ne répondait plus aux pensées de l'attente intrépide du Séraphin, quand il avait considéré la venue de l'accusé comme le signal certain et immédiat de la défaite, de la condamnation, et du châtiment du faux accusateur.

— Persistez-vous toujours à nier votre culpabilité en présence de ce billet, monsieur Cecil? — demanda Ezra Baroni d'une voix doucereuse et courtoise.

— Je persiste. Je n'ai jamais écrit ni l'une ni l'autre de ces signatures; je n'ai jamais vu ce papier avant ce soir.

Cette réponse était faite d'une voix ferme; un éclair de

mépris s'alluma de nouveau dans ses yeux fatigués, et son regard rencontra avec calme et sans se baisser les regards attachés sur lui; mais les nerfs de ses lèvres tremblaient, son visage était hagard comme après une nuit de jeu fiévreuse; son front était couvert d'une sueur froide...

— Et cependant, vous persistez également à refuser de nous expliquer l'emploi de votre temps dans les premières heures de la soirée du 15?... C'est malheureux!

— Oui, je persiste; mais dans l'explication que vous donnez de mon silence, vous mentez!

Il y avait une fermeté aussi inflexible que l'acier dans cette courte phrase.

Sans rien laisser voir, Baroni eut un instant d'hésitation; il pâlit devant l'homme qu'il accusait; une terreur folle s'empara de lui, plus profondément, avec plus de force que la violence et l'emportement de la fureur du Séraphin ne l'avaient troublé. Il comprit alors seulement pourquoi Ben Davis nourrissait une si mortelle haine contre la force latente qui sommeillait sous la langueur du quiétiste et la nonchalance de « ce sacré dandy de la Garde ». Néanmoins, ce qu'il éprouvait ne se trahit pas par le plus léger signe.

— Naturellement vous niez! — dit-il avec un geste poli de la main. — Très-bien; vous n'êtes pas forcé de vous accuser vous-même. Je désire sincèrement que nous ne soyons pas nous-mêmes obligés de vous incriminer.

La voix sonore du Séraphin l'interrompit; il se tenait près de là, frémissant, hors de lui, en proie à la rage et à la douleur.

— Monsieur Baroni! — dit-il avec chaleur, — vous avez entendu une fois pour toutes, sa signature et votre document sont niés tous les deux par M. Cecil. Votre document est une calomnie et une manœuvre comme votre accusation; il est faux, et vous êtes un escroc Il n'y a dans tout cela qu'une odieuse calomnie, et vous êtes un misérable; vous avez imaginé cette infamie pour nous extorquer de l'argent, mais vous n'obtiendrez pas un souverain par ce moyen-là. Si l'accusation que vous osez porter est vraie, c'est moi seul qu'elle peut concerner, puisque c'est mon nom qui est en cause. Si elle est vraie... s'il était possible qu'elle fût vraie... je défendrais qu'il fût fait aucune démarche à ce sujet; je voudrais que tout fût terminé là, une fois pour toutes. Et il en sera ainsi, de par Dieu!

Il savait à peine ce qu'il disait; cependant ce qu'il venait de dire avait été dit avec un air si noble, un courroux si royal, que Baroni fut étonné et ému au moment où il l'entendit.

— Milord, — dit-il d'un ton doucereux, — vous m'avez accablé de beaucoup d'épithètes et menacé de plus d'une façon depuis que je suis entré dans cette chambre; ce n'est pas agir très-sagement avec un homme qui connaît la loi. Cependant, je veux bien faire la part de votre émotion. Quant au reste de votre discours, vous me permettrez de dire que son extravagance n'a d'égale que la légèreté de vos déductions et votre ignorance absolue de toute jurisprudence! Si vous étiez seul compris dans l'affaire et que vous seul eussiez découvert la fraude, vous pourriez poursuivre ou non à votre gré; mais c'est nous qui sommes les victimes de cette indélicatesse, c'est notre argent qu'on a obtenu par ce faux, et, en conséquence, nous allons commencer les poursuites.

— Les poursuites!...

Ce mot fut répété avec une véritable angoisse par son

interlocuteur; il n'y avait songé, au pis aller, que comme à une question à traiter entre lui et Cecil.

L'accusé ne fit pas un geste ; la rigidité et le sang-froid qu'il avait manifestés de prime abord ne l'abandonnèrent pas; mais à l'exclamation du Séraphin, l'expression de désolation et de tristesse qui avait déjà brillé dans ses yeux y reparut de nouveau. Il tenait son camarade en loyale et haute estime. Il aurait consenti à se laisser jeter la pierre par tout le monde; mais il n'aurait pas pu supporter que son ami jetât sur lui un regard de mépris.

Un silence de mort suivit ces paroles; les yeux de Cecil se remplirent encore de cet éclat sombre et désespéré, d'une colère qu'il eût été plus dangereux d'affronter que la fureur même de son camarade; il disparut, du reste, presque aussitôt, réprimé par un empire sur soi merveilleux, quel qu'en fût le motif. Il demeura passif... si passif même qu'Ezra Baroni, qui savait ce que le Séraphin n'aurait jamais imaginé, le considéra avec étonnement et se sentit saisi d'une frayeur nerveuse à la vue de ce calme imperturbable. Il l'inquiétait; c'était la première fois qu'il le remarquait dans sa carrière de finesse et d'intrigue.

Celui qui se tenait entre eux, dans une complète ignorance, comme s'il eût été à la fois le juge et le défenseur de son frère d'armes, sentait qu'il devenait fou et aveugle sous cette inconcevable honte qui semblait les envelopper tous les deux dans des mailles si serrées et si inextricables. Héritier d'un des premiers noms du monde, il devait voir son ami flétri comme un vulgaire criminel, et il ne pouvait faire plus pour l'aider ou le venger que s'il était l'un des charbonniers qui travaillaient là-bas dans les bois de sapins!

— Voyons, Cecil... — dit-il d'une voix rauque et entrecoupée, — que faut-il faire?... Nous ne pouvons laisser impuni cet infâme outrage... cette situation est intolérable... je vais envoyer chercher le duc pour...

— N'envoie chercher personne.

La voix de Bertie était légèrement affaiblie comme celle d'un homme épuisé par une longue lutte, mais elle était ferme et très-calme.

Son sang-froid causa au bouillant chagrin du Séraphin une surprise douloureuse et muette, à laquelle venait se joindre le sentiment intime et désolant d'un mal quelconque, inconnu, dépassant sa portée, et son incapacité absolue d'agir ou d'être utile, soit pour défendre, soit pour venger. C'était la plus douloureuse sensation qu'il eût encore éprouvée dans le cours de son existence exempte jusqu'alors de toute crainte.

— Pardon, milord, — dit Baroni, en s'interposant, — je ne puis perdre plus de temps. Vous devez maintenant être convaincu vous-même de la culpabilité de votre ami dans cette déplorable affaire.

— Moi!...

L'étonnement hautain et méprisant du Séraphin jaillit de ses yeux bleus sur l'homme qui osait lui dire une pareille chose.

— Moi!... si vous osez faire allusion devant moi à une semblable infamie, je vous tordrai le cou avec aussi peu de remords que si je le tordais à un milan. Moi, croire à son crime?... Pardonne-moi, Cecil, de répéter même ce mot-là!... Moi y croire?... je croirais plutôt à ma propre honte... au déshonneur de mon père!

— Comment Votre Seigneurie explique-t-elle alors que M. Cecil soit incapable de nous dire comment il a passé son temps entre six et neuf heures dans la soirée du 15?

— Incapable?... il n'en est pas incapable... il refuse, voilà tout. Bertie, dis-moi ce que tu as fait pendant cette maudite soirée?... Quelque chose qui te soit arrivé, dis-le, pour me faire plaisir, pour confondre ce démon!

Cecil eût préféré de beaucoup avoir une rangée de canons de fusil braqués sur son cœur que de se trouver en face de cette prière passionnée de l'homme qu'il aimait le mieux sur la terre. Il chancela légèrement, comme s'il eût été prêt à tomber, et un peu d'écume blanche se montra sur ses lèvres, mais il se remit presque aussitôt. Il lui était si naturel de réprimer toutes ses émotions, que c'était devenu comme une habitude pour lui.

— J'ai répondu, — dit-il très-bas, chaque mot lui causant une mortelle angoisse, — je ne peux pas!

Baroni agita de nouveau la main, avec le même geste poli et significatif.

— Alors il n'y a qu'une alternative : voulez-vous me suivre tranquillement, monsieur, ou faut-il employer la force?

— J'irai avec vous.

La réponse était très-calme; mais, dans le regard qui l'accompagnait, Baroni reconnut qu'un autre motif que celui de la crainte en était l'origine, qu'une autre cause que l'horreur d'une scène était au fond de cet acquiescement.

Le Séraphin passa la main devant ses yeux, il se crut aveugle... la chambre semblait tourner avec lui.

— Oh! mon Dieu, quoi! tu...

Il ne put achever.

Cecil lui lança un regard, et ses yeux devinrent infiniment suppliants, infiniment doux; un frisson parcourut tous ses membres; il hésita un moment, puis il lui tendit la main.

— Veux-tu la prendre... encore?

Ces paroles étaient à peine prononcées que la main de Cecil était étreinte par celles du Séraphin.

— Oui, je la prends devant tout le monde, et je la prendrai toujours, quoi qu'il arrive!

Ses yeux étaient remplis de larmes, et sa voix bien timbrée vibrait avec un son argentin, malgré l'émotion qui la faisait trembler. Il avait oublié la présence du juif, il avait tout oublié, excepté son ami et l'extrémité dans laquelle il se trouvait.

Cecil ne répondit pas; s'il eût répondu, tout le courage, tout le calme, tout l'empire que l'orgueil et l'éducation suscitaient en lui auraient été vaincus par la faiblesse; sa main serra fortement celles de son compagnon, ses yeux rencontrèrent les siens avec une expression de reconnaissance qui perça le cœur de l'autre comme un poignard, puis il se tourna vers le juif avec une sérénité hautaine.

— Monsieur Baroni, je suis prêt.

Une minute après, la porte était refermée. Cecil était parti pour suivre sa destinée, et le Séraphin, ne le voyant plus, baissa la tête, appuya ses bras sur la table de marbre, et, pour la première fois de toute sa vie, il sentit des larmes brûlantes couler sur son visage; il était dompté et abattu comme une femme après un violent accès de colère... il eût préféré mille fois voir déposer son ami dans sa tombe que de le voir vivre pour en arriver là.

Cecil sortit lentement avec son accusateur. Les yeux vifs et perçants du juif le surveillaient avec vigilance; sur un simple signe, la moindre tentative pour lui échapper aurait été prévenue par lui en un instant avec une habileté préméditée. Il l'examina et s'aperçut que son prisonnier n'avait aucune pensée de fuite dans l'esprit. Bertie s'était engagé à suivre l'escompteur de billets sans opposer de résistance, et il n'avait pas la moindre envie de manquer à sa parole ; il s'était soumis à cette inévitable destinée qui s'était appesantie sur lui, et son caractère et son éducation le portaient à l'impassibilité, quoiqu'il n'acceptât aucune des doctrines du fatalisme suprême.

Une fois en plein air, l'Hébreu lui posa la main sur le bras : il tressaillit... c'était le premier signe que sa liberté était perdue ! Il réprima encore toute idée de résistance et se laissa conduire par Baroni hors du bruit des voitures, hors de la lueur des réverbères, dans une étroite et sombre rue adjacente.

Il suivait passivement, car cet homme se fiait à son honneur. Dans l'obscurité se tenaient trois personnes qu'on apercevait de loin dans l'ombre des maisons ; l'une était un huissier du Staats-Procurator, auprès duquel se tenait le commissaire de police du district ; la troisième était un agent de police anglais.

Avant qu'il les eût aperçus, leurs mains se posèrent sur ses épaules, et le contact glacé de l'acier se fit sentir à ses poignets. Le juif l'avait trahi et le faisait arrêter en pleine rue.

Aussitôt, comme le bruit d'une carabine réveille le tigre assoupi, toute la vie et toute l'âme qu'il y avait en lui se révoltèrent lorsque les menottes entourèrent ses bras de leur froide étreinte. En un instant, tout le sang impétueux, tout l'orgueil de sa race, tout l'honneur de l'officier s'enflamma et bouillonna dans ses veines. Engagé par sa parole, il eût été fidèle à son serment ; trompé, les liens de sa promesse se trouvèrent déliés d'eux-mêmes, et il n'eut plus d'autre pensée, d'autre désir que de suivre les impulsions du lion, les instincts chevaleresques, la résolution arrêtée de perdre la vie plutôt que la liberté, de se défendre en soldat et en gentilhomme. Tout ce dont il se souvenait, c'est qu'il combattrait jusqu'à la mort plutôt que d'être pris vivant; qu'on le tuerait là, à la lueur des étoiles, plutôt que de le conduire comme un criminel sous les yeux de la foule.

Avec toute la force que cachait l'élégante langueur de ses habitudes, et avec l'habileté qu'il avait acquise dans sa jeunesse, à Eton, dans tous les exercices du corps, il dégagea ses poignets avant que la chaîne d'acier eût été fermée; puis d'un simple mouvement du bras gauche, il jeta comme un bœuf l'agent de police à terre; celui-ci tomba avec un bruit terrible qui retentit dans le silence de la nuit comme la chute d'une lourde pièce de bois; s'élançant ensuite sur l'huissier, rapide comme l'éclair, il lui arracha les menottes des mains, et, en se débattant contre lui, il se trouva engagé pendant une seconde dans cette lutte corps à corps, à laquelle on n'a recours que lorsque les combattants luttent pour la vie ou la mort. L'Allemand était un homme corpulent et solidement bâti, mais l'habileté de Cecil était plus déliée et plus maîtresse d'elle-même. Ses membres longs, minces, délicats, semblaient s'enrouler et se tordre autour des membres massifs de son antagoniste comme les anneaux d'un serpent; par un dernier effort il se dégagea de l'étreinte de l'huissier et, l'élevant au-dessus de sa tête comme il aurait enlevé une bûche de bois, il le lança dans le rayon de lune qui filtrait obliquement à travers les toits pointus de la ruelle tortueuse.

Les cris de Baroni avaient déjà été entendus; une foule, attirée par ces appels désespérés, s'empressait d'accourir vers le théâtre du tumulte. Le juif eut la présence d'esprit de donner comme explication que Bertie était un croupier qu'on avait surpris trichant et qui s'était enfui; cela suffit pour enflammer la populace contre le fugitif.

Cecil jeta un regard autour de lui, un regard pareil à celui d'un cerf royal, lorsque les chiens s'acharnent autour de lui et que leurs crocs s'enfoncent déjà dans sa gorge; puis avec l'agilité d'un daim, il s'élança dans les ténèbres de la ruelle sinueuse, avec la rapidité qui plus d'une fois l'avait rendu victorieux aux courses à pied sur les vieilles et vertes prairies d'Eton.

Les huées et les cris le poursuivirent; c'était le tumulte d'une foule excitée, soulevée, sans savoir ni par qui ni pourquoi, qui suivait ses pas, uni à la poursuite plus ardente et plus tenace d'hommes dressés à ce genre de chasse et accoutumés à reconnaître la plus légère trace, le plus simple indice.

Il entendait le bruit de leurs pas sur les pavés, le retentissement sourd de leur course, les clameurs violentes de la populace, les cris perçants de l'israélite offrant de l'or avec une prodigalité folle à quiconque pourrait arrêter sa proie.

Toute la surexcitation haletante, tous les efforts violents et désespérés, toute la tension d'une lutte d'encolure à encolure qu'il avait si souvent connus dans les campagnes brunies par l'automne des comtés de son pays, il les retrouvait alors accrus encore par l'horreur, le désespoir, et transformés en une course où il s'agissait de vie ou de mort. Mais, en même temps, son sang s'échauffait, l'indifférence du péril, l'audacieux et intrépide courage qui existait à l'état latent sous sa légèreté et sa langueur échauffèrent ses veines et stimulèrent son énergie; il était prêt à mourir, s'ils voulaient le tuer; mais il jura entre ses dents qu'il mourrait libre.

Les ruelles qu'il suivait étaient désertes, et il se trouva bientôt presque en dehors de la ville : la campagne et la forêt s'étendaient devant lui.

Il ne regardait pas derrière lui, mais il comprenait que la poursuite perdait de plus en plus de distance, et que la vitesse avec laquelle il courait dépassait de beaucoup celle de ses poursuivants.

L'angle d une vieille maison de bois, au toit élevé et aux pignons pointus, vint enfin projeter son ombre épaisse sur son chemin; elle était entourée d'un massif balcon de bois, au-dessus et au-dessous duquel son ombre épaisse formait une impénétrable obscurité, tandis que les piliers de bois entourés de feuillage s'élevaient jusqu'à la galerie, semblables à une loggia. D'un coup d'œil rapide, il devina plutôt qu'il ne vit ces choses; il s'élança avec légèreté et sans bruit, et il se laissa tomber tout de son long sur le grossier plancher du balcon.

S'ils passaient sans le voir, il serait libre pendant quelque temps encore. S'ils le découvraient, et ses dents, en s'entrechoquant, claquaient comme celles d'un dogue, il lui restait encore assez de force pour vendre chèrement sa vie.

Les poursuivants approchaient de plus en plus, et aux clameurs qui lui arrivaient indistinctement et par fragments interrompus, il reconnut qu'ils étaient sur ses traces. Il entendit le trépignement de leurs pieds lorsqu'ils arrivèrent sous la galerie.

XII.

LE DERNIER SERVICE DU *ROI.*

— Est-il là-haut? — demanda une voix dans l'obscurité.

— Ce n'est pas probable. Un chat ne pourrait pas grimper le long de ces colonnes de bois, — répondit une seconde voix.

— Faites feu pour voir, — suggéra une troisième.

Il y eut un moment de silence, une rapide et fiévreuse consultation; puis Bertie entendit le son bien connu d'une arme que l'on charge et le bruit strident d'un chien qu'on arme; il y eut un éclair, une détonation : une ligne de feu brilla une seconde devant ses yeux, une balle passa près de lui avec un sifflement rapide et sonore, et alla se loger dans la charpente, à quelques pouces au-dessus de sa tête découverte. Un silence mortel suivit; puis le murmure de plusieurs voix le rompit de nouveau.

— Il n'est pas là, — dit l'un d'eux, — il ne serait pas demeuré aussi tranquille devant un coup de feu tiré aussi près de lui. Je jurerais qu'il est en rase campagne ou dans la forêt.

Le trépignement d'une multitude de pas se fit entendre au-dessous de la galerie, puis les voix et les pas devinrent de moins en moins distincts à mesure qu'ils s'éloignaient dans la nuit.

Pour un certain temps, au moins, il allait être en sécurité.

Pendant quelques instants, il demeura immobile, dans une prostration complète; tout son sang s'était porté à son cerveau, les battements de son cœur étaient précipités, sa respiration haletante, ses membres agités par un tremblement nerveux; l'immense effort musculaire qu'il venait de faire l'avait anéanti et courbé, accablé et sans force. Un filet d'écume apparaissait entre ses dents, et il pensait à chaque instant que ses veines trop gonflées allaient éclater; il lui semblait que des mains de fer lui écrasaient la poitrine, que des cordes nouées de manière à lui causer de cuisantes douleurs lui serraient les reins; ses yeux ne voyaient pas, et sa tête avait le vertige. Une vague pensée que cet état pouvait être la mort prochaine lui traversa l'esprit, et il se réjouit qu'il en pût être ainsi. Ses paupières se fermèrent involontairement, alourdies comme par un voile de plomb; puis il perdit le sentiment et la mémoire; il cessa même de sentir l'air de la nuit sur son visage.

Combien de temps resta-t-il ainsi, c'est ce qu'il ne put savoir lorsqu'il reprit connaissance; tout était calme et tranquille. Il se dressa en chancelant sur ses jambes et s'appuya aux planches de la muraille supérieure. La plus impénétrable obscurité s'étendait au-dessous de lui; sur sa tête, toute la splendeur d'un ciel d'été, à minuit; autour de lui, les montagnes et les forêts inondées de la lumière argentée; il y jeta les yeux, et la mémoire lui revint.

Il avait échappé à ses persécuteurs, mais pour combien de temps? Tandis qu'il lui restait encore quelques heures de nuit, il fallait trouver un refuge plus sûr ou se résigner à tomber de nouveau entre leurs mains. Tout doucement et avec circonspection, quoique ses muscles le fissent toujours souffrir et que ses nerfs fussent encore frémissants des efforts qu'il venait de faire, il se laissa glisser en se retenant par les mains, comme on descend à l'aide d'une corde, le long de la charpente jusqu'à terre.

Une fois arrivé là, il partit lentement et sans bruit, et se glissa le long des maisons jusqu'à ce qu'il eût gagné l'ombre d'une rue écartée, uniquement par l'effet d'un instinct inconscient; puis il s'arrêta et regarda autour de lui.

Que pouvait-il faire?

La station du chemin de fer devait être gardée par ceux qui le cherchaient; il n'avait que quelques louis dans sa poche, et il ne lui restait que les courtes et précieuses heures de la nuit pour accomplir sa fuite, car c'était la fuite qu'il lui fallait prendre pour sauver ceux pour lesquels il avait résolu de sacrifier sa vie. Mais comment... et où aller?

Un bruit de pas pressés et étouffés parvint jusqu'à lui... la voix haletante de Rake arriva jusqu'à son oreille, tandis que la main de cet homme accomplissait le salut militaire non encore oublié.

— Pas un mot, monsieur! Suivez-moi, je vais vous sauver!

Cette voix bien connue fut pour lui ce qu'est l'eau dans un pays désert; il aurait confié sa vie à la fidélité de celui qui parlait. Il ne fit aucune question, ne répondit rien, mais il le suivit rapidement et en silence, tournant et traversant une vingtaine de passages tortueux pour déboucher enfin dans un endroit calme, désert, des environs de la ville, derrière des écuries et des bâtiments isolés.

Dans un espace éclairé par la lune se trouvaient deux chevaux de chasse tout sellés : l'un deux était *Le Roi-de-la-Forêt.* Cecil poussa un cri et entoura de ses bras le cou de l'animal: en ce moment il n'eut plus qu'une pensée... son cheval et lui allaient se séparer.

— En selle, monsieur, vite, si vous tenez à la vie! — dit Rake à voix basse. — Il faut que vous soyez bien loin de ce repaire demain matin.

Cecil le regarda frappé de stupeur... le bras toujours autour du cou du cheval gris.

— Est-ce qu'on peut attendre quelque chose de lui?... il était à moitié mort à la course.

— Je le sais, monsieur... il va bien maintenant; il était empoisonné; mais j'ai une manière à moi de traiter un cheval qui le tire de ces sortes de choses-là... quand cela ne va pas trop loin cependant... en un ou deux tours de main. Je lui ai fait prendre des remèdes, il est bien revenu à présent et en état de vous conduire jusqu'à ce qu'il n'en puisse plus.

Le Roi appuya sa belle tête sur la poitrine de son maître et fit entendre un petit hennissement comme s'il eût voulu dire : Essayez!

— Que le ciel vous bénisse, Rake! — dit Cecil d'une voix étouffée, — mais je ne puis l'emmener; il mourrait de faim avec moi. Et comment avez-vous appris tout ce qui se passe?

— J'en demande bien pardon à Votre Honneur, mais il mangera plutôt de la bruyère avec vous qu'il ne mangerait de l'avoine et du foin avec un nouveau maître, — répondit Rake en serrant rapidement les sangles — Je ne sais rien du tout, monsieur, si ce n'est que j'ai appris que vous étiez dans l'embarras; je n'ai pas besoin d'en savoir davantage... mais j'ai vu ces maudits gueux courir après vous, et j'ai pensé comme cela en moi-même : Arrive que pourra, *Le Roi* le tirera de là. De sorte que j'ai couru à votre chambre sans être vu, j'ai fait une petite valise, j'ai pris les passeports, puis je suis retourné aux écuries, où j'ai sellé *Le Roi*, prompt comme l'éclair, et je l'ai amené ici sans que personne le sache, excepté Bill, que voilà. Je me suis permis d'amener *Nacre-de-Perle* pour moi.

Rake s'arrêta tout essoufflé et enroué par la colère et le chagrin qu'il ne se souciait pas de laisser voir. Il en savait plus long qu'il ne disait.

— Pour vous?... — répéta Cecil. — Que voulez-vous dire?... Mon bon ami, je suis ruiné. A partir d'aujourd'hui je ne suis plus qu'un mendiant. Je ne puis ni vous aider ni vous garder, mais Lord Rockingham fera l'un et l'autre en souvenir de moi.

— Monsieur, il n'y a pas de temps à perdre en paroles. Où vous irez, j'irai. Je vous suivrai tant qu'il me restera une goutte de sang dans les veines. Vous avez été bon pour moi quand je n'étais qu'un pauvre diable que tout le monde méprisait. Vous pouvez compter sur moi jusqu'à la fin, quand je devrais en mourir. Voilà!...

La voix de Cecil tremblait en lui répondant : tant de fidélité le touchait plus que n'avait pu le faire l'adversité.

— Rake, vous êtes un noble cœur. Je vous emmènerais avec moi, si c'était possible, mais dans une heure je puis être jeté en prison comme un criminel. Si j'y échappe, je traînerai une vie si malheureuse que...

— Cela n'est rien pour moi, monsieur.

— Mais c'est beaucoup pour moi, — répondit Cecil. — Les choses ont tourné de telle sorte, Rake, que la vie est finie pour moi. Je n'ai pas la moindre idée de ce que mon sort peut être... Mais qu'il soit ce qu'il voudra, il ne peut être que plein d'amertume. Je n'y entraînerai pas un autre.

— Si vous me renvoyez, monsieur, je vais me faire sauter la cervelle, et puis ça sera tout.

— Vous n'en ferez rien. Allez trouver Lord Rockingham et demandez-lui de ma part de vous prendre à son service. Vous ne pourriez avoir un meilleur maître.

— Je ne veux rien dire contre le marquis, monsieur, — dit Rake, — c'est un gentilhomme très-généreux, mais ce n'est pas vous. Laissez-moi aller avec vous, quand ce ne serait que pour bouchonner *Le Roi*. Seigneur ! monsieur, vous ne savez pas dans quels embarras j'ai vécu, moi... à combien de choses je puis mettre la main... quel homme je suis pour m'accommoder dans un trou de rat et le rendre agréable. Ma foi ! monsieur, je suis né vagabond... Je suis encore plus heureux quand il faut que je cherche mon pain comme je peux, que je ne le suis dans l'abondance où vous m'avez mis.

Les yeux de Rake avaient cette expression d'ardente supplication d'un chien qui prie qu'on le laisse sortir du chenil pour suivre les chasseurs. Cecil s'arrêta un instant irrésolu, ému et peiné de l'affection d'épagneul de cet homme, mais n'y cédant pas encore.

— Je vous remercie de tout mon cœur, — dit-il enfin, — mais cela ne se peut pas. Je vous ai déjà dit que ma vie à l'avenir serait celle d'un mendiant.

— Vous aurez besoin de moi de toutes manières, monsieur, — répliqua Rake honteux de se sentir la gorge ainsi serrée. — Je vous demande pardon de me permettre de vous interrompre... mais chaque minute est précieuse. D'ailleurs, monsieur, j'ai aussi à me sauver pour mon propre compte. J'ai laissé Willon la tête fendue dans le box, et quand il va revenir à lui, il va faire un fameux vacarme et pousser de jolis cris après moi. C'est lui qui avait empoisonné *Le Roi*; je le lui ai dit et je lui ai donné un ou deux atouts qui peuvent compter ! En selle, monsieur, pour l'amour de Dieu ! Et toi, Bill, viens ici... cours vite là-bas, ferme la porte et aie soin que, jusqu'au matin, personne ne sache que les chevaux sont partis. Prends ton air bête et ne dis rien.

Le garçon d'écurie ouvrit de grands yeux; puis il fit un signe d'assentiment et disparut.

Rake s'élança sur la jument baie.

— Allons ! monsieur, un steeple-chase pour sauver nos têtes ! Nous serons à plusieurs lieues d'ici à la pointe du jour, et j'ai pris de quoi faire manger les chevaux dans les sacs des selles, de façon qu'ils pourront se restaurer dans les forêts. Partons, monsieur, pour l'amour de Dieu, ou ces vauriens vont encore se mettre à vos trousses !

Comme il disait ces mots, les clameurs et le bruit des pas des gens de la ville, qui accouraient pour se joindre à la poursuite, arrivèrent jusqu'à eux, apportés par le vent de la nuit et se rapprochant de plus en plus; Rake saisit les rênes avec fureur.

— Les voilà qui viennent, ces sacrés braillards !... Par grâce, monsieur, ne perdez pas de temps à présent !... Dans dix secondes ils vont être sur vous. Partons... partons !... ou sacrebleu, monsieur, vous allez faire de moi un assassin, car je tuerai le premier qui mettra la main sur vous !

Le visage énergique de l'ancien dragon était enflammé et terrible à la clarté de la lune qui brillait au-dessus d'eux; il tira un des pistolets de ses fontes et se retourna sur sa selle pour observer l'entrée étroite de la ruelle, prêt à abattre d'un coup de feu le premier des poursuivants dont l'ombre obscurcirait la large étendue de lumière qui entrait par la porte voûtée.

Cecil regarda Rake et n'hésita plus; il s'élança en selle, et *Le Roi-de-la-Forêt* l'emporta à travers la nuit étoilée, suivi par la jument qui courait de son mieux à ses côtés. Ils coururent ainsi longtemps, laissant derrière eux mille sur mille, lieue sur lieue, jusqu'au moment où les étoiles s'effacèrent devant la clarté du soleil et que les grands sapins sortirent de l'ombre. Soit que ses poursuivants fussent découragés ou distancés, on n'entendait plus ni clameurs ni cris derrière eux; rien ne les avait arrêtés pendant leur course, et la campagne silencieuse conservait le calme du matin avant que le travail et l'activité soient réveillés. A mesure que la lumière du jour devenait plus claire, le visage de Cecil apparaissait pâle comme la mort; il galopait à travers la brume comme un homme traqué dont la tête est mise à prix, mais il était toujours calme et résolu.

Ils avaient fait à peu près la valeur de vingt milles anglais au moment où les cloches d'un village sonnèrent six heures. Une lieue plus loin se trouvait un vallon boisé, sombre et silencieux, un ruisseau y murmurait sous l'ombre touffue des iris et des plantes d'eau entre-croisées. Là, Cecil arrêta *Le Roi* et sauta à bas de son cheval.

— Il n'est pas encore tout à fait lui-même, — murmura-t-il en débouclant les sangles et en éloignant la tête délicate de l'animal de l'eau dangereuse et froide, vers laquelle elle s'était penchée avidement.

Il songeait plus au *Roi-de-la-Forêt* qu'il ne pensait à lui-même à cette heure suprême. Il fit tout ce qui était nécessaire de ses propres mains; il lui donna l'avoine contenue dans les sacs de la selle; il le rafraîchit doucement; il le fit boire avec précaution au petit cours d'eau; puis il le laissa paître et se reposer à l'ombre des pins aromatiques et des feuilles cuivrées des hêtres. Cecil s'appuya quelque temps contre un des grands troncs rugueux, et Rake affecta de s'occuper de la jument; au fond de son cœur, il y avait une tumultueuse fureur, comme un volcan de curiosité, une tempête d'étonnement et d'anxiété, mais il aurait mieux aimé laisser *Nacre-de-Perle* lui briser le crâne d'un coup de pied que de se permettre un seul regard qui ressemblât à un doute ou à une insulte à l'adversité de son maître.

Les yeux de Cecil restèrent, pendant une bonne demi-heure, pensifs et abattus, fixés sur le ruisseau qui murmurait à ses pieds; puis il les leva et dit, avec une certaine solennité et du ton du commandement, comme s'il donnait un ordre à la parade : —

— Écoutez-moi, Rake, et faites exactement ce que je vais vous dire, ni plus ni moins. Les chevaux ne peuvent m'accompagner, ni vous non plus; il me faut dorénavant aller où ils mourraient de faim et où vous feriez pire. Je ne veux pas faire souffrir *Le Roi*, ni vous induire en tentation.

Rake, qui, à la voix de Cecil, avait immédiatement salué selon son ancienne habitude militaire, ouvrit les lèvres pour protester avec empressement.

Cecil leva la main.

— Je suis décidé... rien de ce que vous pourrez dire ne me fera changer d'avis. Nous sommes près d'une station écartée à présent; si rien ne vient m'en empêcher, je partirai par le premier train, il n'y a pas à songer à se cacher dans ces bois. Vous allez retourner par petites étapes à Bade, et vous conduirez les chevaux chez Lord Rockingham. Ils sont à lui maintenant. Dites-lui que mon dernier désir est qu'il vous prenne à son service, il sera pour vous un meilleur maître que je ne l'ai été. Quant au *Roi*...

Ses lèvres tremblèrent, et sa voix s'altéra malgré lui.

— Il sera en sûreté avec lui. J'irai prendre du service à l'étranger... en Autriche, en Russie, au Mexique, partout où il me sera permis de me battre. Je ne voudrais pas risquer qu'un cheval comme le mien fût vendu pour être maltraité, ballotté de propriétaire en propriétaire, envoyé dans sa vieillesse sur une place de fiacres, ou tué d'un coup de fusil dans une escarmouche. Emmenez-les tous les deux, la jument et lui, et allez-vous-en avec eux. Croyez-le bien, je vous remercie de tout mon cœur de votre offre si pleine de noblesse et de fidélité, mais je ne l'accepterai jamais.

Un morne silence suivit ces paroles; Rake restait muet, une singulière expression, moitié rogue, moitié blessée, mais très-résolue, se lisait sur son visage. Cecil crut lui avoir fait de la peine et reprit la parole avec une douceur infinie.

— Ne le regrettez pas, mon bon ami, et ne vous imaginez pas que je ne vous en suis pas reconnaissant. Je suis profondément touché de votre fidélité, et je sais tout ce que vous souffririez pour moi, mais cela ne doit pas être. L'offre pure et simple de ce que vous voudriez faire a été un témoignage suffisant de votre fidélité et de votre valeur. Il m'est impossible de vous dire ce qui a si subitement changé ma position; il suffit qu'à l'avenir je puisse être, si je vis, ce que vous étiez... simple soldat dans une armée qui a besoin d'un sabre. Mais quelle que soit ma destinée, je dois l'accepter seul. Épargnez-moi d'autres explications et obéissez simplement à mes derniers ordres.

Malgré le calme de ces paroles, elles renfermaient une résolution à laquelle il n'y avait pas à répliquer, une autorité contre laquelle il ne fallait pas se révolter. Rake parut étonné et le regarda fixement; dans cet homme qui lui parlait avec une puissance de commandement, si douce, mais si irrésistible, il avait peine à reconnaître le gai, l'indolent, l'indulgent officier de la Garde, dont les plus sérieuses préoccupations étaient l'arrangement d'un nœud de cravate, la coupe d'un costume de chasse, ou le choix des arabesques d'or de ses babouches de fumeur. Rake resta un instant silencieux, puis il porta de nouveau la main à son chapeau.

— Très-bien, monsieur.

Et sans plus d'opposition ni de résistance, il se mit en devoir de seller la jument.

Cecil étendit la main vers *Le Roi*, qui leva la tête de l'endroit où il paissait et vint à lui avec le léger hennissement de plaisir qu'il faisait toujours entendre aux caresses de son maître, et il pressa son front contre la poitrine de Cecil. Celui-ci entoura son cou et y appuya sa tête, de façon que son visage se trouvât caché. Il resta immobile assez longtemps, et, là où son visage s'était caché, la crinière grise et soyeuse du cheval se trouva mouillée de grosses larmes qui se faisaient jour à travers ses paupières baissées; il posa alors ses lèvres sur le front du *Roi*, comme il aurait pu les poser sur celui de la femme qu'il aimait, puis, après avoir fait un geste de la main à son domestique, il s'élança sur la pente escarpée couverte de rameaux entrelacés et de feuillages presque impénétrables qui se refermèrent sur lui et le dérobèrent à la vue de ceux qu'il quittait.

Resté seul, il se laissa tomber sur le gazon sous les hêtres, les bras étendus, la tête enfoncée dans l'herbe, tout couverte encore des fleurs de l'été.

Pour la première fois, il comprit le poids de la ruine

qui l'accablait... pour la première fois, il se sentit abattu par elle lorsque la tension extrême des nerfs et de la contrainte eut amené une réaction inévitable. Il comprit ce qu'il avait fait... il avait renoncé à tout son avenir.

Pendant quelque temps, il resta là, comme un homme ivre, terrassé, immobile, le front appuyé sur ses bras, le visage dans l'herbe.

Le son des cloches d'un monastère éloigné ou du clocheton d'un château traversa lentement l'air calme du matin. Ce bruit le ranima et lui rappela combien il lui restait peu de temps s'il voulait chercher à fuir, comme il avait commencé dans un premier mouvement, et comme il avait continué avec une ferme et inébranlable résolution. Il se leva lentement en chancelant un peu et se sentit aveuglé et ébloui par l'éclat du soleil du matin, lorsqu'il sortit du bois des hêtres.

Environ deux milles le séparaient d'une station du chemin de fer; il se dirigea vers la gare et y entra sans que rien en lui attirât l'attention; il portait toujours le costume de velours, les bottes, et le chapeau de feutre orné d'une plume d'aigle qu'il portait aux courses, et rien ne le distinguait d'un touriste quelconque, si ce n'est qu il tenait sa valise. Il jeta un rapide regard autour de lui; aucun mandat d'amener, aucun avis de son passage ne l'avaient précédé; il était en sûreté, car le train entra en gare si immédiatement après son arrivée que les quelques personnes qui étaient là n'eurent pas le temps de le remarquer ou de faire des conjectures sur lui.

Par un heureux hasard, un coupé était vide; il le prit, en jetant son argent sans penser que lorsque le peu qu'il possédait serait dépensé, il resterait sans le sou, et le train l'emporta rapidement vers les forêts et les montagnes, à travers les noires ténèbres des tunnels et l'océan doré des champs de blé.

Il était seul; alors il prit sa tête entre ses mains et se mit à réfléchir tant et si bien que le balancement, la précipitation, le tourbillonnement, le bruit de la vapeur qui sifflait à son oreille, et le mouvement de rotation étourdissant imprimé à son cerveau épuisé par des efforts trop prolongés, finirent par dominer sa pensée. Sous l'empire du mouvement incessant de la machine, qui lui faisait l'effet du va-et-vient d'un immense pendule à travers son esprit, et le tourbillon de la campagne qui passait à ses côtés, comme une fantasmagorie confuse, ses yeux se fermèrent, ses membres endoloris s'étendirent pour chercher le repos, une lourde somnolence s'empara de lui, et il s'endormit bientôt sous l'influence de la fatigue corporelle.

Des gendarmes l'éveillèrent pour lui demander son passeport. Il le leur montra par une sorte d'instinct machinal; et il retomba dans ce même sommeil de plomb dès qu'il fut de nouveau seul. Lorsqu'il avait pris son billet et qu'on lui avait demandé pour quelle destination, il avait répondu aux employés étonnés : « Pour la station la plus éloignée »; et il était emporté alors sans savoir où il allait, tant le sommeil, semblable à celui que procure l'opium, causé par l'extrême fatigue, le plongeait dans la stupeur.

Il s'éveilla enfin en sursaut; la nuit venait, le crépuscule régnait sur la terre, et le train s'élançait toujours en avant, rapide comme le vent. Les yeux de Bertie, en s'ouvrant à moitié endormis et sans voir, tombèrent sur un visage à demi effacé dans l'ombre; il se pencha en avant tout abasourdi et sans pouvoir en croire ses sens.

— Rake!...

Rake fit le salut militaire à la hâte et avec embarras.

— C'est moi... oui, monsieur !

Cecil pensa qu'il rêvait encore.

— Vous !... mais vous aviez mes ordres?...

— Oui, monsieur, j'avais vos ordres, — murmura l'ancien soldat plus confus qu'il ne l'avait jamais été dans tout le cours de son aventueuse existence, — et c'est la première fois que je ne les exécute pas... oui, c'est la première fois. Voyez-vous, monsieur, c'étaient précisément des ordres que je ne pouvais pas avaler... C'était tout ce qu'il y a de plus clair! Envoyez-moi au diable pour vous, si vous voulez, monsieur Cecil, j'irai au premier commandement; mais vous quitter quand les choses vont si mal... le diable m'emporte si je le pourrais, quand même je le voudrais ! Je vous demande bien pardon, monsieur!

Et Rake, devenu courageux et éloquent, lança son chapeau sur le tapis du coupé, comme pour faire une énergique déclaration de résistance.

Cecil le regardait en silence; il n'était pas encore bien certain de ne pas être le jouet d'un rêve extravagant.

— Le diable m'emporte si je le voudrais, monsieur Cecil! Vous ne me donnerez rien... c'est très-bien; mais vous ne m'empêcherez pas de vous suivre, et je vous suivrai; donc il n'y a plus rien à dire à ce sujet, monsieur; seulement il faut vous résigner à me laisser faire mes fredaines, comme on dit. Vous avez parlé d'aller à la gare, j'y suis allé; vous avez pris votre billet, j'ai pris le mien; j'ai voyagé derrière vous; il y a environ deux heures, je vous ai cherché, vous étiez endormi, monsieur, quand je vous ai trouvé. « — Je crois que mon maître n'est pas très-bien », ai-je dit au conducteur; « je ne serais pas fâché de monter avec lui. » — « Montez donc », m'a-t-il répondu. Nous baragouinions cela dans leur horrible langue, car il avait vu que le nom de mes bagages était le même que celui des vôtres, et je suis monté. A présent, monsieur Cecil, permettez-moi de vous dire un mot une fois pour toutes, et ne me croyez pas un insolent et un propre à rien parce que je vous ai désobéi; mais vous avez été bon pour moi quand j'étais bien dans le besoin, vous avez même été bon pour mon chien... que son âme dorme en paix, pauvre bête! il n'y en eut jamais de plus brave! et je m'attacherai à vous jusqu'à ce que vous me chassiez à coups de pied comme un chien. La vérité est que c'est seulement en restant près de vous, monsieur, que je marche droit; si je devais vous quitter, je redeviendrais un mauvais sujet, vrai comme je vous le dis. Ne me renvoyez donc pas, monsieur, puisque vous avez eu pitié de moi autrefois.

La voix de Rake trembla légèrement vers la fin de sa harangue, et, à la lumière douteuse du soir, à mesure que le train s'enfonçait dans l'obscurité toujours croissante, son visage au ton chaud et bronzé paraissait très-pâle et très-sérieux.

Cecil lui tendit la main dans un silence qui était plus éloquent que des paroles.

Rake baissa la tête.

— Non, monsieur, vous êtes un gentilhomme, et je n'ai jamais été qu'un pauvre diable de vagabond! C'est assez d'honneur pour moi que vous ayez bien voulu le faire. Lorsque j'en serai plus digne, peut-être... mais cela ne sera jamais!

— Vous en êtes digne maintenant, mon brave garçon.

La voix de Bertie était très-basse, la loyauté de cet homme le touchait vivement.

— Ce n'est pas pour vous, Rake, que j'ai désiré que vous me quittiez.

— Que Dieu vous bénisse, monsieur, — dit Rake avec énergie ; — ces paroles-là valent mieux que dix verres d'eau-de-vie !

Cecil garda quelque temps le silence, le front dans ses mains, et la nuit devint tout à fait noire. Enfin il releva la tête.

— Et *Le Roi*... où est-il ?

Rake rougit sous sa peau tannée d'un air embarrassé.

— Pardon, monsieur, il est derrière vous.

— Derrière moi ?

— Oui, monsieur, lui et la jument baie. Je ne pouvais rien faire de mieux pour eux, comme vous voyez, monsieur, et je les ai embarqués avec nous ; ils ne s'embarrassent pas le moins du monde du train, les braves cœurs, et j'ai chargé un garçon très-capable de s'occuper d'eux. Vous pourrez facilement de Paris les envoyer en Angleterre, si vous êtes décidé à vous en séparer ; mais vous savez que *Le Roi* a toujours beaucoup aimé les tambours, les trompettes, et tout ce qui s'ensuit. Vous souvenez-vous, monsieur, que lorsqu'il n'était encore qu'un poulain, nous l'avions rompu à cela et dressé un peu à manœuvrer, parce que jusqu'à ce que vous sachiez quelle serait son allure, vous aviez pensé à en faire un cheval d'armes ? Il aime le bruit des soldats, oui, et s'il pensait que vous voulez partir sans lui, cela lui briserait le cœur, monsieur Cecil. C'est tout ce que j'ai pu faire de l'empêcher de vous suivre ce matin, il m'a presque scié les bras.

Après quoi, Rake, convaincu qu'il s'était rendu coupable d'une impardonnable désobéissance et d'une intervention offensante, baissa la tête un peu inquiet et suffisamment honteux.

Cecil ne put s'empêcher de sourire.

— Rake, vous ne serez jamais propre à aucun service; vous êtes trop indiscipliné.

Il n'eut pas le cœur d'en dire davantage; la fidélité de cet homme était trop sincère pour être accueillie par un reproche, et il éprouvait un singulier mélange de peine et de plaisir plus fort que la surprise et la contariété, en pensant que le cheval qu'il aimait tant était encore si près de lui, compagnon de son adversité comme il l'avait été de ses années heureuses.

. . . .

Quelques jours plus tard, la comtesse Guenevere était seule dans son boudoir, dans l'appartement qu'elle occupait à Bade; elle allait dîner chez une archiduchesse de Russie, et les splendides joyaux de sa maison étincelaient sous les flots de ses dentelles noires et couronnaient ses beaux cheveux brillants, sa tête délicate et impériale. Elle tenait dans ses mains une lettre... griffonnée au crayon sur une feuille arrachée d'un carnet de paris, mais sans que l'écriture fût tremblée, ni changée.

Un frisson parcourut tout son corps; seule, dans cette chambre luxueuse et bien éclairée, ses joues pâlirent et ses yeux s'obscurcirent.

« Pour repousser l'accusation dont j'étais victime, — disaient les derniers mots de ce fragment de lettre, — il m'aurait fallu manquer à mon serment vis-à-vis de vous et compromettre votre nom. En gardant le silence, mais en laissant le procès suivre son cours, les enquêtes de la justice, si pénibles et si minutieuses, auraient bientôt découvert par d'autres que vous étiez avec moi ce soir-là. Pour me justifier, il aurait fallu laisser flétrir votre nom par la calomnie publique et attirer sur vous une horrible épreuve. Laissez le monde me croire coupable. Cela importe peu. Bientôt je serai mort pour tous ceux qui me connaissaient; ma ruine m'aurait d'ailleurs réduit à l'exil. Ne laissez pas une heure de regret pour moi altérer votre bonheur, ma bien-aimée; pensez à moi sans affliction, Béatrix; mais gardez seulement le souvenir de notre passé. Je n'ai pas encore la force de dire : Oubliez-moi, et pourtant... s'il s'agit de votre bonheur... effacez de votre mémoire toute pensée de ce que nous avons été l'un à l'autre, toute pensée de moi et de ma vie; rappelez-vous seulement quelquefois que je vous ai été cher. »

Les mots devinrent moins distincts à ses yeux; ils touchaient le cœur de cette coquette mondaine, de cette souveraine victorieuse jusqu'au plus intime de son être; elle tremblait de la tête aux pieds en les lisant; car le sort de Bertie était entre ses mains.

Quoiqu'il n'y fit pas la moindre allusion dans sa lettre d'adieu, elle savait que d'un mot elle pouvait le justifier, le rendre libre, le rappeler de l'exil, le sauver de la honte, lui rendre de nouveau plus d'honneur et d'innocence aux yeux du monde qu'il n'en avait jamais eu. D'un mot elle pouvait tout cela ; sa vie était dans la balance, il dépendait d'elle aussi complétement que s'il eût été en son pouvoir de signer ou de détruire son arrêt de mort. C'était à elle de parler et de dire qu'il n'était pas coupable.

Mais pour cela il fallait se sacrifier elle-même.

Elle restait muette, irrésolue; un frisson l'agita et fit étinceler ses diamants à la lumière, de grosses larmes s'échappèrent de ses yeux et tombèrent une à une sur le papier taché et noirci, son cœur était rempli d'une amertume immense. Puis, toujours en frissonnant, comme si cette action eût été le crime d'un lâche, sa main s'ouvrit et laissa tomber la lettre sur la flamme d'une lampe d'argent qui brûlait à côté d'elle; les paroles qu'elle contenait méritaient un meilleur sort, une attention plus tendre, mais... elles auraient pu la compromettre.

Elle les laissa tomber et brûler et se tordre. Avec elles, elle condamnait la vie de Cecil à son fardeau de honte, au triste sort de son exil. Elle entendrait proclamer son crime, et ses lèvres ne s'ouvriraient pas... elle entendrait diffamer son nom, et sa voix ne s'élèverait pas... elle saurait qu'il était en proie à la misère ou qu'il était mort sous des cieux étrangers sans être honoré ni pleuré, pendant qu'autour d'elle le monde publierait son déshonneur... et elle pourrait garder son repos.

Elle l'aimait... oui, mais elle aimait encore mieux l'estime où le monde la tenait et les diamants dont la loi la priverait si leur amour était connu. Elle le sacrifiait à sa réputation et à ses joyaux; c'était bien le choix d'une femme.

XIII.

AU CAFÉ DES CHASSEURS.

La chaude lumière rougeâtre du coucher du soleil embrase encore les eaux de la rade et répand son flamboyant éclat sur la cité qui s'élève dans le cercle du Sahel et dont la Méditerranée vient si amoureusement lécher de ses vagues bleues les maisons blanches bâties sur la colline. Le soleil a disparu dans un flot de pourpre... ce même soleil qui a lui autrefois sur les légions de Scipion et sur l'armée bardée de fer d'Hamilcar, et qui maintenant tout le long du jour darde de tout son éclat sur les plis des drapeaux français flottant sur les vaisseaux du port ou sur les armes étincelantes d'un escadron de l'armée d'Afrique descendant rapidement la colline pour retourner à sa caserne.

Dans un café, un méli-mélo de gens de toutes les nations connues sous le soleil buvait des demi-tasses, de l'absinthe, du vermout, de vieux vins au milieu du silence relatif qui avait succédé aux éclats d'une chanson beuglée par certaine favorite des spahis, connue sous le nom de Loulou-Je-m'en-bats-l'œil, ainsi nommée pour ses habitudes d'indépendance et de forfanterie. Récemment, mademoiselle Loulou était allée jusqu'à tirer en pleine poitrine sur un homme dans la rue Bab-el-Oued, et elle avait mis ensuite au défi tous les gendarmes et les sergents de ville de l'inquiéter.

Une demi-douzaine d'hommes du plus célèbre régiment de chasseurs d'Afrique étaient rassemblés là, les uns les pieds sur les petites tables de marbre, les autres lisant les journaux, tous fumant leur inséparable compagnon, leur brûle-gueule.

— Loulou était en voix ce soir, — dit l'un.

— Oui, elle a bu assez de cognac avant de chanter; cela lui éclaircit toujours la voix, — dit un second.

— Moi, je crois que c'est ce qui lui a donné le courage de tirer sur ce Kabyle, — dit un troisième. — A propos, est-il mort?

— Ne sais pas, — dit le second en haussaut les épaules.

— Loulou vise bien.

— Sacrebleu, oui! C'est Rit-Toujours qui lui a appris.

— Ah! quel homme que ce Rit-Toujours! Quand il allait sur le terrain, il ne manquait jamais de demander à son adversaire : Que préférez-vous? le poumon, le cœur, la tête? Et quelque endroit qu'on lui désignât, il l'atteignait. Pauvre Rit-Toujours, il était toujours de bonne humeur.

— Comment est-il mort? — demanda un sous-officier de la ligne.

— Ce n'est pas un des vôtres, pioupiou, qui l'aurait tué, je t'en réponds. Il en aurait embroché une demi-douzaine comme toi avant son déjeuner pour s'entretenir la main. Comment Rit-Toujours est mort?... Je vais te le dire.

Il trempa ses longues moustaches dans une coupe de champagne sec : Claude, vicomte de Chanrellon, quoique simple chasseur, pouvait se donner ce luxe.

— Nous poursuivions les Arabes, bien entendu... ou plutôt, nous leur donnions la chasse, car nous ne nous étions jamais assez approchés de leurs bandes pour les charger convenablement. Rit-Toujours s'en chagrina. « — Cela ne peut pas durer comme ça, » dit-il, « voilà quinze jours perdus, et je n'ai encore tué que des vautours et des chacals. Je vais me perdre la main... » Car, d'une manière ou d'une autre, toute l'armée le sait, Rit-Toujours descendait son homme tous les jours ; son exercice favori lui manquait donc terriblement. Eh bien! que fit-il? Il monta à cheval un beau matin et découvrit le camp arabe, puis il agita un drapeau blanc pour demander à parlementer. Il n'était pas descendu de cheval, et, se plaçant en face des Arabes, il s'adressa à leur scheik. « — Les choses vont lentement », lui dit-il; « je suis venu pour m'amuser un peu. Choisissez six de vos meilleurs cavaliers, et je vais me battre contre chacun d'eux à tour de rôle pour l'honneur de la France et à condition qu'un coup d'eau-de-vie soit offert au vainqueur. » Ils hésitèrent, pensant qu'il serait déloyal d'accepter de lutter six contre un. « — Oh! » dit-il en souriant, « vous avez entendu parler de Rit-Toujours, et vous avez peur! » Cette bravade leur monta la tête, et ils lui dirent qu'ils se battraient contre lui devant tous ses chasseurs. « — Allons, soyez les bienvenus », dit Rit-Toujours, « et pas un poil de votre barbe ne sera touché que par moi, j'en réponds. » L'affaire fut donc réglée; on devait se réunir une heure avant le coucher du soleil, le soir même. Jour de Dieu! ce fut un rude combat.

L'histoire était bien connue de toute l'armée d'Afrique, mais le pioupiou, n'ayant servi qu'en Chine, était nouveau dans la colonie.

— Le général fut très-mécontent quand il entendit parler de cela, et il eut envie de faire coffrer Rit-Toujours; mais, morbleu! la chose était faite, notre honneur était engagé; il n'y avait rien à dire, à moins de nous faire passer tous pour des lâches ou des traîtres. Il y avait en face de notre camp un immense plateau uni, et les montagnes étaient derrière nous; un beau terrain pour un combat singulier. Exacts au rendez-vous, les Arabes défilèrent devant nous dans la plaine et se placèrent sur notre front, formant une immense ligne, leurs étendards, leurs croissants, leurs cymbales, leurs flûtes de roseau, et leurs timbaliers, tout reluisants et étincelants. Sacrebleu! c'était une vraie parade, et nous ne pouvions pas nous battre! Nous étions placés en ligne, cavalerie, infanterie, artillerie. Rit-Toujours, seul, un peu en avant et armé, bien entendu. Le général et le scheik eurent une conférence, puis l'affaire commença. Il y avait six Arabes, la fleur de l'armée, tout de rouge et de blanc vêtus, dans leurs plus beaux costumes, comme s'ils étaient venus à une *aouda.* C'étaient de beaux hommes, diable! de bien beaux hommes même! Le combat devait avoir lieu au sabre; on les avait choisis exprès, et chaque Arabe devait se présenter contre Rit-Toujours, à tour de rôle. Nos tambours ouvrirent un ban, et leurs cymbales retentirent. Ils poussèrent le cri de *fantasia,* et le premier Arabe s'élança vers lui. Rit-Toujours, ferme comme un roc, enfonca son sabre dans la poitrine du Bédouin, avant qu'on eût eu le temps de crier gare! Un autre, puis un autre, et encore un autre arrivèrent successivement. Vous savez comment se battent les Arabes, vous autres?... comme ils font volte-face, se retournant et combattant en fuyant; ramassant leur sabre pendant que leur cheval galope ventre à terre, ils vous percent ici, vous percent là, décrivent de grands cercles autour de vous comme des faucons? Vous voyez donc d'ici comment ils se battaient contre Rit-Toujours l'un après l'autre; c'étaient des démons plutôt que des hommes. Jour de Dieu! ce fut un spectacle magnifique! notre champion avait des balafres de tous les côtés, mais ils n'avaient pas pu le désarçonner, malgré tous leurs efforts, et lui, il les atteignait tous les uns après les autres, tôt ou tard, et les désarçonnait. Il y avait une grande mare de sang tout autour de lui, et cinq d'entre eux étaient étaient déjà étendus, morts ou mourants, sur le sable. Il avait repris des armes à deux reprises, trois chevaux avaient été tués sous lui, et sa veste pendait en loques sur ses membres, tant étaient nombreux les coups de sabre qui l'avaient déchirée. Il n'en restait plus qu'un, un jeune Arabe, fils du scheik, qui arriva comme le vent. Il pensait démonter Rit-Toujours du coup et l'achever alors à loisir. Vous auriez pu entendre le bruit lorsqu'ils se rencontrèrent, ce fut comme deux grandes cymbales frappant l'une contre l'autre. Leurs chevaux se mordaient et se déchiraient la crinière; ils étaient enchevêtrés comme s'ils n'avaient formé qu'un seul homme et qu'un seul animal, ils se heurtaient, se bousculaient en se balançant; les sabres s'agitaient autour de leurs têtes et brillaient comme des éclairs lorsqu'ils les faisaient tournoyer au soleil; les fers des chevaux en piétinant dans le sable soulevaient un nuage jaune, qui les déroba bientôt à notre vue et à travers lequel tout ce qu'on pouvait apercevoir était la tête agitée d'un cheval ruisselant d'écume, ou la lame d'un sabre près de s'abattre. Puis le nuage se dissipa peu à peu, le brouillard de sable s'éclaircit, la selle de l'Arabe était vide, mais Rit-Toujours était toujours sur la sienne, inébranlable comme un roc. Le vieux scheik inclina la tête : « — C'est fini! Allah est grand! » Il savait que son fils était mort. Alors nous rompîmes les rangs et nous nous ruâmes vers l'endroit où hommes et chevaux étaient étendus pêle-mêle comme des moutons égorgés. Rit-Toujours poussa l'éclat de rire le plus sonore que le désert eût jamais entendu : « — Vive la France! » s'écria-t-il. « Maintenant apportez-moi une goutte d'eau-de-vie! » Puis tout à coup il chancela sur ses étriers et tomba sous son cheval; lorsque nous le relevâmes, nous nous aperçûmes qu'il avait deux lames de sabre brisées dans le corps, et que le sang s'échappait de plus de trente blessures. Ce fut ainsi que Rit-Toujours mourut, pioupiou, le rire aux lèvres jusqu'à la fin. Sacrebleu! ce fut une mort splendide; je voudrais être sûr d'en avoir une semblable.

— Vous avez souvent de ces aventures-là, je suppose? — demanda une voix à l'accent francais le plus pur.

Celui qui venait de parler était appuyé contre la porte ouverte du café; c'était un homme grand et bien découplé, vêtu d'une veste de chasse en velours défraîchi par le vent et la pluie, d'une chemise flottante, et chaussé de bottes molles, crottées et usées.

— Quand nous y sommes, monsieur, — répondit le chasseur, — je voudrais que nous en eussions davantage.

— Naturellement... Avez-vous besoin de recrues?

— Les voilà bien! Ils veulent tous venir avec nous et avec les zouaves, — dit Chanrellon en souriant et en examinant celui qui s'adressait à lui.

D'un coup d'œil, il avait apprécié la symétrie de sa taille et de ses membres.

— Cependant, un bon soldat est toujours le bienvenu. Parlez-vous sérieusement, monsieur?

L'étranger ne répondit pas catégoriquement à cette question, mais il quitta le seuil de la porte et s'assit à la petite table de marbre qui était en face de celle de Claude, et s'y appuya sur son coude.

— J'ai un scrupule, — dit-il. — Je me sens très-bien disposé en faveur de vos ennemis.

— Jour de Dieu! — s'écria Chanrellon, en tirant sa moustache brune, — c'est un peu hardi à vous de le dire devant cinq chasseurs.

L'étranger sourit d'un air moitié dédaigneux, moitié plaisant.

— Je dis toujours ce que je pense, sans m'inquiéter de mes auditeurs en général.

Chanrellon attacha sur lui ses yeux brillants.

— C'est un brave, — pensa-t-il. — Il ne faut pas le laisser perdre.

— Je préfère vos ennemis, — continua l'autre très-tranquillement, très-machinalement, comme si le resplendissant café éclairé au gaz n'était pas plein de soldats français. — En premier lieu, ils sont du côté du vaincu; en second lieu, ils sont maîtres du sol; en troisième lieu, ils vivent libres comme l'air; et en quatrième lieu, enfin, c'est sans contredit de leur côté qu'est le bon droit.

— Monsieur!... — s'écrièrent les chasseurs en mettant la main sur leurs sabres, terribles comme des lions.

Il jeta sur eux un regard indolent et fatigué sous les longs cils de ses paupières et continua, comme s'ils n'avaient rien dit.

— Je me battrai avec vous tous, si vous voulez, comme votre héros Rit-Toujours, mais je pense que cela n'en vaut pas la peine, — dit-il négligemment, toujours appuyé sur la table de marbre. — C'est d'un genre déplorable de se quereller. Nous n'avons pas de ces colères, nous autres. J'avoue donc que mes sympathies seraient plutôt en faveur de vos ennemis, simple affaire de goût; inutile de se disputer pour cela, c'est tout ce que j'y vois. J'ai l'intention d'entrer à leur service ou au vôtre, voulez-vous décider cela sur un simple coup de dés?

— Décider... mais comment?

— Eh bien! de cette façon, — dit l'autre avec l'indifférence ennuyée de quelqu'un qui ne donnerait pas deux fétus de paille pour la tournure que prendront les choses. — Si je gagne, je vais chez les Arabes; si vous gagnez, j'entrerai dans vos rangs.

— Jour de Dieu! voilà une drôle de partie, — murmura Chanrellon. — Mais si c'est vous qui gagnez, pensez-vous donc que nous vous laisserons passer à l'ennemi? Pas si bêtes, monsieur!

— Allons donc!... — dit tranquillement l'autre. — Des hommes qui ont assez l'intuition de ce qu'est l'honneur pour avoir ratifié l'engagement de Rit-Toujours avec les Bédouins n'useront pas de leur avantage sur un adversaire ouvertement déclaré et désarmé.

Un murmure approbateur parcourut les rangs de ses auditeurs. Chanrellon fit entendre un énergique juron.

— Parbleu! non. Vous avez raison. Si vous avez envie d'y aller, vous pourrez y aller. Holà! ici! apportez les dés. Du champagne, monsieur, du vermout... du cognac?...

— Rien, je vous remercie.

Il se pencha en arrière avec une indolence et une indifférence apathiques, qui contrastaient singulièrement avec l'audace insensée de ses paroles et les rudes campagnes qu'il recherchait.

Les chasseurs l'observaient d'un œil curieux; ils goûtaient ses manières, tout en conservant du ressentiment de ses discours; ils faisaient des remarques sur tout ce qu'il y avait en lui de particulier, ses mains blanches et délicates, son costume usé et défraîchi par de longs voyages, ses beaux traits aristocratiques, sa barbe longue et abondante, son extérieur insouciant, froid, fatigué, indifférent, et ils étaient incertains de ce qu'ils en pourraient faire.

On apporta les dés.

— Quels enjeux, monsieur? — demanda Chanrellon.

— Dix napoléons d'un côté... et... les Arabes.

Il posa dix napoléons sur la table; c'était le seul argent qu'il eût au monde; il était très-caractéristique qu'il le risquât.

Ils jetèrent les dés, — deux six.

— Vous voyez, — murmura-t-il avec un demi-sourire, — les dés savent que c'est un duel entre vous et les Arabes.

— C'est un drôle de corps et un brave! — marmotta Chanrellon.

Ils jetèrent de nouveau les dés. Le chasseur amena cinq, son adversaire eut aussi cinq.

— Les dés ne peuvent pas se décider, — dit l'autre assez négligemment, — ils savent que vous êtes la Force et les Arabes le Droit.

Les Français se mirent à rire; ils savaient accepter une plaisanterie de bonne grâce, et, seul au milieu d'eux tous, il était devenu sacré tout de suite par l'extrême inégalité même qui existait contre lui. Ils agitèrent les cornets et jetèrent de nouveau les dés.

Chanrellon eut trois, lui deux.

— Ah! — murmura-t-il, — le Droit reçoit un croc-en-jambe et perd.. C'est souvent comme cela; pauvre diable!

Le chasseur s'appuya sur la table; ses yeux noirs, intrépides, brillaient de plaisir.

— Monsieur, ne vous plaignez jamais d'une pareille bonne fortune pour la France; vous nous appartenez, maintenant, laissez-moi vous réclamer.

Il s'inclina plus gravement qu'il ne l'avait fait jusqu'alors.

— Vous me faites beaucoup d'honneur; le hasard l'a voulu ainsi. Un mot seulement...

Chanrellon y consentit courtoisement.

— Tout ce que vous voudrez.

— J'ai un compagnon qu'il faut enrégimenter avec moi, et il faut que j'entre au service tout de suite.

— Avec infiniment de plaisir. Cela pourra s'arranger sans aucun doute. Vous vous présenterez demain matin au rapport; quant à ce soir, ce n'est pas encore la saison ici, et nous sommes tristes à faire frémir; cependant, je puis vous montrer quelque chose de drôle, quoique ce ne soit pas Paris.

L'étranger se leva et salua de nouveau.

— Je vous remercie, pas ce soir. Je vous reverrai à votre caserne dans la matinée.

— C'est fait! — murmura-t-il en réponse à ses pensées. — Maintenant, me voilà pour la vie sous un autre drapeau!

XIV.

DE PROFUNDIS.

Trois mois après ces événements, il y avait grand gala au mess d'un célèbre régiment de cavalerie légère qui avait la réputation d'être le corps le plus élégant de l'armée anglaise. A l'un des bouts de la table une discussion s'était élevée tandis que le claret circulait à la ronde.

— Je n'ai jamais pu découvrir le fond de l'histoire, — disait un des convives, un baronnet, grand chasseur et chef de la meute, — c'est quelque chose de très-triste, n'est-ce pas?

— Très-triste, — répondit un grand bel homme dont la physionomie accusait l'apathie la plus complète qui ait jamais été empreinte sur des traits humains, mais qui néanmoins avait été baptisé par les plus intrépides nations guerrières du Penjaub du nom de Shumsheer-i-Shaitan, ou le Sabre-de-l'Esprit-du-Mal, tant leur paraissaient terribles les passes rapides et tournoyantes d'un certain coup en arrière à lui particulier.

— La Garde a été rudement maltraitée, — murmura un autre officier près de lui; ce dernier était connu sous le nom du Dauphin, — et le fait est si vil, voyez-vous, qu'il rend la chose pire encore. Le nom du Séraphin a été mêlé aussi à ce scandale.

— Ce pauvre vieux Séraphin! il a été joliment roulé à

cause de cela, — ajouta un troisième. — Il en est bien affecté! J'ai idée qu'il a payé à ce juif la somme entière pour arrêter les poursuites.

— C'est ce que dit Thelusson. Thelusson prétend que les juifs s'en sont vantés.

— Parbleu! c'est ce que font toujours les juifs, — murmura un autre. — Le 1er de la Garde aurait donné un million à Beauté plutôt que de lui laisser faire cela. C'est une chose horrible pour le régiment.

— Mais il est mort? — poursuivit leur hôte.

— Beauté?... oui; mis en capilotade dans cet express, vous savez.

— Il n'y a pas de preuves, cependant?

— Je ne sais pas ce que vous entendez par preuves, — murmura le Dauphin. — Les chevaux ont été renvoyés de Paris en Angleterre; ce qui prouve qu'il est allé à Paris. Le train de Marseille a déraillé; vingt personnes ont été écrasées et retrouvées absolument méconnaissables. Deux des victimes réduites en bouillie se trouvaient seules dans la première voiture; il n'y avait avec elles que des bagages; les bagages de Beauté dont le nom était gravé sur la plaque de cuivre à l'extérieur et sur les objets en argent de l'intérieur; deux hommes réduits à l'état d'atomes, mais dont les bagages avaient été épargnés... ces deux hommes, naturellement, devaient être Beauté et son domestique; ce dernier était un garçon qui lui était très-attaché et qui ne pouvait manquer de rester avec lui.

Ayant ainsi fourni, selon lui, la preuve désirée, et après avoir prononcé ces mots lentement, avec une affectation pleine d'indolence, il but un peu de vin du Rhin.

— Il est évident que rien ne pourrait être plus concluant, c'est très-certain, — répondit le baronnet, résigné à se laisser convaincre. — C'était ce qui pouvait arriver de mieux dans ces malheureuses circonstances, et c'est ce que pense Lord Royallieu, je suppose. Il n'a permis à personne de porter le deuil et a fait décrocher et brûler le portrait de son pauvre fils.

— C'est bien mélodramatique ! — fit observer Léo Charteris. — Que diable ! quel mal peut-on faire à un mort en jetant son portrait au feu ? Mais le vieux lord a toujours détesté Beauté. Rock seul a porté le deuil ; il a tout abandonné ; jamais je n'ai vu un homme aussi abattu. D'abord, il jurait qu'il allait tout vendre et passer au service de l'Autriche ; puis il a prétendu qu'il allait demander un commandement dans la grosse cavalerie pour être envoyé aux Indes.

— Le duc n'aurait pas voulu entendre parler de cela... Il ne tient pas à ce qu'il soit tué, lui... il n'y a pas d'autre héritier du titre. Sacrebleu ! j'aurais vouluque vous vissiez Rock l'autre jour sur la pelouse ; le petit Pulteney s'est approché de lui...

— Quel Pulteney ?... Jimmy ou le comte ?

— Oh ! le comte... Jimmy s'y serait mieux pris. Ces nouveaux venus dans notre monde n'entendent rien à nos façons. « — Vous avez acheté le fameux cheval de M. Cecil à ses créanciers, n'est-il pas vrai ? » demanda Pulteney. Rock le toisa des pieds à la tête. Quel regard, jour de Dieu ! « — J'ai reçu *Le Roi-de-la-Forêt* comme dernier présent de l'ami que j'ai perdu. » Pulteney ne comprit pas et continua à patauger. « — C'est que, si vous étiez disposé à vous en défaire, j'ai précisément besoin d'un cheval de chasse bon sauteur de haies, et je le prendrais pour mon haras au prix qui vous conviendrait. » J'ai cru que le Séraphin allait l'envoyer à tous les diables d'un coup de poing, ma parole d'honneur! En un instant il est devenu rouge de fureur comme ce vin, puis ensuite pâle comme une femme. « — Vous avez bien raison », a-t-il dit avec calme, mais je vous jure que chaque mot portait comme une balle; « vous avez, en effet, besoin de renouveler votre sang et d'y ajouter quelque chose qui sente la bonne éducation; mais... je ne pense pas que vous puissiez y arriver avant les trois prochaines générations. Il faut d'abord que vous appreniez ce que c'est. » Puis il s'est éloigné, en plantant là Pulteney. Parbleu! je ne pense pas que ce comte du coton oublie de sitôt les courses de Cambridge, ou tente encore de faire commerce de chevaux avec le Séraphin.

De longs et bruyants éclats de rire accueillirent ce récit.

— Pauvre Beauté!... — dit le Dauphin.

Lord Kergenven avala un verre de vin du Rhin, et murmura, d'un air indolent et languissant : —

— Voulez-vous parier qu'il n'est pas mort du tout?

— Que diable dis-tu là?... Et pourquoi?... — fit la table en chœur. — Quand on trouve le corps d'un homme avec ses bagages autour de lui!...

— Je ne crois pas qu'il soit mort, — murmura Kergenven, les yeux à moitié fermés et d'un air assoupi.

— Mais pourquoi?... As-tu entendu dire quelque chose?

— Pas un mot.

— Pourquoi dis-tu qu'il est vivant, alors?

Le lord haussa légèrement les sourcils.

— Je le crois... voilà tout.

— Mais tu dois avoir une raison, Kergenven?

Forcé de parler, Kergenven but un autre verre et laissa tomber lentement, de la voix la plus mélodieuse du monde, les paroles suivantes : —

— Eh bien, voilà : Beauté était avec nous à Veilleroc, le

château de Louis d'Auvrai, et nous étions à la poursuite d'un vieux sanglier... pas trop vieux pourtant pour nous faire courir et assez solide encore pour faire tête aux chiens et compter sur ses défenses, si la poursuite devenait trop chaude et qu'il fût serré de trop près à la fin. Nous avions levé un peu tard; les chiens étaient un peu neufs à la besogne, et la journée de novembre un peu courte, naturellement; la meute avait pris le pied d'un chevreuil et avait abandonné la piste du sanglier pendant quelque temps, en courant comme une folle. Nous étions tous dispersés... tout au plus deux ensemble par-ci, par-là. Où était la meute?... Où était le sanglier?... Où étaient les chasseurs?... Personne n'en savait rien. De temps en temps, j'entendais les chiens donner de la voix dans le lointain, et je courais de ce côté du mieux que je pouvais, et ce mieux était extraordinairement mauvais. A la fin, j'entendis un vacarme épouvantable; je pensais qu'on était enfin parvenu à mettre le sanglier aux abois. Il y avait un grand hallier de chênes aussi durs que du fer et épais comme les mailles d'un filet, entre moi et cet endroit; les rameaux étaient enchevêtrés, Dieu sait comme!... Nous y arrivâmes pourtant tant bien que mal, et nous nous trouvâmes dans un grand espace découvert et gazonné, où il y avait très-peu d'arbres, et sur lequel brillait la lune; là, sans un seul chien autour de lui, vrai comme je vous le dis, le sanglier se roulait à terre, avec quelque chose qui roulait sous lui; les deux corps étaient si bien entrelacés qu'ils semblaient n'être qu'une seule bête énorme qui se traînait çà et là, comme vous avez vu les rhinocéros se vautrer dans les jungles de l'Inde. Naturellement j'ajustai ma carabine, mais j'attendis pour viser un but précis, car lequel était l'homme?... lequel était le sanglier?... du diable si j'aurais pu le dire! Précisément au moment où j'ajustais, la voix de Beauté me cria : « — Ne tire pas, Ker! Je veux le tuer tout seul! » C'était lui qui était sous l'animal. Pendant qu'il me parlait, ils roulèrent de mon côté. Le sanglier, couvert d'écume et de sang, plongeait ses défenses dans le corps de Bertie; celui-ci réussit à dégager son bras de dessous la bête, et, tout écrasé qu'il était, il parvint à le maintenir libre, armé solidement du couteau qu'il plongea à trois reprises dans le flanc du vétéran, juste au-dessous des côtes; ce fut le coup de grâce : le sanglier tomba mort, et Beauté resta à demi mort aussi, le sang sortant à flots de l'endroit où les défenses l'avaient frappé. Ce soir-là, nous jouâmes au baccarat près de son lit pour le distraire, et il joua tout aussi bien que jamais. Maintenant voilà pourquoi je ne crois pas qu'il soit mort Un homme qui a serré un sanglier de cette façon-là ne voudrait pas se laisser écraser par un train. Je ne croirai jamais qu'il a fait ce faux billet, malgré toutes les charges qui l'accablent; Beauté n'avait pas la moindre disposition à devenir un vaurien.

Tel fut le *De profundis* accordé à Bertie Cecil; puis Beauté de la Brigade de la Maison de la Reine cessa d'être nommé dans l'armée, et on l'oublia même bientôt. Dans la course au clocher de la vie, on n'a guère le temps de jeter un coup d'œil en arrière sur les défaillants, qui ont été arrêtés par une banquette irlandaise quelconque et sont tombés en perdant leur rang.

XIV.

L'ENFANT DU DRAPEAU.

— N'avais-je pas bien dit qu'il ne bouderait pas au feu?

— Pardieu! c'est un brave.

— Qui monte à cheval comme un Arabe!

— Qui vous coupe une tête avec ce coup circulaire, une... deux... vlan!... C'est magnifique!

— Et qui danse comme un aristocrate, et pas du tout comme un ivrogne de spahi!

Ces derniers mots étaient le couronnement du chœur d'éloges et une insulte adressée au cercle des approbateurs; ils avaient été lancés avec tout le piquant de l'argot inimitable de la cantine et l'aplomb des camps par une interlocutrice perchée à califourchon sur un fragment de mur en ruine, un baril de vin installé en face d'elle sur les pierres, et six soldats, *ses gros bébés*, comme elle avait coutume de les appeler maternellement, étendus à ses pieds, tout à leur aise, sur le gazon aride et poussiéreux.

Elle était jolie, très-jolie, audacieusement jolie, quoique sa peau fût hâlée et d'un ton brun et chaud, que ses cheveux fussent coupés comme ceux d'un garçon, et que son visage n'offrît pas un seul trait régulier. Mais bah!... la régularité! Qui donc s'en serait soucié? Qui donc aurait préféré changer pour un type plus pur et plus classique, ces yeux noirs, si vifs, si provocants; ce visage moqueur, éveillé comme celui d'un jeune chat, si rayonnant, si mignon; ces lèvres rouges comme un bouton de camélia, qui n'étaient jamais si belles que lorsqu'elles étaient séparées par une cigarette, ou, pour dire toute la vérité, assez souvent même par un brûle-gueule?

Elle était jolie, elle était insolente, elle était intolérablement coquette; elle était maligne comme un petit singe; elle jurait au besoin comme un zouave; elle tirait un coup de fusil entraînée par le galop d'un cheval; elle vidait son verre d'eau-de-vie ou de vermout comme un troupier seul sait vider son verre; à l'occasion, elle savait lever sa petite main brune et donner un coup auquel celui qui l'avait reçu ne s'exposait pas deux fois; c'était une enfant de Paris, et elle en avait toute la malice; elle chantait des chansons de guinguette à faire mourir de rire, et elle dansait le *cancan* à la Salle de Mars avec le plus grand des cuirassiers qui s'y trouvait, plus drôlement que qui que ce soit.

Et cependant avec tout cela elle n'était pas totalement dépourvue de sexe; avec tout cela elle avait le délicieux parfum de la jeunesse, et elle n'avait pas renoncé à une certaine grâce féminine, quoiqu'elle portât l'uniforme de cantinière, qu'elle fût née dans une caserne, et qu'elle eût l'intention de mourir sur un champ de bataille; c'était un composé bizarre de force virile et de charme féminin qui la rendait piquante et faisait d'elle une célébrité dans son genre, connue par toute l'armée d'Afrique, tantôt sous le nom de Cigarette, tantôt sous celui d'Enfant du Drapeau.

— Dis donc, Cigarette! — fit d'un ton de reproche un petit zouave, connu sous le nom de Toto Leroux, — est-ce comme cela que tu oublies tes amis pour le premier visage nouveau?

— Quoi donc, ce n'est pas une tête de pipe comme la tienne, Toto! — répondit Cigarette, lançant une bouffée de fumée; la repartie est parfois rude au camp. — Il est *beau à faire peur,* comme vous l'avez surnommé!

— Sapristi! — grogna Toto. — Tout ton cœur s'est donc envolé avec cet Anglais?

Cigarette éclata de rire avec un air insolent et de tout son cœur, piquée par sa plaisanterie.

— Mon cœur est un réveille-matin, Toto; il s'éveille tous les jours. Un Anglais!... Qu'est-ce qui te fait croire cela?

— Parce que c'est un géant, — dit Toto.

Cigarette fit claquer ses doigts.

— J'ai dansé avec des grenadiers et des cuirassiers de la Garde tout aussi grands et deux fois plus gros. Après?

— Parce qu'il se jette à l'eau en faisant le plongeon comme un phoque.

— Parce qu'il est silencieux.

— Parce qu'il s'appuie sur ses étriers.

— Parce qu'il aime la mer.

— Parce qu'il connaît la boxe.

Devant cette masse de preuves accablantes de la nationalité de son héros, l'Enfant du Drapeau céda.

— Oui, c'est assez probable. D'ailleurs, l'autre est Anglais. Laurillard, des chasseurs, m'a dit que l'autre le sert comme un esclave quand il le peut, fourbit ses armes, fait la litière à son cheval, lui épargne toute la grosse besogne, quand il peut le faire sans qu'on s'en aperçoive. D'où sont-ils venus?

— Ils ne l'ont jamais dit.

Cigarette secoua sa tête nonchalante et fit la moue de ses lèvres de cerises après un juron en argot.

— Bast!... il faudra bien qu'ils me le disent à moi!

— Chut!... Tu peux apprivoiser un lion, obliger un vautour à lâcher sa proie, faire battre son rantanplan à un tambour, faire tirer à un mort une clarinette de six pieds; mais tu ne feras jamais parler un Anglais quand il est décidé à garder le silence.

Cigarette lança une bordée soignée en argot de caserne, très-riche en métaphores, que celui auquel elle s'adessait trouva admirables dans leur brillante variété, et après les avoir exprimées, elle sauta à bas de son mur, mit son baril-let en bandoulière, fit un signe de tête à ses gros bébés, toujours étendus à l'ombre du mur de pierre, et les laissa continuer leur jeu, pendant qu'elle se mettait en chemin agile et légère comme un chamois.

Elle était audacieuse, intrépide, pleine de feu, alors dans tout l'éclat de sa jeunesse, aimant le pillage, les expéditions, la gaieté; ne s'inquiétant de rien; toujours prête à rire, à chanter, à lancer une repartie d'argot, ou à tirer les gentils pistolets passés dans sa ceinture, présent d'un général de division, mais tout cela suivant son caprice du moment. Sa mère suivait les armées; personne ne connaissait son père; elle était l'enfant gâtée de l'armée depuis sa naissance; son cœur, aussi bronzé que sa joue, et son ignorance des lois du tien et du mien la distinguaient; elle avait pourtant de singuliers instincts de noblesse semés de ci, de là, par la nature, et une grâce sauvage que rien ne pouvait détruire.

Cigarette était l'idole de l'armée d'Afrique, et elle était aussi insouciante de la loi et de ses prescriptions que la plupart de ses protecteurs. Elle avait eu mille amoureux, depuis les beaux gentilshommes des Guides jusqu'aux vauriens basanés et au front noirci des zouaves, et elle n'avait jamais rien aimé, si ce n'est le roulement ou la sonnerie de la charge et son visage moqueur et provocant, avec ses lèvres écarlate et ses cheveux courts d'un noir de jais, quand elle l'apercevait par hasard dans une cuirasse d'acier bruni et poli qui lui servait de miroir.

Elle ressemblait plus à un beau garçon à l'air insolent qu'à toute autre chose sous le soleil, et cependant il y avait je ne sais quoi dans cette jolie et impudente Enfant du Drapeau, qui était féminin malgré tout; quelque chose de généreux et de gracieux au milieu de sa hardiesse et de son sans gêne, de ses reparties joyeuses et de la vie déréglée qu'elle menait dans les casernes et dans les camps, à l'ombre des aigles impériales.

Elle s'avançait le long des ruelles tortueuses et à travers les jardins dévastés du vieux quartier maure de la Casbah; la crosse de ses petits pistolets brillait au soleil, et le feu dévorant des rayons de l'astre du jour tombait, sans qu'elle y fit attention, sur ses braves yeux brillants comme ceux d'un faucon qui, depuis qu'ils s'étaient ouverts au monde, ne s'étaient jamais abaissés devant les rayons du soleil, ni laissé obscurcir par eux, pas plus qu'ils ne s'étaient jamais fermés sous le regard d'un amant, ou devant une menace de mort sur le champ de bataille. Il était juste midi, et peu de personnes auraient pu braver la chaleur comme elle le faisait; tout était calme; on entendait seulement, à une petite distance, le roulement des tambours sur lesquels s'exerçaient les tapins des régiments africains.

— Halte!... le voilà! — s'écria Cigarette à elle-même tandis que ses yeux de faucon fouillaient à droite et à gauche.

Et, semblable à un chamois, elle sauta par-dessus les grandes masses des ruines turques, franchit le lit desséché d'un cours d'eau, et vint déboucher juste en face d'un chasseur d'Afrique qui était assis seul sur un fragment de marbre blanc, débris d'une mosquée mauresque dont les délicates colonnettes, couronnées d'herbes apportées par le vent, se dressaient derrière lui, sur le bleu profond et intense d'un ciel sans nuages.

Il s'était assis d'un air assez pensif, presque ennuyé, et traçait des lignes sur le sable qui couvrait le sol avec le fourreau de son sabre; cependant il avait tout l'extérieur d'un soldat français, et en outre, d'un soldat qui avait connu de chauds et sérieux services. Il était bronzé, mais c'est à peine s'il le paraissait auprès du rouge, du brun et du noir des zouaves et des turcos, car sa peau était naturellement très-fine, ses traits délicats, ses yeux très-doux, ce que Toto avait appelé en grognant, d'un air méprisant, un visage de femme; une longue et soyeuse barbe châtain retombait sur sa poitrine, et sa taille était celle d'un superbe cavalier, léger, souple, long de membres, large de poitrine, dont tous les nerfs et tous les muscles étaient liés ensemble et scellés comme des chaînes d'acier.

Elle jeta un coup d'œil sur ses mains, qui étaient très-blanches, en dépit du soleil d'Afrique et des travaux qui incombent à un simple chasseur.

— Beau, — pensa-t-elle, — et noble, c'est bien certain!

Elle l'éveilla sans cérémonie de sa rêverie, en lui offrant à boire.

— Ah!... ah!... mon roumi. Toto Leroux dit que vous êtes Anglais; ma foi, il doit avoir raison, car sans cela vous ne resteriez pas là à rêver en plein soleil comme un hibou! Prenez une goutte de mon cognac, il est clair comme des topazes. Je ne vends jamais de mauvaises liqueurs, moi! j'en fais meilleur emploi que d'en boire moi-même.

Il tressaillit et se leva; mais avant de prendre le bidon, il s'inclina en levant son képi et lui fit un très-grave et très-courtois salut, salut qui avait été autrefois remarqué dans les salles du trône pour sa perfection et sa grâce.

— Ah! c'est vous, ma belle? — dit-il d'un air ennuyé. — Vous me faites bien de l'honneur.

Cigarette donna un petit tour avec pétulance à la cannelle de son baril.

Elle n'était pas accoutumée à ce genre de salutation; elle en fut à moitié flattée, à moitié offensée. Il lui fit désirer, et ce désir la remplit d'impatience et de mépris pour elle-même, de savoir lire et de n'avoir pas les cheveux coupés courts comme un garçon, faiblesse que la petite vivandière n'avait pas encore éprouvée jusqu'alors.

— Sacré nom! — dit-elle, avec humeur, — vous êtes trop *chic* pour nous, mon brave. Dans quel pays, je me le demande, apprend-on une politesse aussi distinguée que celle-ci?

— Où apprendrait-on la courtoisie, si ce n'est en France? — répondit-il d'un air indifférent.

Il avait dansé avec cette fille-soldat la veille à un bal de guinguette, où il l'avait vue pour la première fois, car c'était presque la première fois qu'il venait en ville depuis le soir où il avait joué aux dés et perdu dix napoléons et les Bédouins contre Claude de Chanrellon; mais ses pensées étaient loin d'elle en ce moment.

— On me dit que vous êtes Anglais, mais je ne le crois pas; vous parlez d'une voix trop douce et vous mouillez trop bien les *l* doubles. Espagnol, hein?

— Me trouvez-vous donc si fervent catholique pour le croire?

Elle se mit à rire.

— Grec, alors?...

— Encore pire. M'avez-vous vu tricher au jeu?

— Autrichien?... Vous valsez comme un habit blanc!

Il secoua la tête.

Elle frappa la terre de son petit pied, un pied digne d'un modèle, avec sa petite botte militaire armée d'un éperon, car Cigarette montait à cheval comme une écuyère du Cirque.

— Bête! dites donc tout de suite ce que vous êtes!

— Soldat de la France. Pouvez-vous en désirer davantage?

Pour la première fois ses yeux lancèrent des éclairs, puis ils se radoucirent : son seul amour était le drapeau tricolore.

— C'est vrai! — dit-elle simplement. — Mais vous n'avez pas toujours été soldat de la France? Vous vous êtes engagé, m'a-t-on dit, il y a douze ans. Qu'étiez-vous donc auparavant?

Ici elle se jeta à terre en face de lui, et, les deux coudes dans le sable et le menton dans les mains, elle l'observa avec la plus franche curiosité et la plus inébranlable nonchalance qui se puissent imaginer, après lui avoir lancé cette question à brûle-pourpoint.

— Auparavant? — dit-il lentement. — Ma foi, auparavant, j'étais un imbécile!

— Vous appartenez à la majorité, alors! — dit Cigarette avec une expression piquante, rendue mille fois plus piquante encore par le langage soldatesque dont elle se servait. — Vous n'auriez pas dû venir dans les rangs, mon ami; les majorités... surtout cette majorité-là... ont eu généralement une existence très-tranquille.

Il la regarda avec plus d'attention, quoiqu'elle l'ennuyât.

— Où avez-vous pris toute cette ironie, Cigarette? Vous êtes bien jeune!

Elle haussa les épaules.

— Bast! on n'est jamais jeune et on est toujours jeune à l'armée. Jeune?... Parbleu! quand j'avais quatre ans, je jurais comme un grenadier, je pillais comme un marchand, je mentais comme un républicain, et je buvais comme un Bohémien. Pourquoi avez-vous pris du service? — continua-t-elle avant qu'il eût eu le temps de lui répondre. — Vous êtes né dans la noblesse, d'abord; moi, je reconnais un aristocrate du premier coup d'œil; tous les aristocrates qui viennent en Afrique sont ruinés. Qu'est-ce qui vous a ruiné, vous, monsieur l'aristocrate?

— Aristocrate... je ne le suis pas. Je suis brigadier de chasseurs.

— Diable! j'ai connu un duc brigadier! Qu'est-ce qui vous a ruiné?

— Ce qui ruine tous les hommes, j'imagine... l'extravagance.

— C'est cela, l'extravagance! — répliqua Cigarette, avec un méprisant acquiescement.

Elle n'avait pas de patience avec lui. Il dansait si bien, il était si beau, et il ne voulait lui répondre que d'une manière évasive.

— La sagesse n'amène pas les hommes qui vous ressemblent dans les rangs des engagés volontaires en Afrique. D'ailleurs, vous êtes trop beau pour être sage!

Il sourit à demi.

— Je ne l'ai jamais été, c'est certain. Et vous, vous êtes trop jolie pour être cynique.

— Pour être quoi?...

Elle ne connaissait pas ce mot.

— Est-ce un bon cigare que vous avez là?... Donnez-m'en un. Les femmes fument-elles dans votre ancien pays?

— Oh! oui... il y en a beaucoup.

— Où est-ce alors?

— Je n'ai pas de pays... à présent.

— Mais celui que vous aviez?...

— J'ai oublié si j'en ai jamais eu un.

— Vous y avez donc été bien maltraité?

— Pas du tout.

— Aviez-vous quelque chose que vous aimiez dans votre pays?

— Oh!... oui!...

— Qu'était-ce?... une femme?...

— Non... un cheval.

Il baissa un peu la tête en disant cela, et il commença à tracer lentement d'autres lignes sur le sable.

— Ah!

Elle respira vivement et d'une manière brève.

— Vos cigares sont bons, ils valent mieux que votre société! *Macasch!* si vous aviez été aussi ennuyeux que cela hier soir, je n'aurais pas dansé avec vous un seul tour de cancan!

Et d'un bond, auquel l'indignation prêtait des ailes d'hirondelle, l'Enfant du Drapeau, offensée et étonnée de l'indifférence avec laquelle ses avances amicales avaient été reçues, se lança à sa plus grande vitesse en chantant le plus haut possible en manière de bravade.

— N'avoir pas autre chose à me dire après avoir dansé avec moi toute la nuit! — pensa Cigarette, qui éprouvait une violente colère d'une pareille insulte, la première de ce genre que la favorite des spahis eût jamais supportée.

Elle était furieuse aussi de s'être dégradée au point d'avoir eu ce désir momentané de savoir lire et d'avoir moins de ressemblance avec un garçon, uniquement parce qu'un chasseur aux mains blanches et aux manières silencieuses lui avait fait un grand salut.

— Gare à lui !... — murmura la coquette-soldat avec colère, entre ses petites dents blanches.

Dans la route qu'elle suivait pour se rendre à la ville, la brune et jolie Enfant du Drapeau prit un chemin de traverse et fit autant de tours et de détours qu'un oiseau qui prend sa volée par une belle journée d'été, quand il s'arrête, ici, pour picoter un fruit, là, pour récolter une graine d'herbe, plus loin, pour plonger son bec dans les cerises, là, pour fondre sur une mouche, ailleurs, pour secouer ses ailes dans un ruisseau, et enfin pour se poser sur la clochette d'un liseron. Finalement elle s'arrêta devant la fenêtre ouverte d'une villa blanche comme la neige, à demi enfouie dans des buissons de tamarins, d'orangers et de grenadiers, dont les fleurs aux riches nuances resplendissaient au soleil; une haie de cactus sauvages tenait lieu de clôture à cette habitation; elle se fraya un chemin à travers ces cactus avec la même facilité qu'un lapin fait son trou. Il eût été impossible à Cigarette d'entrer par des moyens ordinaires, et, après s'être balancée légèrement sur le seuil une seconde, elle fit quelques pas dans l'intérieur de la chambre.

— Eh ! monsieur le marquis ! les zouaves m'ont bu tout mon cognac; remplissez-moi mon baril du vôtre tout de suite... la meilleure fine champagne, n'est-ce pas? j'ai un peu peur que votre cave ne fasse tort à ma réputation.

La pièce était très-belle, tendue et meublée à la dernière mode de Paris, et toute resplendissante d'ambre, de dorures et de soieries; une demi-douzaine d'officiers de cavalerie étaient réunis pour jouer ensuite au lansquenet. La table était encombrée de plats de toutes sortes, de vins de tous les crus, et la senteur de leur bouquet, les nuages de fumée, ainsi que la forte odeur des fleurs d'oranger qui venait de l'extérieur, se mélangeaient et formaient un parfum des plus intenses.

Celui auquel elle s'était adressée, M. le colonel, marquis de Chateauroy, se mit à rire en la regardant.

— Ah! c'est toi, petite brunette! Prends ce que tu voudras dans les seaux à glace.

—Premier cru? — demanda Cigarette, de l'air douteux et circonspect d'un connaisseur.

— De la comète! — dit le marquis, que les précautions prises avec sa cave, l'une des meilleures d'Alger, amusaient. — Entre et viens déjeuner, ma belle. Seulement, tu payeras le droit d'entrée.

De la place où il était assis entre la fenêtre et la table, il la prit dans ses bras et attira vers lui sa jolie tête. Cigarette, en riant comme une enfant impertinente, retira son cigare de la bouche et lui envoya un grand nuage de fumée dans les yeux.

Elle n'avait pas de goût particulier pour lui, si elle en avait pour ses vins; des cris de joie poussés par ses camarades complétèrent la déconfiture du marquis pendant qu'elle s'éloignait de lui pour se diriger vers l'autre bout de la table, où elle vida sans cérémonie des bouteilles dans son baril; du bordeaux glacé, vermeil, parfumé, qu'elle n'aurait nulle part acheté pour les casernes.

— Hé! — s'écria le marquis, — tu n'es pas en général si chiche de tes baisers, petite.

Cigarette hocha la tête.

— Je n'aime pas les mauvais vins après les bons! J'étais

tout à l'heure avec votre brigadier Bel-à-Voir, et vous n'êtes pas beau après lui, mon colonel!

Le visage de Chateauroy se rembrunit; c'était un homme d'une structure colossale, dont les os étaient de fer; ses muscles ressemblaient aux fibres du chêne; il avait un regard sombre et perçant pareil à celui d'un aigle, le front étroit, mais très-élevé, paraissant plus haut encore, les cheveux qui auraient dû le garnir étant coupés courts et relevés sur les tempes; des lèvres minces cachées sous d'épaisses moustaches retroussées, et une peau noire et brûlée par un long séjour en Afrique. Cependant, il était encore assez beau pour ne pas avoir besoin de prononcer à demi-voix le gros juron par lequel il accueillit la plaisanterie de la vivandière.

— Sacrebleu! Je voudrais bien que mon brigadier s'en allât au diable, on n'entendrait plus parler de lui, à la fin!

Cigarette lui lança un rapide regard.

— Oh! oh! nous sommes jaloux, mon colonel? — pensa-t-elle avec sa vivacité ordinaire. — Et pourquoi, je me le demande?

— Vous n'avez pas de plus beau soldat dans vos chasseurs, mon cher; ne lui souhaitez pas d'aller au diable, pour le bien du service, — dit le vicomte de Chanrellon, qui était alors commandant dans la cavalerie légère. — Pardieu, si j'avais à choisir d'être soutenu par Bel-à-Voir ou par six autres hommes dans une escarmouche, je le choisirais et je courrais les risques de l'inégalité.

Le marquis écoutait les éloges accordés au brigadier en fronçant ses épais sourcils; il était évident que l'engagé volontaire n'était pas son favori.

— Cet homme monte assez bien à cheval, — dit-il avec une insouciance affectée, — là... pour ce que j'en vois... se bornent ses merveilleux talents. Je voudrais qu'il fût avec vous, Claude, de tout mon cœur.

— Oh!... oh!... — s'écria Chanrellon en essuyant le vin du Rhin dont ses moustaches brunes étaient perlées, — il y a longtemps qu'il serait capitaine si je l'avais eu sous mes ordres; il dompte les chevaux comme par enchantement, les mène comme le vent, possède un véritable œil de faucon en rase campagne, obéit comme un automate; que pouvez-vous demander de plus?

— Il obéit, oui, — dit le colonel des chasseurs d'un ton rude; — il obéirait sans dire un mot si vous lui ordonniez d'aller se planter à la bouche d'un canon pour être mis en pièces; mais il vous jette un si singulier coup d'œil de grand seigneur, pendant qu'il vous écoute, qu'on pourrait penser que c'est lui qui commande le régiment.

— Mais il est très-aimé des hommes!

— Eh! parbleu! c'est la pire qualité que puisse avoir un brigadier. Son système pour maintenir la discipline est de les traiter avec du cognac et de leur donner du tabac.

— Pardieu! ce n'est pas un mauvais moyen avec nos diables de Français. Votre régiment irait en enfer conduit par lui.

Le colonel se mit à rire d'un rire sinistre.

— Je crois bien que personne n'en connaît mieux le chemin.

Cigarette, tout en folâtrant avec les autres officiers, buvant du champagne à pleins verres, mangeant les petits fours de l'un, avalant les fraises de l'autre, déchirant à belles dents les membres d'un succulent ortolan avec délices, dévorant des truffes avec toute la désinvolture d'un bon vivant, n'avait pas perdu un mot, et, saisissant les inflexions de voix de Châteauroy, elle avait compris que

Bel-à-Voir n'avait pas une carrière facile à suivre auprès de son colonel. Le cœur de girouette de la petite Enfant du Drapeau se tourna, selon l'habitude de son sexe, du côté du plus faible.

— Dieu de Dieu, mon colonel! — s'écria-t-elle, en mangeant le foie gras du marquis, avec aussi peu de cérémonie et autant de plaisir qu'on en pouvait attendre d'une jeune chapardeuse accoutumée à trouver un repas d'autant plus savoureux qu'il avait été volé d'après les règles de la guerre, — quel que puisse être d'ailleurs votre beau brigadier, c'est un aristocrate. Ah!... je les connais, moi, les aristocrates! Parlez-moi des aristocrates... des vrais.

Le colonel se mit à rire, mais avec impatience; la petite cantinière l'avait touché à l'endroit sensible. Il appartenait à la noblesse du premier Empire et avait la faiblesse, quoiqu'il fût un intrépide et vaillant soldat aux nerfs d'acier, d'être contrarié du fait indiscutable que son père, avant d'avoir été l'un des héros de l'armée d'Italie, à peine inférieur comme génie à Masséna, avait été, avant de boucler un havre-sac pour faire son premier apprentissage de la guerre, sous le maréchal de Custine, postillon chez un maître de poste au fond du Nivernais.

— Ah! petite diablesse! — répondit-il avec un gros rire, — est-ce que tu as pris mon populaire brigadier pour amant? Tu devrais d'abord avertir tes vieux amis, car il court le risque d'attraper un vilain coup de sabre.

L'Enfant du Drapeau avala son sixième verre de champagne. Elle sentit pour la première fois de sa vie un flot de sang bouillant monter à sa joue brune, tout accoutumée qu'elle était à de semblables plaisanteries et à de semblables amoureux.

— Ma foi! — dit-elle froidement, — il est plus que pro

bable que c'est lui qui donnerait le vilain coup de sabre au lieu de le recevoir, s'il fallait en venir à un duel. J'aimerais bien à le voir se battre en duel; il n'y a pas de plus joli spectacle au monde quand deux hommes savent s'y prendre. Quant à se battre à cause de moi, morbleu! je ne remercierai personne d'avoir l'imprudence de le faire, à moins que je ne l'ordonne. Coqueline a été tué pour moi... vous vous en souvenez... c'était un joli garçon que ce Coqueline, eh bien! on le tua si maladroitement qu'on le défigura horriblement... ce fut vraiment dommage. C'est alors que j'ai dit que je ne voulais plus que les beaux hommes se battissent pour moi. Mais vous, vous pouvez le faire, si cela vous fait plaisir, monsieur le Faucon Noir. A propos! — continua-t-elle, prompte comme la pensée et avec son intrépide et impertinente gaieté, — une idée! votre brigadier va démoraliser l'armée d'Afrique, mon colonel! Il ne vole jamais les Arabes! Si la mode s'en établit, adieu notre occupation. Faites-le passer en conseil de guerre, mon colonel!

Après cette saillie, Cigarette écarta les jolies boucles soyeuses de ses tempes et se plongea dans le lansquenet avec toute l'ardeur d'un joueur et la vivacité d'un enfant, les yeux petillants, les joues enflammées, ses petites dents serrées, toute son âme passant dans l'entraînement du jeu, rendu plus bruyant encore par les éclats de rire de ses camarades et les vins qui coulaient à flots.

Pendant ce temps, celui qu'elle avait laissé au milieu des pierres de la mosquée en ruine, le chasseur, surnommé Bel-À-Voir, dans un double sens, à cause de son visage de femme comme disait Toto Leroux, et à cause de la terreur que son sabre inspirait dans toute l'Algérie, était immobile, le bras droit appuyé sur son genou et son talon éperonné enfoui dans le sable, sans se préoccuper des ardents rayons de soleil qui tombaient sur sa barbe brune et faisaient étinceler son brillant uniforme. C'était un intrépide cavalier, qui avait reçu une douzaine de coups de sabre des Bédouins dans plus d'une chaude escarmouche; qui avait suivi la trace du lion par de chaudes nuits africaines; qui avait combattu le roi du désert et qui l'avait vaincu; qui avait fait plus de mille kilomètres dans le grand désert de sable et sur les plaines sans limites et arides, couchant à la clarté des étoiles avec sa selle sous la tête et sa carabine à la main pendant la nuit; qui avait servi et bien servi, dans de terribles rencontres où la besogne était rude et incessante, pendant des campagnes fatigantes où la discipline était sévère; qui mêlait la verve, le brillant, l'audace, la maxime : « Mangeons, buvons, et jouissons, car demain nous mourrons! » du chasseur français, avec quelque chose de très-différent et de beaucoup plus calme.

Cependant, quoique aussi brave que tant d'autres soldats au service de la France, il était assis tout seul à l'ombre de la colonne, pensif, immobile, perdu dans le silence.

Dans sa main gauche était un numéro du *Galignani,* vieux de six mois, et ses yeux étaient fixés sur une ligne de nécrologie:

Le 10 *de ce mois est décédé subitement, à Royallieu, le* TRÈS-HONORABLE DENZIL ,VICOMTE DE ROYALLIEU, *âgé de quatre-vingt-dix ans.*

XVI.

CIGARETTE EN BACCHANTE.

Vanitas vanitatum! Vanité des vanités!

On escompte des lettres de change où Cléopâtre errait sous les voûtes de palmiers de ses jardins fleuris. Des tambours exécutent leurs roulements de caserne où Drusus tomba et où Sylla établit sa domination. Et là... sur la terre d'Annibal, sur le sol conquis par Scipion, dans la Phénicie dont la beauté étincelait au soleil brûlant, reflété par la mer, tandis que ses flottes s'en allaient à l'Orient et à l'Occident chercher le miel d'Athènes et l'or de l'Espagne... Cigarette dansait le cancan dans une guinguette de barrière : *A l'As de Pique,* et ses pieds dansaient joyeusement sur des tombes vieilles de deux mille ans.

Elle était entourée d'un groupe de spectateurs; chacun d'eux avait toutes les peines du monde à se contenir; tous brûlaient de s'élancer et de la saisir dans leurs bras pour tourbillonner avec elle sur le parquet. Mais l'expérience leur avait souvent appris qu'à moins d'être requis par elle, un coup de son poing fermé et l'arrêt de son pas de *cavalier seul* étaient le résultat immédiat d'une semblable intervention. Ses spectateurs étaient des diables à quatre renommés, des hommes dont les noms retentissaient comme des trompettes à l'oreille des Kabyles et des marabouts; des hommes qui avaient combattu sous les murs de Mazagran ou qui en entretenaient ou en imitaient les traditions; des hommes qui présentaient les traits saillants de toutes les espèces variées dont se compose l'armée d'Afrique.

De temps en temps, les yeux de la vivandière lançaient, pendant qu'elle dansait, un regard vif comme l'éclair sur le cercle des visages familiers qui l'entouraient, et s'en détournait avec un désappointement impatient; *ses gros bébés* n'étaient pas assez pour elle. Elle souhaitait apercevoir parmi eux un chasseur aux mains blanches et au sourire sérieux; elle rejetait ses cheveux en arrière et rougissait de colère en remarquant l'absence de celui qu'elle attendait; puis elle recommençait ses pirouettes, ses tournoiements, l'abandon sauvage et irrésistible de ses inspirations chorégraphiques.

L'As de Pique était l'estaminet spécial des chasseurs.

Il était dans la maison, elle le savait; ne l'avait-elle pas vu boire avec quelques autres, ou plutôt payant pour eux, mais ne prenant presque rien lui-même, lorsqu'elle était entrée? Il était dans la maison, ce mystérieux Bel-à-Voir, et il n'était pas là pour la voir danser! Il n'était pas là pour admirer la favorite des douars, l'orgueil de tout chacal, zéphyr, ou chasseur en Afrique, l'Enfant du Drapeau, adorée de tous, depuis le commandant jusqu'aux fantassins.

Il n'était pas là; il était appuyé contre la petite barre d'appui d'une étroite fenêtre dans une salle inférieure, hors de laquelle des spahis et des chasseurs de son propre escadron, avec lesquels il venait de boire les meilleurs vins et la meilleure eau-de-vie que l'endroit pouvait fournir, s'étaient glissés un à un sous l'irrésistible attraction de la vivandière.

Il avait bu avec les hommes qui venaient de le quitter, et il avait ri tout aussi gaiement sinon plus bruyamment qu'aucun d'eux, de la grosse gaieté, de la licence endiablée des histoires d'amour et des odes bachiques dans leur *sabir* licencieux qui avaient accompagné l'arrivée de la nuit, en même temps que ses rasades déliaient les langues et arrosaient les gosiers des terribles spahis arabes et des cavaliers français. Mais en ce moment il se penchait en dehors de la fenêtre, les bras croisés sur la barre d'appui et une courte pipe entre les dents, pensif et solitaire, après l'orgie dont les épaisses vapeurs et les nuages de fumée remplissaient l'atmosphère de l'intérieur. Il avait l'air grave et rêveur.

Son présent et son avenir n'étaient pas plus brillants que l'espace entouré de murs sur lequel ses yeux étaient fixés. Douze ans auparavant, lorsqu'il avait reçu l'ordre de se rendre sur le champ de manœuvre pour la première fois, afin de voir de quoi il était capable, le capitaine instructeur, après l'avoir observé avec des yeux étonnés, s'était dit : « — Tiens ! mais ce n'est pas une recrue... celui-là ! Quel cavalier !... Sacrebleu ! il en sait plus que nous ne pouvons lui en enseigner. Il a déjà servi... Il a dû servir dans la garde de quelque empereur !... » Et lorsqu'il était passé du terrain de manœuvre en campagne, l'armée avait trouvé en lui un des plus merveilleux parmi tant de merveilleux soldats, et dans les folios matricules il n'y avait pas d'états de service, de dangers courus, d'actions d'éclat accomplies qui révélassent une plus brillante série de mérites militaires que le sien. Néanmoins, pendant beaucoup d'années il avait passé inaperçu ; il n'avait pas même encore alors la croix d'honneur sur la poitrine, et ce n'était qu'avec lenteur et avec une difficulté infinie qu'il avait été promu au grade qu'il occupait alors, brigadier dans les chasseurs d'Afrique, grade qui ne lui avait été accordé que parce que des blessures innombrables et des distinctions sans nombre, dans des escarmouches sans cesse renouvelées, avaient rendu impossible qu'on le laissât de côté plus longtemps.

La cause en était à l'inimitié implacable d'un homme... de son colonel. C'était là ce qui occupait ses pensées en ce moment.

Ce jour-là même, pendant une inspection, la rupture accidentelle de la sangle de la selle d'un conscrit avait fourni un prétexte à une réprimande furieuse, à une bordée de reproches injurieux, sous lesquels il avait dû rester muet sur sa selle sans se rappeler qu'il était un être humain outragé ; un flot de sang, malgré lui, était monté à son front pâle et bronzé !...

— Il y a beaucoup de pertes qui sont sensibles assurément, — pensait-il, — mais il n'y en a certes pas une seule aussi amère que la perte du droit de ressentir une insulte !

Une explosion de rires, si violents qu'ils couvrirent le bruit des violons criards et des tambours assourdissants, sortit des autres salles et le tira de sa rêverie.

— Ils sont bons enfants, — pensa-t-il avec un demi-sourire, pendant qu'il écoutait, — ils sont plus honnêtes, dans leur gaieté et dans leur folie, que nous ne l'avons jamais été dans mon ancien monde.

Au milieu des cris, du bruit, du tumulte, la voix gaie et vibrante de Cigarette se faisait entendre très-distinctement. Elle s'était probablement interrompue dans sa danse pour échanger une ou deux de ces passes d'armes qui étaient sa spécialité, dans le pur sabir, qu'en sa qualité d'enfant des régiments d'Afrique, elle connaissait comme sa langue maternelle.

— *Il fait suisse!* — s'écria-t-elle d'un air dédaigneux. — Allons donc! et tu as bu à sa gourde, chenapan?

La réponse grommelée par l'accusé fut impossible à entendre.

— Ingrat! — poursuivit la voix méprisante et triomphante de la vivandière. — Tu *bazarderais* le linceul de ta mère!... Tu mangerais tes enfants en fricassée!... Tu vendrais les os de ton père pour une goutte de tord-boyaux! Va-t'en, vaurien!

Les cris de joie redoublèrent; le genre d'éloquence débraillée de Cigarette était accommodé au goût de tous ses auditeurs, et, au milieu du chœur de rires qui s'élevait à ses dépens, son adversaire hors de lui prit courage et la provoqua d'une voix formidable.

— *Macasch!* des mains blanches et un visage brun sont de belles choses pour un soldat. Il tue les femmes... oui, il tue les femmes avec sa grâce de grande dame! c'est grand'chose, ça!

— Il ne leur arrache pas les oreilles pour les forcer à lui donner leur argent, et il ne les bat pas à coups de *matraque,* si elles ne lui font pas frire des œufs assez vite. Il te laisse ces procédés, Barbe-Grise, — riposta la voix dédaigneuse du défenseur de l'absent. — Des mains blanches, morbleu! Eh bien! au moins, ses mains ne sont pas toujours dans les poches des autres comme les tiennes, sacripant!

Les cris de joie redoublèrent; Barbe-Grise était une redoutable autorité, que les plus intrépides vauriens de son régiment n'osaient pas contrarier, et qui menaçait de tourner au pire sous la flagellation de la langue de Cigarette, à la grande joie de toute la salle de bal.

— Sacré nom ! ses mains ne peuvent pas travailler comme les miennes ! — grommela son adversaire.

— Oh !... oh !... — s'écria la petite vivandière avec un suprême dédain, — elles ne tordent pas le cou aux poules et ne dépouillent pas les lapins qu'elles ont volés, peut-être, comme les tiennes, mais elles te tordraient le cou si elles voulaient s'abaisser jusqu'à toucher une canaille comme toi !

— Canaille ! — dit Barbe-Grise insulté d'une voix de tonnerre. — *Macasch!* Si seulement tu étais un homme !

— Que me ferais-tu, brigand ? — s'écria Cigarette en éclatant de rire. — Me donnerais-tu cinquante coups de matraque comme tu en as reçu la semaine dernière pour avoir volé le *flingot* du blanc-bec ?

Un grognement pareil à celui d'un lion poussé par l'irascible Barbe-Grise ébranla les murs. Cigarette avait abordé dans sa malicieuse attaque un sujet très-sensible : le fusil de l'infortuné conscrit lui avait d'abord été adroitement volé, puis il avait été non moins adroitement vendu à un Arabe.

— Sacrebleu ! — dit-il en rugissant, — tu es devenu amoureuse au grand galop de ce vainqueur des belles... de ce beau soldat aristocrate !

La seule réponse à cette intolérable insulte fut une nouvelle explosion de rires, un grand tapage de vociférations, et une bordée de jurons de la part de Barbe-Grise.

A la fin de cette altercation, ne sachant pas si l'un de ses cavaliers n'était pas le délinquant, celui qui était appuyé sur le rebord de la petite croisée se dirigea vers l'entrée de la salle de danse. Il n'avait pas deviné que c'était lui-même qu'on venait de défendre contre les assauts du zéphyr Barbe-Grise. Sa taille dominait les soldats français et s'élevait même au-dessus de la plus haute stature des spahis; le rapide coup d'œil de Cigarette le distingua tout de suite.

— A-t-il entendu? — se demanda-t-elle.

Une vive rougeur causée par l'exercice auquel elle venait de se livrer avait encore rembruni ses joues légèrement basanées; elles n'avaient jamais rougi cependant aux plus grossières plaisanteries ni aux déclarations d'amour les plus libres de la caserne, qui lui avaient été adressées depuis que ses yeux s'étaient ouverts pour la première fois, dans son enfance, pour rire d'un rayon de soleil donnant sur le corselet d'un cuirassier au milieu des charrettes de bagages que sa mère conduisait. Elle pensa qu'il n'avait pas entendu; son visage était grave, un peu fatigué, et son regard en s'arrêtant sur elle lui parut distrait.

— Oh! mon beau roumi! — pensa Cigarette avec une sensation de bouillante colère qui fit place à un embarras momentané et des plus rares chez elle, — tu me regardes et tu ne penses pas à moi?... Nous changerons bientôt tout cela!

L'indifférence du cavalier donna un nouveau nerf à ses petits membres, fit jaillir plus de feu de ses yeux, augmenta sa grâce et son abandon; elle devint plus étourdie; sa désinvolture fut plus piquante et plus effrontée encore. Elle frappa de son petit pied éperonné avec pétulance.

— Plus vite!... plus vite!... — cria-t-elle.

Et comme les musiciens lui obéissaient, elle tourbillonna, tourna, bondit, semblable à un papillon; ses cheveux soyeux tombaient sur son front, ses dents blanches brillaient, ses joues couvertes d'un éclatant carmin accusaient la fièvre, et ses petites aiguillettes d'or s'entre-choquaient sur sa poitrine, que le battement de son cœur faisait palpiter comme un cœur d'oiseau quand le premier souffle du printemps est venu l'enivrer. Elle était descendue contre lui dans l'arène, et elle désirait remporter la victoire autant qu'il était possible.

La vivacité, l'impétuosité, la grâce d'antilope, le voluptueux repos qui, de temps en temps, interrompaient le mouvement incessant et étincelant de la danse, attirèrent les yeux du brigadier, qui se fixèrent sur elle.

Elle était séduisante et elle le séduisit pour le moment. Il l'observa comme autrefois il avait observé les ensorcellements fantastiques des almées orientales et les charmes des danseuses de l'Opéra. Cette jeune bohémienne de la caserne dansait à la clarté douteuse des quinquets et aux senteurs de taverne de l'*As de Pique,* devant des soldats en manches de chemise, tenant de courtes pipes entre les lèvres, avec une grâce plus attrayante que n'en posséda jamais la première ballerine de l'Europe dansant devant des souverains et des princes sur les scènes de Paris, de Vienne, ou de Londres. C'était la bamboula orientale des harems à laquelle venait s'ajouter toute la grâce enchanteresse, tout l'éclat brillant du sang de la France.

Tout à coup, elle leva ses deux mains au-dessus de sa tête.

— A moi, Roumis!...

C'était le signal bien connu, le signal de la permission de se joindre à ce vertigo sauvage après lequel soupirait chacun de ses spectateurs; les pipes furent mises de côté, les képis enlevés, la musique éclata avec plus de violence et plus de frénésie, et la *Retraite de Crimée* fut répétée en chœur par cent voix formidables. Ils dansaient comme peuvent danser des hommes qui servent sous le drapeau français et qui vivent sous le soleil d'Afrique.

Deux seulement se contentèrent d'observer : le chasseur

d'Afrique et un vieux chasseur à pied du 10e bataillon, estropié pour le reste de sa vie à Zaatcha, sous Canrobert.

— Es-tu maboull... que tu ne danses pas, toi? — murmura le vétéran à son silencieux compagnon.

Le chasseur se retourna en souriant à demi.

— Je préfère une bamboula au son du canon, mon vieux.

— Bravo! Cependant, elle est assez jolie pour te tenter!

— Oui, elle est trop jolie pour changer ainsi de sexe et mener une pareille vie.

Ses pensées se reportaient vers une femme qu'il avait beaucoup aimée, une jeune Arabe, aux yeux semblables à la paix des eaux sombres, qui lui était échue une fois, dans une razzia, pour sa part de butin, et pour laquelle il s'était refusé les cartes, le vin, le tabac, une heure au café, tout ce qui adoucit les privations et la vie monotone d'un simple soldat, ce qu'il était alors, afin qu'elle pût avoir les rares et maigres douceurs qu'il pouvait lui procurer sur sa misérable solde.

Elle était morte.

Sa mort avait été le sombre moment de sa vie en Afrique, mais le son de sa voix flûtée semblait encore en cet instant résonner à son oreille. Cette fille-soldat avait peu de charme pour lui, comparée à la grâce douce, silencieuse et tendre de la Zelmé qu'il avait perdue.

Il se retourna et frappa sur l'épaule d'un chasseur qui s'était arrêté un instant pour reprendre haleine au milieu de ce tourbillon échevelé.

— Viens, il faut que nous soyons chez les Djieds au point du jour!

Le soldat obéit instantanément; ils avaient reçu l'ordre d'aller reconnaître un camp de Bédouins situé à une trentaine de kilomètres sur les plateaux et d'y demeurer.

Au moment où il sortait, Cigarette, qui s'était trouvée plus près de lui qu'il ne l'avait soupçonné, se présenta devant lui les yeux étincelants de fureur, tandis qu'avec un rire méprisant elle frappa ses lèvres d'un cigare qu'elle lui lança au visage.

— Changer de sexe?... Eh bien! si vous avez un visage de femme, pourquoi n'aurais-je pas un cœur d'homme, moi? Ce n'est qu'un loyal échange. Je ne suis pas une chatte, mon bon zig, prenez garde à mes talons!

Ces paroles avaient été prononcées avec violence; il y avait trop en elle de l'intrépidité des zéphrys et des chacals, au milieu desquels sa jeunesse s'était passée, pour qu'elle ne devînt pas dangereuse une fois réveillée. Elle s'éloigna d'un bond et reprit sa place au milieu d'un tourbillon insensé, avant qu'il pût essayer d'adoucir ou d'effacer les paroles qu'elle avait entendues, puis il ne la vit plus qu'enveloppée dans un nuage de zouaves et de spahis, sautant au tintamarre sauvage de la musique, qui ébranlait les chevrons de ses bruyants échos.

Mais lorsqu'il eut disparu, Cigarette se délivra des étreintes des danseurs avec une impatience pleine de vivacité. Elle serra ses dents fines et perlées, et jura avec un énergique, méprisant et impétueux juron, qu'elle était lasse, qu'elle était ennuyée d'eux, qu'elle n'était pas une saltimbanque ambulante pour sauter devant eux avec un tambourin.

Après cette déclaration, elle se fraya un chemin et sortit seule dans la petite cour ouverte aux étoiles, dont la fraîcheur et le calme contrastaient singulièrement avec la chaleur, le tapage et le tohu-bohu de l'intérieur. Arrivée là, elle se laissa tomber sur une grosse pierre et appuya sa tête sur sa main.

— Changer de sexe!... changer de sexe!... Que voulait-il dire? — pensa-t-elle.

Pour la première fois, à la vague intuition de ce qu'il avait sous-entendu, des larmes brûlantes et amères remplirent ses yeux, et une pénible rougeur lui brûla les joues. Ces larmes étaient les premières qu'elle eût jamais versées; aussi furent-elles abondantes bien, que de courte durée. Il y avait trop de fougue dans la jeune Bohémienne de l'armée pour les faire disparaître aussitôt. Elle frappa du pied avec fureur, et ses dents se serrèrent comme celles d'un petit terrier, tandis qu'elle murmurait : —

— Changer de sexe!... changer de sexe!... Bah! monsieur l'aristocrate! si vous le pensez, vous verrez que vous avez pensé juste! Vous verrez que Cigarette sait haïr comme les hommes et prendre sa revanche comme les soldats la prennent!

XVII.

SOUS LA TENTE.

Le soleil venait de se coucher.

Campé sur un des espaces nus situés au-dessous de la route de Mustapha, se trouvait un cercle de tentes arabes; ce cercle était irrégulièrement tracé, et les Krümas étaient disposées à volonté; ici, une tente de toile très-basse; là, une autre en peau de chèvre; plus loin, un baldaquin de télèze blanc très-élevé, puis un petit nid d'abri à rayures, et enfin l'imposante *beit el shar* du scheik, avec son étendard planté en terre en face d'elle, avec ses plis lourds tombant négligemment sous l'atmosphère étouffante que n'agitait aucun souffle de vent. Le campement s'étendait très-loin sur le sol noir et aride, et on y voyait plus d'une tente sur laquelle les plis flottants d'une bannière indiquaient la demeure d'un noble Djied.

Dans la tente centrale, rayée de larges bandes cramoisies, avec son majestueux étendard, était assis le khalifat, le chef de la tribu, entouré d'un cercle d'Arabes. Aux parois de la tente étaient appendus des fusils et des sabres richement ornés, au centre était placé un grand candélabre turc ciselé, dont la lumière luttait avec le clair de lune argenté et la lueur rougeâtre et incertaine d'un feu de bois allumé au dehors.

Au-dessous de cette lumière qui tombait en plein sur lui, était étendu sur une autre pile de coussins un hôte à qui le Khalifat était enchanté de faire honneur. Ce n'était qu'un brigadier de chasseurs, ennemi autrefois, mais chez lequel l'Arabe trouvait la confraternité des braves, et auquel il prodiguait, autant qu'il lui était possible, l'hospitalité et les honneurs du désert. L'histoire de leur amitié pouvait se résumer en quelques mots.

La tribu était depuis peu alliée à la France, ou du moins elle s'était engagée à observer la neutralité dans les hostilités; mais quelques années auparavant, bien loin dans l'intérieur et liguée avec les Kabyles, elle avait été l'une des plus terribles et des plus dangereuses parmi les tribus ennemies de la France.

A cette époque, le khalifat et le chasseur s'étaient rencontrés dans maintes escarmouches; luttes ardentes et désespérées où les hommes combattaient corps à corps, main à main; expéditions de nuit où, du fond des ravins solitaires, des embuscades surprenaient les escadrons français; terribles chasses à courre sous la chaleur d'un soleil torride, où les rangs des troupes lancées à fond de train poursuivaient les Arabes en fuite. Pendant ces quatre ou cinq saisons de campagnes, le scheik et le chasseur s'étaient mesurés plus d'une fois, au point que chacun d'eux s'était accoutumé à chercher le visage de l'autre dès que les étendards des Bédouins brillaient au soleil en face des guidons des troupes impériales; au point que chacun d'eux observait et remarquait les prouesses incomparables de son rival et supportait les blessures des coups bien visés de l'autre, avec l'admiration d'un vaillant soldat pour l'audace et l'habileté d'un vaillant rival.

Enfin il arriva un jour où, après quelques mois de ce

chevaleresque antagonisme, la tribu se trouva cruellement pressée par les troupes françaises et ne fut plus en état de masser son front indomptable en face d'elles, mais dut chercher à fuir au sud vers le désert, et, embarrassée par ses troupeaux et par ses femmes, fut rudement harcelée et cruellement décimée.

Parmi ces femmes il s'en trouvait une que le scheik mettait au-dessus de toutes les choses terrestres, son honneur militaire excepté ; belle créature aux yeux d'antilope, souple et gracieuse comme un palmier, fille de pure race, sur laquelle il ne permettait à personne de jeter les yeux et qu'il gardait dans sa tente comme la perle la plus précieuse de tous ses trésors. C'était une passion... une passion que ni son caractère de fer, ni la dignité de son calme austère, ne pouvaient abattre ni cacher.

Le bruit s'en répandit, ainsi que la renommée de beauté qui la causait, et arriva jusqu'au camp français, où elle éveilla une impatiente curiosité ; et une expédition au cours de laquelle on pourrait enlever la belle enfant devint le sujet de conversation favori autour des feux de bivouac, le soir et pendant les chaudes après-midi où les hommes nus jusqu'à la ceinture étaient étendus sans mouvement sous le souffle brûlant qui arrivait jusqu'à eux, après avoir traversé des océans de sable jaune.

Leurs imaginations exaltées leur faisaient voir ce trésor du grand Djied comme un modèle supérieur à tout ce que son sexe leur avait jamais présenté, et s'emparer d'elle était la pensée unique des zéphyrs et des spahis lorsqu'ils sortaient pour aller faire une reconnaissance ou chercher des fourrages.

Mais il était plus facile de rêver que d'agir.

Un jour, les chasseurs avaient établi leur campement

dans un endroit où quelques arbres dépouillés et desséchés offraient un semblant d'abri; un petit filet d'eau noirâtre se faisait jour à travers la terre jaunie. Il était midi; le soleil d'Afrique dardait ses rayons les plus ardents; aussi loin que l'œil pouvait atteindre, on ne voyait qu'une étendue sans limite, brûlante, d'un éclat intolérable, de sable desséché et de ciel sans nuages, d'airain au-dessous, d'airain au-dessus, jusqu'au point où le désert et les cieux se touchaient et se confondaient en une lueur incandescente dans l'infini insondable.

Les hommes étaient couchés sous la tente, exténués, à moitié nus, incapables de rien faire, si ce n'est de se disputer, comme des chiens altérés, une goutte du maigre ruisseau que gens et chevaux haletants eurent bientôt mis à sec. Raoul de Châteauroy lui-même, quoique sa constitution fût nerveuse et qu'il fût plié à la patience des Arabes, était étendu comme un grand limier enchaîné par cette étouffante oppression. Il était impitoyable, inflexible, tyran jusqu'au fond de l'âme, violent et prompt comme l'acier dans sa rigueur; mais c'était un brave soldat qui ne s'épargnait jamais à lui-même aucune des souffrances que son régiment avait à supporter sous son commandement.

Soudain le camp parut sortir de sa léthargie, un appel de trompette venait de rompre le silence. Sur la transparence ombrée de l'horizon, les silhouettes d'une demi-douzaine de cavaliers se rapprochaient d'instant en instant; c'étaient des spahis qui étaient allés fouiller le terrain aux environs.

Châteauroy s'éveilla en sursaut de sa somnolence; ses yeux s'allumèrent avidement; il murmura un terrible juron.

— Jour de Dieu! ils ont la femme!...

Ils avaien la femme, effectivement. Elle avait été capturée près d'une source vers laquelle elle s'était rendue avec une escorte insuffisante, en s'éloignant du campement arabe. Celle qui faisait les délices des yeux du hautain Sidi avait été entraînée vers les tentes de ses ennemis, et le visage du colonel se colora en jetant les yeux sur sa captive.

La renommée n'avait pas exagéré la beauté de la jeune Arabe : cette beauté était aussi radieuse que le fut jamais celle que, bien loin là-bas, du côté de l'occident, sous les palmiers du Nil, l'enchanteresse des Césars étalait dans les salles semées de roses de son palais. Seulement Djelma était aussi innocente que la gazelle, dont elle avait la grâce, et elle aimait son seigneur et maître d'un grand amour.

Son ravisseur ne s'occupa pas plus de sa souffrance que de celle d'un jeune oiseau mortellement blessé par une arme à feu; mais, après lui avoir jeté un regard de triomphe et d'admiration, il écrivit une lettre en arabe au khalifat avant que sa perte fût découverte... une lettre plus cruelle que le fer.

Il hésita une seconde, avant de fixer son choix, sur le messager qui serait chargé de la porter. Ses hommes étaient presque tous à moitié morts de chaleur. Son regard s'arrêta par hasard dans le lointain sur un soldat pour lequel il n'avait pas d'affection. Il le fit appeler et l'examina d'un œil curieux; Châteauroy traitait ses soldats avec la familiarité et la brutalité sans façon dont use un chef de flibustiers envers les siens.

— Ainsi donc! la chaleur vous incommode si peu que vous abandonnez votre ration d'eau à un tambour, dit-on?

Le chasseur salua avec une déférence pleine de calme. Une légère rougeur colora son front bronzé par le soleil. Il croyait que le sacrifice qu'on lui rappelait avait passé inaperçu.

— Ce tambour n'était qu'un enfant, mon colonel.

— Soyez assez bon pour ne plus faire de ces actions mélodramatiques! — dit le colonel d'un air méprisant. — Vous aimez trop ce genre de sottises à effet. Vous corrompez vos camarades en les favorisant trop ouvertement. Ventrebleu! je vous le défends!... entendez-vous?

— Oui, mon colonel.

La réponse était parfaitement calme et respectueuse. Le chasseur était trop bon soldat pour ne pas se soumettre à une obéissance passive et pour ne pas garder un silence parfait, devant quelque genre de provocation qui pût lui faire oublier son devoir.

— Obéissez, alors! — dit Châteauroy avec rage. — D'ailleurs, puisque vous aimez tant la chaleur, vous allez prendre un drapeau de parlementaire et une lettre pour le Sidi Ilderim. Mais dites-moi, d'abord, ce que vous pensez de votre capture.

— Il ne m'appartient pas de donner mon opinion, mon colonel.

— Pardieu! c'est votre devoir. Quand je vous l'ordonne, parlez!

— Puis-je parler franchement?

— Dix mille malédictions... Oui!

— Alors, je pense que ceux qui font la guerre aux femmes ne sont plus dignes de se battre avec des hommes.

Un instant le corps long, massif, nerveux de Châteauroy tressaillit au milieu des peaux sur lesquelles il était étendu. Ses veines se gonflèrent comme des cordes noires sous l'aiguillon de la colère : visiblement les vigoureux muscles de sa poitrine se tendirent.

— Pardieu! Il me prend envie de vous tuer comme un chien!...

Le chasseur le regarda d'un air indifférent; son sang-froid et sa déférence sereine ne l'avaient pas abandonné.

— Vous m'avez déjà adressé une menace de ce genre, mon colonel; vous ferez bien de la mettre à exécution, car sans cela l'armée pourra croire que vous êtes capricieux.

Raoul de Châteauroy proféra un blasphème entre ses dents et fit entendre ce rire bref, nerveux, sardonique, que ses hommes redoutaient plus que sa colère.

— Je vais me contenter de vous envoyer au khalifat. Il m'a souvent évité la peine de tuer bien des gens. Prenez un drapeau de parlementaire et ce papier, et ne vous arrêtez pas avant d'avoir rattrapé nos ennemis, quand même votre cheval devrait tomber mort en arrivant.

Le chasseur salua, prit le papier, s'inclina avec une certaine grâce aisée et languissante, que la vie des camps n'avait pu lui faire perdre, et il sortit. Il savait que l'homme qui apporterait la nouvelle de la perte de son trésor à l'émir Ilderim devrait, mille fois pour une, périr dans toutes les tortures que la cruauté du désert pourrait inventer, en dépit du caractère sacré de son drapeau blanc.

Châteauroy le suivit des yeux, tandis que le chasseur et son cheval sortaient du camp français par une brûlante atmosphère de midi.

— Si les Arabes le tuent, — pensa-t-il, — je pardonnerai à Ilderim ses cinq années de rébellion.

Le brigadier, comme on le lui avait ordonné, ne serra pas la bride en traversant le plateau brûlant. Il se rendait à la mort au milieu de mille tourments, comme s'il se fût rendu à un rendez-vous d'amour à minuit. Son cheval était d'origine arabe, jeune, agile, capable d'endurer la

13.

fatigue et la chaleur. Il avançait donc d'un galop rapide à travers l'éclat accablant et sinistre du jour, sur le sable mouvant, qui s'envolait en tourbillons autour de lui, à droite et à gauche, à mesure que les fers de son cheval le frappaient en fuyant. Enfin, avant d'atteindre les tentes arabes, qui n'étaient encore que de petits points noirs se découpant sur l'horizon, il aperçut le scheik et une troupe de cavaliers qui revenaient d'une tournée de fourrageurs.

Ils ignoraient encore l'enlèvement de Djelma.

Le chasseur se dirigea vers eux et s'arrêta devant leurs éclaireurs; les plis de son petit guidon blanc flottaient sous les rayons du soleil. Les Bédouins arrêtèrent leurs chevaux, et Ilderim s'avança seul.

Un regard de reconnaissance jaillit de ses yeux devant l'ennemi qui avait si souvent croisé le sabre avec lui, et il repoussa la lettre avec une courtoisie pleine de dignité.

— Lis-moi cela !...

Le chasseur lut la lettre. Les quelques mots qu'elle contenait étaient amers, perfides, mortifiants. Ils l'entouraient d'un filet comme un lièvre qui tombe dans le piége d'un berger. Si le scheik continuait de lutter contre les ravisseurs de la jeune fille, la vie de la captive serait en danger; s'il restait simplement en armes, sans faire d'attaque directe, elle deviendrait la maîtresse du colonel et serait abandonnée ensuite à l'armée. Les seules conditions par lesquelles elle pourrait lui être rendue étaient la soumission immédiate à l'autorité de l'Empereur et un hommage personnel de sa part et de la part de tous ses Djouad au colonel, comme représentant de la France... hommage par lequel ils devraient s'avouer chiens et fils de chiens.

Tel était ce message de paix.

Le chasseur le lut jusqu'au bout avec calme; puis il leva les yeux et regarda l'émir; il s'attendait à recevoir cinquante lames de sabre dans le cœur.

La torture qui, pendant une seconde, agita l'âme fortement trempée de cet Arabe dépassait tout ce qu'il avait rêvé de possible; elle était muette et contenue dans des bornes de fer par l'orgueil du désert et la majesté d'un grand chef : mais elle en disait plus que n'importe quel discours éloquent qui ait été prononcé sur terre. Avec un cri aigu et sauvage, les Bédouins firent tournoyer leurs yatagans au-dessus de leurs têtes et se précipitèrent sur le porteur du message.

Le chasseur ne chercha pas à se défendre; il resta immobile. Le scheik brandit son sabre au-dessus de sa tête et leur fit signe de se retirer en leur montrant les plis blancs du drapeau. Puis sa voix retentit comme le tonnerre.

— Si tu ne t'étais pas confié à mon honneur, je t'aurais fait déchirer membre à membre. Retourne vers le tigre qui vous conduit et dis-lui... aussi vrai qu'Allah est vivant... que je vais tomber sur lui pour le frapper comme il n'a jamais été frappé. Mort ou vivant, je veux le rapporter avec moi. S'il prend la vie de Djelma, je répondrai à son crime en tuant dix mille des vôtres... s'il ose la déshonorer, j'allumerai une guerre si terrible dans toute la contrée, que ta nation sera repoussée comme une meute de chiens étouffés jusque dans la mer, et qu'elle disparaîtra à tout jamais de la surface de la terre. Je le jure par la Loi et le Prophète!

La menace retentit, impérieuse comme celle d'un monarque, dans le silence du désert. Le chasseur inclina la tête lorsque les paroles cessèrent. Ses dents étaient fortement serrées et son visage sombre.

— Émir, écoute un seul mot, — dit-il d'une voix brève. — La honte retombe sur moi comme sur toi. Si j'avais connu les paroles que renferme cette lettre, je ne l'aurais jamais apportée. Tu me connais, tu portes des marques de mon sabre, et je porte des marques du tien. Fie-t'en à moi, Sidi ; je te promets qu'avant que le soleil se couche elle te sera rendue sans qu'il lui soit fait aucun mal, ou je reviendrai ici, et ta tribu me mettra à mort de la façon qui lui conviendra. C'est ainsi seulement qu'elle peut être sauvée sans danger. Réponds !... ma parole te suffit-elle?

Le chef du désert le regarda longtemps ; immobile comme une statue sur son étalon, ses yeux, animés d'un éclat terrible, fixés sur les yeux de l'homme qui si longtemps avait été son ennemi dans des luttes où leur chevalerie égalait leur audace. Le chasseur ne broncha pas sous ce regard fixe, perçant, plein de rudesse.

Puis l'Émir désignant le soleil qui était alors à son zénith : —

— Tu es un grand guerrier; des hommes comme toi ne mentent pas. Va, et si elle m'est rendue avant que le soleil soit à moitié de sa course vers l'occident, toutes les tribus d'Ilderim te considéreront comme un frère et plieront comme l'acier devant tes ordres. Sinon... par le Dieu tout-puissant... aucun des hommes de ta troupe ne vivra pour raconter l'histoire de Djelma !

Le chasseur inclina la tête sur la crinière de son cheval ; puis, sans ajouter un mot, il tourna sur lui-même et reprit sa course à travers la plaine. Quand il eut regagné le campement de son régiment, il se dirigea vers la tente de son colonel.

Que se passa-t-il entre eux?... Nul ne le sut jamais. L'entrevue fut courte et probablement orageuse : assurément elle fut féconde et décisive; et les escadrons d'Afrique s'étonnèrent que l'homme qui avait osé affronter Raoul de Châteauroy dans sa bauge en fût sorti vivant. Quel qu'eût été le talisman dont il s'était servi, le résultat fut merveilleux.

Au moment où le soleil touchait la partie inférieure de l'horizon à l'occident, le scheik Ilderim, à cheval, avec toute sa tribu déployée derrière lui, bien armée, prête à s'élancer sur les pillards, si l'heure s'écoulait sans que le gage fût rendu, aperçut la silhouette du chasseur apparaître de nouveau.

Il ne revenait pas seul.

Ce soir-là, la Perle-du-Désert reposa de nouveau dans les bras du grand Émir; et de cette heure data la haine passionnée, sauvage, avouée, de Raoul de Châteauroy pour le plus audacieux soldat de ses terribles cavaliers, connu dans sa troupe sous le nom de Bel-à-Voir.

C'était dans la tente d'Ilderim qu'il était alors retiré, les yeux fixés au dehors du côté des ténèbres, vers un endroit où le feu élevait ses flammes rougeâtres sous un grand chaudron et au delà duquel s'étendait la sombre immensité du ciel parsemé d'étoiles. Depuis l'heure où il avait retrouvé son trésor, le scheik avait été fidèle à son serment; sa tribu et toutes ses subdivisions avaient eu pour le soldat français la plus étroite fraternité; partout où ils se trouvaient, il était honoré et bien accueilli.

Le silence régnait dans la tente sous laquelle, abritée par un épais rideau de poils de chèvre, la jeune et belle Djelma jouait avec son fils unique, un enfant de trois ou quatre ans. Le scheik restait muet; les Djouad et les marabouts qui l'entouraient ne parlaient jamais en sa présence, à moins que leur seigneur ne le leur ordonnât.

Le chasseur était étendu immobile, le coude appuyé sur

un coussin d'origine marocaine, les yeux fixés sur le mouvement incessant et changeant des feux du bivouac à la lueur des étoiles. Après le bruit, la joie, les chansons bruyantes, et la bonne humeur de ses camarades, le silence et le calme de la tente de l'Émir étaient les bienvenus pour lui.

— J'aurais aimé à venir droit à toi, Sidi, la première fois que j'ai mis le pied en Afrique, — dit-il enfin, tandis que la fumée s'échappait en tourbillons sous ses longues moustaches.

— C'eût été vraiment heureux, — répondit le khalifat, qui aurait donné les meilleurs étalons de son haras pour avoir ce Franc auprès de lui en temps de guerre comme en temps de paix, — il n'y a pas de vie préférable à la nôtre.

— Ma foi ! je le crois, — murmura le chasseur, s'adressant plutôt à lui-même qu'au Bédouin. — Le désert te garde, toi et ton cheval, et tu peux laisser aller tout le reste du monde.

— Mais nous sommes des assassins et des pillards, disent tes frères, — reprit l'Émir, sur les traits duquel voltigea un instant l'ombre d'un sourire sardonique.

Bel-à-Voir se mit à rire doucement.

— Ne me pousse pas à me révolter contre mon drapeau d'adoption. Je ne pensais à rien dans ce temps-là, autrement je ne serais pas allé chez vos ennemis. Non que nos Roumis ne soient pas de bons garçons... Impossible de trouver de meilleurs camarades...

Le khalifat retira la longue pipe de sa bouche.

— Tes camarades, — dit-il, — sont des braves, de grands guerriers, et des ennemis indomptables; contre de pareilles gens, ma voix ne s'élève jamais, quoique mon sabre puisse se croiser avec le leur. Mais les essaims de sauterelles qui dévorent la terre sont les mangeurs d'argent, les petits despotes, les fripons, les hommes qui extorquent de l'or par des moyens infâmes, qui trafiquent de la tyrannie, qui pillent sous un nom officiel, qui accablent Alger de la malédiction de leur avarice, de leurs fraudes, de leur routine, de leur civilisation sortie de l'enfer. C'est la bureaucratie... comme on dit dans ta langue... qui est la spoliatrice et l'oppression du sol. Mais... Inshallah, notre patience n'aura qu'un temps. Encore un peu, et la honte de l'envahisseur sera lavée dans le sang. Allah est grand, et nous pouvons attendre!

Et avec l'impassibilité musulmane que démentait le feu sombre de son regard, le Djied s'étendit de nouveau dans un repos silencieux.

Le chasseur ne répondit rien : ses sympathies étaient avec les Arabes, sa fidélité et son esprit de corps étaient avec le drapeau sous lequel il s'était enrôlé. Il ne pouvait pas défendre l'usurpation française, mais il ne pouvait pas non plus condamner le drapeau qui était devenu le sien, et sous lequel il s'était habitué à goûter tant d'honneur national et dont il était si fier.

Il trouva un sujet moins scabreux dans une discussion hippologique avec l'Émir. Pour lui, le chef austère se détendait ; avec lui les lèvres minces et compassées de l'Arabe devenaient éloquentes avec son art oratoire plein de solennité; pour lui tous les liens de l'hospitalité semblaient devenir plus étroits et plus chauds.

La nuit était déjà presque écoulée lorsque la conversation sur les juments couleur de pigeon ramier et les étalons alezan se termina entre le Djied et son hôte. Le soldat français qui avait été envoyé là par le Bureau Arabe, avec un autre de ses camarades, se dirigea, à travers le camp, alors tranquille, vers la tente noire et blanche qui avait été préparée pour lui.

Au moment où il soulevait les rideaux pour entrer, son camarade, qui était couché sur le dos, les talons beaucoup plus élevés que la tête et une petite pipe entre les dents, se releva par un rapide soubresaut et se dressa tout debout en faisant le salut militaire.

C'était un petit homme trapu, avec une peau brûlée comme un grain de café, qui formait un singulier contraste avec ses yeux bleu clair et ses épais cheveux courts et jaunes.

— Pardon, monsieur! J'étais à moitié endormi! — dit l'homme en anglais.

Le chasseur sourit.

— Ne parle donc pas anglais; quelqu'un finira par t'entendre un jour.

— Eh bien! quand on m'entendrait, monsieur? — répondit l'autre. — Cela remonte un peu le moral. Ils savent tous que je suis Anglais, mais aucun d'eux ne sait que vous l'êtes. Le nom sous lequel vous vous êtes engagé ne peut vraiment rien leur apprendre. Ils ont deviné que ce n'était pas le vôtre. Toto, ce petit gaillard si fin, m'a dit aujourd'hui : « — Tu traites toujours ton brigadier comme si c'était un prince. » — « Morbleu! » que j'ai dit, « j'aimerais bien à voir le prince qui lui ressemble! » — « Tu as raison! » m'a dit le petit homme. « Il n'a pas son pareil pour couper la tête d'un de ces voleurs d'Arabes d'un revers de sabre! »

Le brigadier rit encore un peu en s'étendant sur le tapis.

— Dame! c'est bien quelque chose d'avoir une vertu! mais aie soin que tous ces bavards-là ne tirent rien de toi.

— Seigneur, monsieur! n'y ai-je pas pris soin depuis dix ans? C'est devenu tout à fait naturel à présent. Je ne pouvais pas dans les commencements tenir ma langue, cela m'aurait été tout à fait impossible. Pour lors je l'ai laissée courir avec des roues bien graissées sur mille pistes différentes. Je leur ai raconté tant d'histoires incroyables sur les lieux d'où nous venions, qu'ils en ont un demi-million de genres différents à choisir. Les uns pensent que vous êtes un noble polonais qui a été échaudé par les Russes; quelques-uns, que vous êtes un prince italien qui a été nettoyé proprement, comme le duc de Parme et les autres; d'autres, que vous êtes un grand d'Espagne exilé, venu pour apprendre la tactique et le reste, afin de pouvoir retourner dans votre pays et renverser le gouvernement. Que le ciel vous bénisse, monsieur! vous pouvez vous fier à moi pour mettre les gens dedans.

Le brigadier sourit encore et commença à se débarrasser de son uniforme.

Aussitôt l'orateur, connu sous le sobriquet de *Crache-au-nez-de-la-Mort*, à la suite des aventures et des audacieuses razzias dont il était sorti sans une égratignure, se laissa tomber sur les genoux et se mit en devoir de retirer le harnachement de son camarade, en s'acquittant de ce soin avec autant de respect que s'il eût été gentilhomme de la chambre en service auprès d'un Louis XIV.

L'autre le repoussa doucement.

— Non... non... Je t'ai dit mille fois que nous sommes camarades et égaux à présent.

— Et moi, je vous ai répondu mille fois, monsieur, que nous ne le sommes pas, que nous ne le serons jamais, et que nous ne devons pas l'être, — répliqua le soldat d'un ton bourru, en tirant les bottes couvertes de poussière. — Un gentilhomme est un gentilhomme, quels que soient les embarras dans lesquels il est tombé.

— Mais il cesse d'en être un dès qu'il accepte un service qu'il ne peut récompenser, ou qu'il réclame une supériorité qu'il ne possède pas. Il y a douze ans que nous sommes soldats ensemble...

— C'est vrai, monsieur, mais nous sommes ce que nous avons toujours été, ce que nous serons toujours... l'un un gentilhomme, l'autre un vagabond. Si vous trouvez que j'ai fait quelques bonnes choses côte à côte avec vous, de temps en temps, dans les combats, permettez-moi de faire ma volonté et laissez-moi vous servir, quand je le peux. Je ne peux pas le faire quand les autres ont les yeux sur nous : mais ici je le puis et je le veux... pardon... excuse... il faut que cela finisse. On peut parler librement ici, où il n'y a que des Arabes autour de nous, et toute l'armée sait assez, monsieur, que sans ce diable de Châteauroy, vous seriez officier depuis longtemps.

— Oh! non!... Il y a des centaines d'hommes dans nos rangs qui méritent plus que moi l'épaulette... Mais laissons le colonel tranquille. Il est notre chef, quel qu'il puisse être, d'ailleurs.

Ces paroles étaient calmes et insouciantes, mais empreintes d'une autorité qu'il ne fallait pas contester. Crache-au-nez-de-la-Mort baissa un peu la tête et continua à déshabiller son brigadier en silence, se contentant de marmotter entre ses dents que ce qu'il venait de dire n'en était pas moins vrai, et que tout le régiment le savait.

Il y eut un long moment de silence...

— Ne peut-il donc plus jamais y avoir d'espérance, monsieur? — dit le soldat tout bas, tandis que sa voix tremblait un peu sous la longue et énergique courbure de ses moustaches rousses.

Le chasseur se ranima et sourit d'un air insouciant et

léger, de ce même sourire avec lequel il avait affronté précédemment les assauts des charges enragées comme celles de la magnifique journée de Zaatcha.

— Pour qui?... Pour nous deux?... Oh! oui, très-probablement nous arriverons à la renommée, et nous mourrons sous-officiers ou gardes champêtres!... Une destinée splendide!

— Non, monsieur, — dit l'autre avec une hésitation qui faisait trembler sa voix. — Vous savez bien... pas d'espoir que vous soyez jamais...

Il s'arrêta; il ne savait comment exprimer par des phrases les pensées qu'il avait dans l'esprit.

L'autre s'agita avec une certaine impatience.

— Combien de fois ne t'ai-je pas dit d'oublier que j'avais été autre chose qu'un soldat de la France? Oublie comme j'ai oublié!

L'audacieux Crache-au-nez-de-la-Mort, que rien ne pouvait dompter et que rien ne pouvait étonner, parut repentant et confus comme un épagneul qu'on aurait grondé.

— Je sais bien, monsieur, j'ai essayé, pendant plusieurs années, mais je pensais comme cela que la mort de Sa Seigneurie...

— Ni vie ni mort ne peuvent faire de différence pour moi, excepté la mort que quelque jour la lance d'un Arabe me donnera, et elle est bien longue à venir, celle-là!...

— Oh! pour l'amour du ciel, monsieur Cecil, ne parlez pas ainsi!

Le chasseur frissonna et tressaillit à ce nom comme si une balle l'avait frappé.

— Ne répète jamais cela!

Rake, baptisé du nom algérien de Crache-au-nez-de-la-Mort, balbutia une excuse pleine de contrition.

— Je ne l'ai jamais fait, monsieur..., pas une seule fois cette année; mais cela m'a échappé, en vous entendant dire que vous désiriez la mort. Comme cela...

— Oh! je ne désire pas la mort? — dit l'autre en riant d'un rire bas et indifférent qui avait un singulier accent de tristesse. — Je suis de l'avis de nos amis les spahis... la vie est très-agréable avec un harem bien choisi et un bon cheval. Malheureusement les harems sont trop chers pour les roumis! Pourtant je ne suis pas sûr que je ne m'amuse pas mieux dans les chasseurs que lorsque j'étais dans la Garde... surtout lorsque nous sommes en campagne. Je pense qu'il faut que nous soyons des animaux sauvages dans l'âme, sans cela nous ne trouverions pas tant de piquant dans l'étreinte de la mort. Bonsoir!

Il s'étendit sur les peaux qui lui servaient de lit et ferma les yeux. Il était accoutumé à dormir comme dorment les soldats, au milieu du vacarme d'un camp, ou avec le rugissement des animaux sauvages répété par les échos des montagnes environnantes, avec sa selle sous la tête, sous un quartier de rocher, avec la persuasion qu'à chaque instant l'alarme pourrait être donnée par les tambours battant la générale au milieu de la nuit, et que l'ennemi allait tomber avec la rapidité de l'éclair sur le bivouac. Mais à cette heure un nom... longtemps effacé pour lui... lui avait rappelé des années lointaines qu'il avait enterrées pour jamais le premier jour qu'il avait porté le képi d'ordonnance de l'armée d'Afrique et qu'il avait été enrôlé parmi ses héroïques camarades.

Longtemps après que son serviteur se fut profondément endormi et que la lumière du candélabre de bronze turc à une seule branche se fut éteinte, le chasseur d'Afrique resta éveillé, regardant, à travers les plis de la tente, le camp sombre et silencieux des Arabes, et laissant sa mémoire retourner en arrière vers un temps qui était devenu pour lui comme un rêve... un temps où un autre monde que le monde d'Afrique l'avait connu sous le nom de Bertie Cecil.

XVIII.

CIGARETTE BIENFAITRICE.

— Il faut convenir que nous sommes originaux, — disait Claude de Chanrellon, étendu sur trois chaises devant le café de la Place du Gouvernement.

— On trouve des diamants dans la hotte du chiffonnier, — dit en grommelant un général de division qui était le plus terrible *pète-sec* de toute l'armée française, mais qui aimait ses enfants du diable, comme il appelait ses hommes, d'un grand amour, et qui n'aurait pas toléré qu'un autre les décriât, quoiqu'il fût tout prêt à leur distribuer punitions et blâmes.

— Vous êtes poétique, mon général, — dit Claude de Chanrellon, — mais vous êtes dans le vrai, notre armée est une fournaise dans laquelle la *gaminerie* devient de l'intrépidité et produit de l'héroïsme. Un beau produit, et pour lequel la France est sans rivale!...

— Mais, nos produits conservant la marque du marché, il faut bien voir que c'est le diable qui les a fabriqués, si c'est dans son creuset qu'ils ont été formés, — avança un colonel de tirailleurs indigènes.

Chanrellon se mit à rire, en secouant la cendre de son cigare.

— Pardon, mon colonel! nous faisons honneur à notre

premier fabricant, alors; il n'y a rien qui vaille quelque chose dans ce monde sans une pointe de diablerie.

— Sacrebleu! — grommela le général, — nous avons le droit de faire l'éloge des vauriens; sans eux, nos conscrits seraient de pauvres sires. Le conscrit ne se bat que parce qu'il faut se battre; le mauvais sujet, lui, se bat parce qu'il aime à se battre. Cela fait une grande différence!

— Ma foi! — dit en riant Chanrellon, — si nous publiions tous nos mémoires, le monde lirait un drôle de livre. Dumas et Féval seraient distancés. On trouverait bien vite que les véritables recruteurs qui nous envoient dans les rangs sont...

— Les femmes! — dit le général en grognant.

— Les cartes! — soupira le colonel.

— L'absinthe! — dit un autre.

— L'amour à la Musset dans une mansarde.

— La politique accentuée.

— Une comédie sifflée.

— Des serments de carbonari quand on n'était qu'un imbécile.

— Le spleen.

— Les dés.

— La roulette.

— Le désir de tuer ou d'être tué!

— Morbleu! — s'écria Chanrellon quand chacun eut dit son mot, — tout cela envoie des volontaires dans les rangs, c'est très-sûr; mais le général a trouvé la véritable cause. Voyez la petite Cora... le ministre de la guerre devrait lui donner la croix. Elle nous envoie dix fois plus de braves soldats que la conscription. Cinq beaux garçons, tous de la vieille roche, se sont enrôlés aujourd'hui, parce qu'elle les a dépouillés de tout; il ne leur reste plus que l'armée. Elle est inappréciable, cette Cora.

— Ho! ho! — dit Chanrellon, — voilà le beau brigadier qui passe. Voyons, Bel-à-Voir, n'est-ce pas une femme qui vous a envoyé ici? Hein?

— Non, mon commandant, c'est le hasard.

— Avait-il des cheveux rouges, le hasard qui vous a jeté à la dérive?

— Nous nous y jetons de nous-mêmes quelquefois, mon commandant.

— Ma foi! non. Nous irions bien assez droit sans elles.

Le chasseur sourit encore.

— Vous pensez donc, mon commandant, que nous serions sûrs de marcher droit si, pour avoir la clef de toutes les histoires un peu noires, nous demandions où est la femme?

— Certainement, je le crois. Eh bien! nous sommes tous en train de confesser nos erreurs aujourd'hui, racontez-nous votre histoire, mon brave!

— Elle est inscrite tout au long dans les registres matricules, aussi claire que mon sabre a pu l'y écrire.

— Bien... bien... — marmotta le général attentif.

Cette réponse digne d'un soldat lui avait plu, et il considéra attentivement celui qui l'avait faite.

Les yeux ternes de Chanrellon s'animèrent en répondant :

— Et votre sabre l'a écrite à la façon d'un brave... il a écrit ce que la France aime à lire. Mais avant de porter ce sabre ici!... Dites-nous cela... C'est tout un roman... n'est-il pas vrai?

— Si cela en fut un, j'ai fermé le volume, mon commandant.

— Ouvrez-le, alors, allons... Qu'est-ce qui vous a amené

parmi nous... Vous avez joué au roi dépouillé... n'est-ce pas? Achevez !

— Mon commandant, l'obéissance est le devoir d'un soldat; mais je n'ai jamais entendu dire qu'une inquisition personnelle fût le privilége d'un officier.

Ces paroles étaient calmes, froides, un peu languissantes, un peu hautaines. Le ton d'ennui, l'instinct de l'orgueil enfoui s'y faisaient sentir, sans égard pour la barrière qui s'élevait entre un engagé volontaire aux chasseurs et un commandant qui appartenait aussi à la noblesse de France. Involontairement, tous les officiers assis autour des petites tables, sur la terrasse du café, se retournèrent pour regarder le brigadier. La hardiesse du discours et la quiétude du ton leur firent jeter les yeux sur lui avec curiosité.

Chanrellon rougit, et un instant ses yeux étincelèrent de colère; puis il fit tomber ses trois chaises avec bruit en redressant sa haute taille, et il s'inclina avec une grâce toute française en disant avec la franchise d'un vétéran : —

— Reproche très-juste... loyalement fait et bien mérité. Je vous remercie de la leçon, mon brave.

Le chasseur parut surpris et ému; il était plus touché qu'il ne le laissait voir. Sous le commandement de Chateauroy, la considération et la courtoisie étaient des choses qu'on ne lui témoignait plus depuis longtemps. Involontairement oublieux de la hiérarchie, il tendit la main, celle d'un soldat à un soldat, d'un gentilhomme à un gentilhomme. Puis il se rappela avec amertume la différence de rang et de position qui existait entre eux, et il allait lever la main fièrement, mais respectueusement, pour faire le salut d'un subordonné à son supérieur, lorsque Chanrellon la saisit et la serra avec empressement.

Le chasseur rougit légèrement, se souvenant qu'il avait

oublié à la fois sa position personnelle et leurs grades respectifs.

— Je vous demande pardon, mon commandant, — dit-il simplement, en saluant avec une grâce charmante.

Et il continua sa route rapidement, comme s'il désirait oublier et faire oublier l'erreur momentanée dont il s'était rendu coupable.

— Ma parole d'honneur! — murmura Chanrellon en le suivant des yeux et en frappant sur la table de marbre de manière à faire danser les verres, — je donnerais une année de ma solde pour savoir l'histoire de ce garçon-là. Il est gentilhomme jusqu'au bout des ongles.

— C'est un des engagés volontaires de Châteauroy... n'est-ce pas? — demanda le tirailleur en levant son lorgnon pour examiner le chasseur qui s'éloignait.

— Pardieu, oui... et c'est grand dommage, — dit Chanrellon, qui exprimait ses pensées avec autant de promptitude qu'une grenade éparpille sa poudre. — Châteauroy le déteste... Dieu sait pourquoi... et il est traité en conséquence, comme s'il était le plus rustre, le plus paresseux et le plus incorrigible rossard de l'armée. Voyez ce qu'il a fait. Tous les bureaux vous diront qu'il n'y a pas un plus brave soldat en Afrique... Depuis qu'il s'est engagé, il n'y a pas eu une seule affaire un peu chaude à laquelle il n'ait pris part. Il n'est pas parti une colonne d'Oran pour la Kabylie qu'il ne soit parti avec elle. Tous ses membres sont tatoués de cicatrices. Il a fait une fois vingt lieues à cheval pour porter des dépêches avec un fer de lance dans le flanc. Il est vrai qu'il est tombé évanoui au moment où il les remettait en mains propres au commandant en chef. C'est lui qui a sauvé la journée, il y a deux ans, à Granaïla. Nous aurions été taillés en pièces, très-certainement, s'il n'avait pas rassemblé une poignée de chasseurs dispersés, et s'il n'avait pas avec eux forcé le centre de l'ennemi. Il y a cent autres histoires de ce genre à son actif, et, en récompense, il vient, tout dernièrement, d'être fait brigadier.

— Sacrebleu! — dit le général avec énergie. — Ce n'est pas digne de la France, ça! Douze ans!... en cinq ans, sous Napoléon, il aurait été à la tête d'une brigade; mais, alors...

Le vétéran but son absinthe avec une mélancolie pleine de regret.

— Mais alors, Napoléon devinait ses hommes lui-même et ne se trompait jamais. C'est un don divin, cela, pour des commandants d'armée.

— Le colonel Châteauroy sait aussi deviner ses hommes, — dit Chanrellon d'un air songeur, — il n'y a pas d'œil plus fin que le sien pour découvrir un lascar. Mais, quand il hait, il frappe du bec et des ongles... jusqu'à ce que la chose tombe morte, même quand il frappe un oiseau de sa propre canne.

— C'est mauvais, — dit le vieux général d'un ton sentencieux. — Il y a quatre catégories de gens qui ne doivent avoir ni préférences ni antipathies personnelles : aubergistes, maîtres d'école, commandants de vaisseau, et chefs militaires.

Après avoir posé cet axiome, il demanda un second verre d'absinthe.

Pendant ce temps, le chasseur continuait son chemin à travers les groupes de la Grande Place. Un peu plus loin, riant, fumant, causant, prenant des glaces devant le café chantant, se tenait un groupe d'Anglais dont le schooner était dans le port. Il s'arrêta un moment et alluma un cigare, uniquement pour avoir le plaisir d'entendre parler une langue familière. Comme il avait la tête penchée, personne ne remarqua l'expression de douleur qui assombrit son visage; mais l'un des étrangers l'examina curieusement et attentivement.

— Au diable... — dit-il tout bas à son voisin. — A qui ce soldat français ressemble-t-il donc?

Celui-ci l'entendit, et, le cigare aux dents, s'éloigna rapidement. Il se sentait toujours mal à l'aise en ville... mal à l'aise dans la crainte d'être reconnu par quelque passant ou par quelque touriste.

— Je n'ai rien à craindre, pourtant, — pensa-t-il avec un sourire. — Dix ans!... dans ce monde-là, nous avions l'habitude d'oublier en dix jours la ruine la plus terrible et le meilleur vivant d'entre nous dix heures après que sa tombe était fermée. D'ailleurs, je suis en sûreté. Je suis mort!

Et il poursuivait son chemin.

Il était mort; en cela consistait sa sécurité; Beauté, de la Brigade de la Maison de la Reine, était enterré et défiait toute découverte sous le nom de Bel-à-Voir du 1er chasseurs d'Afrique. Lorsque sur la ligne de Paris à Marseille, la plus épouvantable et la plus terrible collision qui fût jamais arrivée à un train se précipitant à toute vapeur au milieu des ténèbres de la nuit l'avait, par une sorte de miracle, laissé intact avec le seul homme resté fidèle à sa fortune, il avait vu dans cette catastrophe le plus sûr abri contre la découverte ou la poursuite qu'il redoutait. Laissant ses bagages écrasés au milieu des monceaux de débris, il s'était lancé dans la campagne avec Rake pour faire les quelques lieues qui les séparaient encore de la ville, et ils étaient entrés à Marseille en piétons très-fatigués, avant que la moitié du désastre arrivé sur le chemin de fer eût été vue par le soleil de midi.

Par hasard, une yole de commerce était en charge dans le port et devait faire la traversée d'Alger ce jour-là même. Le commandant était à court d'hommes et avait peur des Levantins, qui étaient les seuls matelots qu'il dût vraisemblablement trouver pour remplir les emplois vacants dans son petit équipage. Cecil s'offrit à lui avec son camarade pour le passage. Il n'avait sur lui que quelques pièces d'or, et il était disposé à travailler pour gagner sa traversée, s'il le pouvait.

— Mais vous êtes un monsieur, — lui dit le commandant d'un air hésitant, en l'examinant des pieds à la tête, ainsi que son costume de velours et son chapeau avec sa plume d'aigle, — j'ai besoin d'un marin exceptionnel, endurci et intelligent, car nous aurons du mauvais temps. Il fait trop beau pour que cela dure, — ajouta-t-il en jetant un regard sur le ciel.

Il était de Liverpool, capitaine et propriétaire de sa petite embarcation à coque noire; elle avait une assez mauvaise apparence et une réputation encore pire, car, disait-on, elle n'avait pas de répugnance à faire un brin de traite des nègres, si elle se trouvait dans les mers lointaines, avec une chance probable devant elle.

— Vous êtes un farceur, voilà ce que vous êtes, — dit le commandant avec énergie, — vous ne pouvez me servir à rien.

— Attendez un instant, — répondit Cecil. — Vous serait-il arrivé d'entendre parler d'un schooner appelé *Régina*...

La physionomie du capitaine s'éclaircit aussitôt.

— Qui était dans la baie de Biscaye, il y aura deux ans vienne le mois de juillet? Qui se sauvait devant la tempête comme un fou, qui s'enfuyait comme une hirondelle, quand la mer se brisait et que tous les vaisseaux étaient coulés en faisant naufrage autour de lui? Il fut le premier à aborder le grand *Wrestler* qui était renversé la coque hors de l'eau, et il prit tout ce qu'il put contenir des passagers, démeublant même sa belle cabine pour avoir plus de place pour les pauvres malheureux qu'il avait recueillis. Est-ce de lui que vous voulez parlez?

Cecil fit un signe d'assentiment.

— C'était mon yacht, voilà tout, et je n'avais pas de capitaine pendant cette tempête. Me croirez-vous assez bon matelot maintenant?

Le capitaine lui secoua la main de manière à la lui arracher.

— Assez bon!... Que le diable emporte mes planches! Il n'y en a pas un seul qui puisse vous battre sur toutes les mers. Venez, monsieur, puisque vous le désirez; mais vous ne ferez pas un brin d'ouvrage tant que vous serez à mon bord. Je n'aurais jamais cru qu'aucun de vos élégants des yachts pût être en état de mettre la main sur le gouvernail; mais, que je sois pendu, le club qui fait de pareils marins est un fameux club! Miséricorde! ma femme était sur le *Wrestler*. Je lui ai entendu dire vingt fois qu'elle était presque morte quand le petit yacht était arrivé par une mer démontée, qui se soulevait et rugissait autour du vaisseau naufragé, et comme quoi le farceur à qui il appartenait avait donné sa cabine aux femmes et fait jeter ses canons et ses beaux meubles par-dessus bord, afin de pouvoir emporter plus de passagers; il les avait fait manger, leur avait donné même du champagne à tous, et les avait traités comme un prince, jusqu'à ce qu'il les eût ramenés dans le port de Brest; mais, Dieu me damne! que jamais un homme comme vous ait...

— Levons l'ancre!... — dit tranquillement Bertie.

Ce fut ainsi qu'il passa inaperçu en Algérie, tandis que la nouvelle se répandait dans toute l'Europe qu'un corps mutilé et informe, écrasé au milieu de pièces de fer et de bois, sur la ligne de Marseille, était le sien et qu'il avait péri dans cette épouvantable nuit, d'une chaleur suffocante, noire comme de l'encre, lorsque les deux trains lancés à toute vapeur s'étaient rencontrés comme se rencontrent des nuages chargés d'orage. Le monde le croyait mort; les journaux avaient parlé de son crime et de sa mort en même temps pour rendre celle-ci plus lugubre encore. Et lui, laissant amis et ennemis dans leur erreur, fut incorporé dans l'armée française sous deux de ses noms de baptême, qui, heureusement, avaient une consonnance étrangère... Louis-Victor; et il renonça pour toujours à son véritable nom de Bertie Cecil...

Les premières années furent des années de profonde misère pour lui. De misère... car tout son sang se révoltait sous une tyranine mesquine, alors qu'il lui fallait rester immobile et impassible. De misère... quand la faim et la soif le torturaient pendant les longues marches et que son cœur se soulevait à la vue de viandes à moitié crues et d'eau épaissie par la poussière, teinte de sang, sur lesquelles les hommes qui l'entouraient se précipitaient avec tant de bestialité.

Ce furent plus d'une fois des années d'infortune infinie, soulagées uniquement par la fidélité et le dévouement de l'homme qui l'avait suivi dans son exil. Mais, quoique misérables, elles n'arrachèrent jamais un seul regret, une seule plainte à Cecil. Il était venu chercher cette vie-là; il l'accepta telle qu'elle était.

Il souffrit cruellement plus d'une fois; il souffrit à en être las de la vie; mais il ne chercha jamais à s'épargner la moindre peine, et Rake lui-même ne l'entendit jamais se plaindre. En outre, l'amour de la guerre s'éveilla en lui. L'instinct, qui existait en lui et qui s'était fait jour à l'époque de son faste dans tous les moments de danger, dans tous les exercices violents, l'instinct qui l'avait fait se lancer dans un combat corps à corps avec un sanglier et qui l'avait fait murmurer tout bas au *Roi-de-la-Forêt :* « — Tue-moi, si tu veux, mais ne me fais pas perdre ! » était l'instinct inné du vrai soldat.

Il avait tout le caractère d'un soldat; et le choc qui l'avait précipité de l'aisance, de l'oisiveté, et d'un luxe outré, dans la situation la plus obscure et la plus rude qu'un homme ait jamais envisagée, avait réveillé l'ardeur belliqueuse qui sommeillait seulement en lui. Il n'avait jamais jusqu'alors été appelé à exercer sa pensée ni son action; la nécessité mit enfin au jour beaucoup de qualités latentes chez lui. Il supportait les privations avec autant de calme et savait affronter la mort avec autant de témérité que le plus hardi et le plus intrépide zéphyr des bivouacs africains. Quelque amère que fût parfois la vie, quelque vives que fussent les souffrances et les privations, le plus austère vétéran n'eût pu les supporter plus patiemment, plus silencieusement que l'aristocrate pour lequel du bordeaux sentant le bouchon ou une journée de course poussiéreuse avaient jadis été des calamités.

Dans son ancien monde, il aurait flâné nonchalamment, dans une atmosphère qui encourageait sa profonde indifférence de toutes choses, et, suivant son *nil admirari* plein d'indolence, il aurait glissé du raffinement à la mollesse, et de la grâce sans apprêts à l'inertie blasée. La vie rude et les dangers des campagnes avaient éveillé chez lui le lion assoupi et en avaient fait le meilleur soldat qui se soit jamais rangé sous aucun drapeau. Il avait tout souffert, tout bravé, tout éprouvé, combattu, aimé, haï, supporté, et même joui, en Afrique, avec une force, une vivacité qu'il n'aurait jamais cru possible dans son monde calme, sans passion, et insouciant d'autrefois. Il avait connu les tortures de la faim, le tourment de la fièvre, l'angoisse de l'orgueil comprimé, la jouissance sauvage du combat. La belle et héroïque devise normande de ses ancêtres, gravée au-dessus des portes de Royallieu : *Cœur vaillant se fait Royaume,* avait trouvé son application.

Proscrit, réduit à la pauvreté, dépouillé d'un seul coup de toutes ses espérances, il avait accepté son adversité vaillamment, et s'était fait à la fois son pays et son royaume dans les cœurs braves, ardents, intrépides, loyaux d'hommes qui venaient du nord, du sud, de l'est, de l'ouest, poussés par tous les hasards, par toutes les destinées, pour remplir les bataillons de l'Algérie.

Il tourna dans la rue Bab-Azoum et s'arrêta à l'entrée d'une boutique étroite, sombre, encombrée, ressemblant à un bazar du Caire autant qu'au repaire d'un juif dans une ruelle de Florence.

Une tête rusée et parcheminée se tourna vers lui dans l'obscurité.

— Ah!... ah!... bonjour, brigadier Victor!

Cecil, à ces mots, entra.

— En avez-vous vendu quelques-uns? — demanda-t-il.

— Pas un. Les poignards fabriqués avec des boulets perdus, ou des *flissu* avec lesquelles on peut raconter une histoire d'Arabes, se vendent comme du pain; ils ne font que paraître et disparaître; mais vos bibelots d'ivoire ne sont d'aucun usage, brigadier.

— Très-bien..., il n'importe, — dit simplement Cecil, en

s'arrêtant un instant devant quelques petites statuettes délicates, objets en miniature, découpés dans un morceau d'ivoire ou dans un bloc de marbre de la grandeur d'un fer à cheval, guirlandes de feuillage, branches de figuier sauvage, figures d'Arabes et de Maures, fines têtes de jeunes filles, de coursiers lilliputiens piaffant comme des Bucéphales.

Tout cela était parfaitement conçu et exécuté. Il avait toujours été doué dans ce genre, quoique, de même que pour tous ses autres dons, il en eût complétement négligé la culture jusqu'au moment où, jeté à la dérive sur l'océan du monde et forcé de faire quelque chose pour se suffire, il avait remarqué l'adresse des soldats français dans tous les travaux qui pouvaient leur procurer quelques pièces de monnaie; il avait occupé plus d'une heure pénible à la caserne ou sous la tente en sculptant des riens, il avait fini par arriver à un résultat satisfaisant. Il chargeait ordinairement Rake de les vendre, et il en affectait le produit à toutes sortes de besoins, les siens exceptés. Il resta indécis un moment, les yeux pleins de regret; il n'avait pas un sou dans sa poche, et il avait absolument besoin d'argent pour un camarade mourant d'une blessure à la poitrine... un noble garçon, un artiste français qui, dans une malheureuse heure de désespoir, s'était enrôlé et qui avait été blessé pendant une escarmouche de nuit.

—Vous ne voudriez pas les acheter, vous?... — demanda-t-il enfin, la rougeur au front.

Il n'aurait pas hasardé cette question pour sauver sa propre vie, mais Léon Ramon n'avait pas espoir d'obtenir un fruit ou un morceau de glace pour rafraîchir ses lèvres desséchées et adoucir ses derniers moments d'agonie, si Bertie ne pouvait se procurer un peu d'argent pour acheter ces petits luxes, trop splendides pour être fournis à un soldat mourant, qui connaît assez peu son devoir envers son pays pour oser mourir dans son lit.

— Moi! — s'écria le marchand en riant. — Demandez-moi donc aussi de vous donner toutes mes marchandises! Ces colifichets seront encore là dans un an.

Cecil sortit de la boutique sans ajouter un mot; ses pensées étaient à son camarade, et l'insolence de cet homme ne le touchait guère.

— Comment vais-je lui procurer de la glace? — se demanda-t-il. — Mon Dieu! si j'avais seulement un des morceaux que nous mettions dans nos verres de champagne!

Comme il sortait du taudis, une nymphe militaire, toute vêtue de bleu et de rouge, comme la clochette de fuchsia à laquelle elle ressemblait, les yeux noirs, brillants de colère, s'élança dans l'obscurité vers le marchand et, avant qu'il l'eût reconnue, elle enleva ce petit corps ridé comme un volant, le secoua de manière à le faire trembler comme une feuille en novembre, le lança en l'air, le rattrapa comme un cerceau au jeu des Grâces, et le posa à terre, meurtri, hors d'haleine, terrifié.

— Ah! vieux grigou! — s'écria Cigarette, car c'était elle. — C'est comme cela que tu traites tes supérieurs, toi?... Vieil avare, vieux monstre, vieux crocodile, vieux serpent! Harpagon était un ange auprès de toi!

Elle connaissait Harpagon, quelques-uns de ses Roumis ayant récité devant elle des morceaux de Molière.

— Il avait besoin d'argent, et tu lui en as refusé? Ah!... ah!... fils de Satan, va! Tu vis de la misère des autres! Cours après lui, tout de suite, et donne-lui ceci, et ceci, et encore ceci : et dis-lui que ce n'était qu'une plaisanterie, que ses sculptures valent la rançon d'un scheik. Attends! il ne faut pas lui donner trop, car il comprendrait que cela ne vient pas de toi... Vipère! cours vite, et ne souffle pas un mot de moi... Un mot tout bas seulement, mes spahis te couperont la gorge d'une oreille à l'autre. Hors d'ici! ou tu vas recevoir une balle pour donner de l'activité à tes jambes; les avares dansent bien quand ce sont des pistolets qui jouent le menuet!

Et l'Enfant du Drapeau, qui secouait le coupable à chaque épithète, tira de sa poche un sac d'or et d'argent, qu'elle venait de gagner au jeu, le fourra dans les mains du marchand, le jeta hors de chez lui, et prit à sa ceinture un joli petit pistolet dont elle fit sonner le chien.

— Cours, si tu tiens à la vie! et fais juste ce que je t'ai ordonné, ou je te loge une balle dans la cervelle, aussi vrai que j'ai nom Cigarette.

Le vieux juif s'enfuit aussi vite que ses membres le lui permettaient, en serrant les pièces d'argent dans ses mains crochues, et rattrapa Cecil, qui se dirigeait lentement vers la caserne.

— Est-ce sérieux? — lui demanda-t-il surpris de recevoir une aussi forte somme, pendant que le petit juif lui faisait, haletant, force excuses, supplications, et protestations d'avoir voulu seulement plaisanter, et l'assurait de son ardent désir d'acheter les sculptures au prix qu'il voudrait, car il connaissait un grand collectionneur de Paris auquel il les enverrait.

— Sérieux?... certainement je suis sérieux, brigadier! — dit d'un air suppliant le marchand de curiosités, en tournant la tête avec angoisse pour voir si le pistolet de la vivandière était derrière lui. — Ces objets vont me rapporter beaucoup où je vais les envoyer, quoique vous ne m'ayez donné que des bagatelles, mais Paris lui-même est-il autre chose qu'une bagatelle? Ce sont tous des enfants là-bas... ils aimeront ces joujoux-là. Prenez cet argent... je vous en prie... prenez cet argent...

Cecil le regarda un moment; il vit que le drôle était sérieux, et il ne s'arrêta pas à son repentir.

— Soit!... Merci!... — dit-il.

Et tendant la main, il prit l'argent avec joie, en pensant au chasseur qui se mourait là-bas, délirant et vomissant le sang, faute d'un peu de glace. Il reprit son chemin pour aller dépenser le prix de son travail en figues jaunes, en raisin frais et doré, et en vin glacé, qui pourraient soulager un peu l'agonie de son camarade et le reporter un instant, ne fût-ce que dans un rêve fugitif, vers les ombrages couverts de vigne, les océans de blés onduleux, et la riante et lumineuse douceur de son beau pays, près des ondes bleuâtres du golfe de Biscaye.

— C'est fait?... c'est bien!... Écoute... un mot de toi, maintenant ou plus tard, et voilà un petit présent qui te viendra promptement et tout chaud de la part de Cigarette, — dit la petite Enfant du Drapeau avec gravité, lorsque le marchand fut revenu.

Le malheureux juif frissonna, il ferma les yeux lorsqu'elle lui montra une balle qu'elle fit glisser avec un frôlement sinistre dans le canon de son pistolet.

— Pas une syllabe... jamais une syllabe!... — balbutia-t-il. — Si j'avais su que vous l'aimiez, ma belle...

Un coup de poing sur les oreilles l'envoya tomber en travers de son comptoir.

— Que je l'aimais?... Mais, sacrebleu! je le déteste, ce garçon-là! — dit Cigarette d'un air de profond mépris accompagné d'un juron non moins énergique.

— Vraiment ! alors pourquoi donner vos napoléons ?... — commença l'israélite meurtri et balbutiant.

Cigarette rejeta en arrière sa jolie tête ; un regard superbe jaillit de ses yeux, un dédain suprême parut sur ses lèvres.

— Tu es un marchand juif... tu ne connais rien à notre code du drapeau tricolore... nous autres soldats, nous sommes trop fiers pour ne pas aider même un ennemi quand il est dans son droit... la France a toujours pris les armes pour la justice !

Après cette magnifique péroraison, elle prit sur le comptoir toutes les sculptures, qui étaient réellement bien à elle.

— Elles vont allumer le feu de ma cuisine, — dit-elle d'un air de dédain, en sautant légèrement dans la rue.

Et, pirouettant, elle s'éloigna.

Arrivée un peu en dehors de la ville, elle se laissa tomber sur un bloc de pierre, comme une hirondelle, fatiguée de voler, se repose sur une branche.

— Est-ce ainsi que je me venge ?... Ah bah ! je mériterais d'être tuée ! il a dit que je n'avais pas de sexe... pas de sexe !... pas de sexe !...

Et répétant ce mot si amer, parce qu'elle admettait vaguement qu'il était juste, les joues rouges, les yeux enflammés, les mains crispées, elle lança un des anneaux d'ivoire sur le pavé et l'écrasa sous son talon jusqu'à ce que les sculptures fussent réduites en miettes... elle trépignait comme si c'eût été un ennemi vivant et que son pied dût lui enlever la vie. Sa fureur s'épuisa d'elle-même, comme il arrive chez ces natures impétueuses, mais tendres ; elle redevint très-calme et considéra les ruines qu'elle avait faites avec regret.

— C'était très-joli... et cela lui a coûté bien des heures de travail, peut-être... — pensa-t-elle.

Puis elle ramassa les morceaux un à un et les examina attentivement. Ces délicates sculptures étaient toute une révélation pour elle. Là, c'était la lance flexible du roseau de la rivière; ici, le riche feuillage du figuier sauvage; puis, la belle fleur du laurier-rose; et encore, des fruits, des fleurs, des pampres, et des épis si bien entrelacés dans leur image en ivoire qu'ils semblaient avoir pris naissance sous ses mains... et que ces petites mains paraissaient brunes et tachées de poudre à côté de la blancheur de neige de l'ivoire... Elle les prit avec respect une à une... Toutes ces sculptures avaient leur beauté pour elle. Jamais de sa vie elle n'avait remarqué aucune fleur jusque-là, excepté celles qu'elle avait attachées ensemble pour les offrir aux Zéphyrs le jour de Zaatcha.

— C'est un aristocrate... il a des talents comme celui-ci... et pourtant il est dans le rang, il n'a pas de pays, il est si pauvre qu'il se contente de la pitance d'un juif et qu'il vend ces jolies choses-là pour acheter une tranche de melon pour Léon Ramon! — pensa-t-elle, tandis que les rayons argentés de la lune passaient à travers l'arc de triomphe en ruine et tombaient sur un fragment d'ivoire représentant des feuilles de lentisque entrelacées avec des herbes aquatiques

Perdue dans une compatissante rêverie, Cigarette oublia son vœu de se venger.

XIX.

LES ESCADRONS D'IVOIRE.

Les chambrées des Chasseurs étaient brillantes et propres à la lumière du matin; elles avaient cela de commun avec toutes les chambrées des casernes d'Algérie, aussi différentes des chambrées des casernes des garnisons de France que Cigarette, avec sa mutinerie bon enfant, fumant sur un affût de canon, était différente d'une élégante nourrice normande, causant avec un sapeur sur un banc du jardin des Tuileries.

Mais qu'il n'en était pas de même au camp!

Les tentes! Le désordre régnait là en maître; mais relevé par mille couleurs vives et mille touches négligées qui formaient une confusion bien faite pour tenter le pinceau d'un maître.

Le régiment de Cecil occupait le campement à cette époque, et, au milieu d'une tente, Rake était occupé à tatouer avec une adresse tout orientale la peau d'un grand lion, qu'il avait tué un an auparavant, après avoir guetté l'animal en vain douze nuits de suite, perché bien haut sur le sommet boisé d'un rocher, au-dessus d'un cours d'eau. Tandis qu'il travaillait, sa langue ne restait point inactive et s'exerçait dans l'argot du camp... l'argot de toutes les nations était familier à Rake... il soutenait une conversation animée avec le chasseur placé à côté de lui. Celui-ci fabriquait un éventail de plumes qui aurait fait remarquer une duchesse à l'Opéra. Crache-au-nez-de-la-Mort jouissait d'une très-grande popularité parmi ses camarades. Les officiers déclaraient qu'il était une *pratique* d'une audace incomparable; il sautait à travers les règlements, comme un terrier traverse un filet de gaze; mais on savait que lorsque les trompettes sonnaient la botte ou le boute-selle, ce diable aux cheveux jaunes valait une vingtaine de soldats disciplinés, et que partout où son drapeau d'adoption serait porté, on le trouverait le premier et au premier rang.

Cecil était assis dans un coin de la même tente. Les plaisanteries, les chansons, les rires, continuaient sans relâche en sa présence. Tantôt il écoutait, tantôt il se perdait dans ses pensées, tout en donnant la dernière touche aux sculptures placées devant lui. C'était un jeu d'échecs auquel il avait consacré des années, tant pour trouver les matériaux que pour les travailler; les pions blancs étaient en ivoire, les noirs en noyer, et ils formaient deux escadrons de troupes françaises et arabes, admirablement sculptés; chaque détail de costume était d'une stricte exactitude; c'était son chef-d'œuvre, quoiqu'il eût travaillé un peu sans suite, chaque fois qu'il pouvait trouver dix minutes de loisir pendant les trois dernières années.

Ces échecs l'avaient accompagné en cent lieux différents et l'avaient suivi sous la tente pendant bien longtemps, depuis le jour où il avait taillé le premier zouave, au bord du lit desséché d'un ruisseau pierreux, par une chaleur brûlante; aussi ne se souciait-il pas de se séparer d'eux et avait-il refusé à Rake de les offrir à des juifs avec le reste de ses travaux. Penché sur eux, il ne s'aperçut pas que plusieurs personnes venaient de pénétrer dans la tente jusqu'au moment où un silence subit, succédant au vacarme qui l'entourait, lui fit lever les yeux; il se redressa et salua.

Châteauroy, accompagné d'une brillante compagnie, venait d'entrer. Le colonel lança autour de lui un regard d'aigle.

— Belle discipline!...

Les soldats se tenaient comme des chiens qui voient le fouet; ils savaient qu'il était capable de sévir sévèrement; quoiqu'ils ne fissent pas davantage que ce qu'ils avaient toujours eu la permission tacite sinon réglementaire de faire.

Cecil s'avança au-devant de lui.

— C'est sur moi que doit retomber le blâme, mon colonel.

Il avait dit ces quelques mots simplement, mais hardiment; debout, avec la politesse qu'il n'oubliait jamais de témoigner à son chef: l'éclat du soleil d'Afrique tamisé par la toile blanche estompait la rougeur de son visage; ses yeux rencontrèrent sans fléchir le regard courroucé du colonel. Il ne s'était pas aperçu qu'il y avait derrière Châteauroy un groupe de visiteurs qui examinaient les détails du campement; il avait vu seulement que ses soldats étaient injustement attaqués et menacés.

Le colonel sourit d'un air significatif qui coupait comme la lanière d'un fouet de chasse.

— Cela va sans dire! Toutes les fois qu'il y a insubordination dans le régiment, on est sûr que le blâme doit retomber sur vous! Brigadier, si vous permettez qu'on fasse sous votre tente le vacarme qu'on fait à une foire publique, vous perdrez bientôt les galons que vous déshonorez ainsi.

Ces paroles étaient bien plus douces encore que le ton avec lequel elles étaient prononcées et qui leur donnait toute leur insolence; puis le colonel tourna sur ses talons et se pencha vers les dames qu'il escortait.

Cecil resta muet, supportant ces reproches comme il convient à un brigadier de supporter la colère de son chef; un très-fin observateur aurait pu voir cependant une faible rougeur se montrer sur son visage pâli et ses dents se contracter: mais aucun autre signe. Cet empire sur soi-même irritait Châteauroy; il aurait été le premier à châtier une réponse si l'on en eût hasardé une.

— Retournez à votre place! — dit-il, en faisant signe de la main, comme il aurait renvoyé un chien. — Enseignez à vos hommes la première formule de l'obéissance!

Cecil se retira en silence, adressant un rapide regard à Rake dont les lèvres s'agitaient, dont le front était brûlant, et qui serrait violemment sa peau de lion avec le désir, une fois libre, de s'élancer sur son chef comme les lions s'élancent dans leur élan mortel...

Il retourna à sa place, à l'extrémité la plus éloignée de la tente, et resta debout, les yeux fixés sur les sculptures de l'échiquier, dans la crainte que la contrainte qu'il était si amer de s'imposer ne lui échappât s'il regardait l'homme qui avait été la malédiction de sa vie tout entière en Afrique.

— Ces belles sculptures sont-elles à vous?

Il leva les yeux et, dans la pénombre, où le soleil ne pénétrait pas et où deux grandes couvertures de peaux variées pendaient comme un drap mortuaire, il vit des yeux de femme arrêtés sur lui; des yeux fiers et brillants, un peu hautains, très-rêveurs, et doux en même temps, comme la nuance du fond des eaux les plus profondes.

Il salua avec l'ancienne grâce qui avait tant amusé et tant étonné la petite cantinière.

— Oui, madame, elles sont à moi.

— Ah!... quelle merveilleuse habileté!

Elle prit le Roi blanc, un scheik arabe sur son coursier, et se tourna vers ceux qui l'entouraient, parlant de la perfection et de la beauté du travail d'une voix basse, mélodieuse, légèrement languissante, qui résonna à l'oreille de Cecil comme le son d'une musique depuis longtemps oubliée.

Douze ans s'étaient écoulés depuis qu'il s'était trouvé en présence d'une femme du grand monde, et ces accents lents et délicats avaient le parfum de son passé disparu. Il leva les yeux vers elle, vit l'éclat de sa brillante chevelure, l'arc de ses fins sourcils, ses yeux rêveurs et impérieux; c'était un visage singulièrement éblouissant; mais surtout au milieu de l'ombre douteuse des bannières flottantes du désert et de la rude et rébarbative existence du camp, où une fille de joie et une cantinière étaient tout ce qu'on avait jamais vu de son sexe, et encore les pauvres infortunées étaient-elles endurcies, bronzées, halées, saturées d'eau-de-vie, et avaient-elles perdu toute ressemblance avec ce qui constitue la beauté des femmes.

— Vous avez un talent exquis. Sont-ils à vendre? — lui demanda-t-elle.

Elle s'adressait avec la gracieuse et négligente courtoisie d'une grande dame à un brigadier de chasseurs, s'occupant peu de lui, mais beaucoup des Rois d'ivoire et de leurs soldats, les Zouaves et les Bédouins.

— Ils sont à votre disposition, madame.

— Et leur prix?

Elle venait d'acheter une foule d'objets aux hommes en

faisant le tour de la tente, et, tout en parlant, elle tira plusieurs billets de banque.

Jamais l'amertume de la pauvreté ne l'avait frappé plus vivement que lorsque cette jeune patricienne lui offrit son or. Le vieux fond l'emporta; il oublia qui et où il était; il s'inclina comme il était accoutumé à s'incliner au cercle de Saint-James.

— L'honneur de vous les offrir, si vous daignez les accepter, madame.

Il oublia qu'il n'était plus ce qu'il avait été autrefois... il oublia qu'il n'était qu'un soldat devant une femme noble, dont il ne connaissait pas même le nom.

Elle se tourna pour le regarder, ce qu'elle n'avait pas fait encore, tant elle avait été absorbée par les pièces de l'échiquier, et si minime était la place qu'un simple chasseur occupait dans ses pensées! Il y avait une extrême surprise, il y avait quelque chose comme le sentiment d'une offense et surtout encore plus de froideur dans son regard; une froideur de regard fière et languissante, qui pourtant s'adoucit légèrement lorsqu'elle vit qu'il avait parlé avec une courtoisie d'intention indiscutable. Elle inclina sa gracieuse et royale tête.

— Je vous remercie. Votre travail ne peut m'appartenir que si je l'achète.

Et en disant cela, elle posa le Roi blanc parmi sa petite troupe et alla rejoindre ses amis.

Le visage de Cecil pâlit légèrement sous la teinte chaude que le soleil et le vent du désert y avaient laissée; il replaça les pions dans leur boîte de noyer et les fit disparaître sous son paquetage. Puis il resta immobile comme une sentinelle; les grandes peaux de léopard qui étaient derrière lui jetant une teinte sombre que les galons et les boutons de son uniforme avaient de la peine à rompre; il ne bougea pas avant que l'écho des voix et le nuage des falbalas, l'odeur des dentelles parfumées et l'éclat des uniformes des officiers d'état-major eussent disparu et laissé les soldats seuls. Ces mots froids et insouciants tombés des lèvres d'une femme l'avaient plus profondément froissé qu'un fer rouge ne l'eût brûlé; on venait de lui rappeler tout ce qu'il avait perdu.

— Quel idiot je suis encore! — pensa-t-il en sortant de la tente. — Il y a longtemps que je devrais avoir oublié que j'ai eu autrefois les droits d'un homme du monde. Il faut que je demande à être envoyé à cent lieues d'ici, — se dit-il. — Ici, je deviens amer, agité, impatient... ici, le passé me frappe toujours sur l'épaule... ici, j'arriverais bientôt à regretter, à m'irriter, et à regarder en arrière comme une femme sans courage. Là-bas, avec mon cheval et ma troupe, je suis un soldat et rien de plus; tant mieux. Je ne serai pas autre chose tant que je vivrai. Et parbleu! je ne sais pas ce qu'on doit désirer d'autre, c'est une bonne vie. Il ne faut pas tourner de compliments aux grandes dames, voilà tout, ce n'est pas là une grande privation. Mes échecs ne s'en trouveront pas plus mal d'ailleurs; son petit havanais les aurait cassés la première fois qu'il aurait renversé la table.

Cecil se prit à rire un peu, tout en marchant, en fumant; il lui restait encore cette ancienne philosophie insouciante, mobile et indolente d'autrefois, et il était toujours disposé à repousser et à mettre de côté toutes les afflictions quand elles se présentaient.

— Je me demande si je pourrai jamais faire savoir au colonel qu'il pourra bien une fois aller trop loin! — se dit-il, dans un accès de rêverie plus sombre et plus grave.

Et, involontairement, il étendit le bras et considéra son poignet, souple comme une lame de Damas, et, en relevant sa manche, les muscles qui se dessinaient sous la peau, accusés, fermes, nerveux comme ceux d'un athlète.

Il se défia de sa patience alors, quoiqu'il tînt les rênes serrées à toute tentative de rébellion et qu'il s'abritât étroitement contre ses propres passions derrière le bouclier du premier devoir d'un soldat... l'obéissance; et il chassa loin de lui cette pensée comme il aurait chassé un serpent.

FIN DU TOME PREMIER.

TABLE DES CHAPITRES

DU TOME PREMIER.

PARIS. TYPOGRAPHIE DE E. PLON ET Cie., RUE GARANCIÈRE, 8.

EN VENTE A LA MÊME LIBRAIRIE

HENRY GRÉVILLE

Le Vœu de Nadia. In-18. 3 fr. 50
Une Trahison. 10e *édit.* In-18. 3 fr. 50
Rose Rozier. 2 vol. 9e *édit.* 6 fr. »
Perdue. 19e *édit.* In-18. 3 fr. 50
Le Fiancé de Sylvie. 16e *édit.* 3 fr. 50
Madame de Dreux. 13e *édit.* 3 fr. 50
Les Degrés de l'échelle. 12e *édition.* Un vol. in-18 3 fr. 50
Le Moulin Frappier. 9e *édit.* 6 fr. »
L'Héritage de Xénie. 14e *édit.* Un vol. in-18. 3 fr. 50
Lucie Rodey. 13e *édit.* In-18 3 fr. 50
La Princesse Oghérof. 18e *édit.* Un vol. in-18 3 fr. 50
Suzanne Normis. 15e *édit.* 3 fr. 50
Cité Ménard. 12e *édit.* 3 fr. 50
Croquis. 6e *édit.* In-18. 3 fr. »
Un Violon russe. 11e *édit.* 6 fr. »
Les Mariages de Philomène. 12e *édit.* Un vol. in-18. 3 fr. 50
Bonne-Marie. 10e *édit.* 3 fr. »
Nouvelles russes. 5e *édit.* 3 fr. 50
Ariadne. 16e *édition.* 3 fr. 50
L'Amie. 16e *édit.* In-18 3 fr. 50
Marier sa fille. 20e *édit.* 3 fr. 50
Les Koumiassine. 10e *édit.* 7 fr. »
La Maison de Maurèze. 12e *édit.* Un vol. in-18. 3 fr. 50
Sonia. 23e *édit.* In-18 3 fr. 50
La Niania. 18e *édit.* In-18. 3 fr. 50
A travers champs. 4e *édit.* 3 fr. »
Les Épreuves de Raïssa. 21e *édit.* Un vol. in-18 3 fr. 50
L'Expiation de Savéli. 6e *éd.* 3 fr. »
Dosia. 39e *édit.* 1 vol in-18. 3 fr. »

ERNEST DAUDET

Pervertis. 5e *édit.* In-18 3 fr. 50
Mon frère et moi. 4e *édit.* 3 fr. 50
Le Mari. 9e *édit.* In-18. 3 fr. 50
Madame Robernier. 3e *éd.* 3 fr. »
Clarisse. 3e *édit.* In-18 3 fr. »
Daniel de Kerfons. 2 in-18. 7 fr. »
Les Persécutées. In-18. 3 fr. 50
La Marquise de Sardes. 3e *édit.* Un vol. in-18. 3 fr. 50
La Maison de Graville 6e *éd.* 3 fr. 50

FORTUNÉ DU BOISGOBEY

La Revanche de Fernande. 3 fr. 50
Le Bac. 3e *édit.* In-18. 3 fr. 50
Le Crime de l'Omnibus. 4e *édit.* Un vol. in-18 3 fr. 50
Le Pavé de Paris. 4e *édit.* 3 fr. 50
Le Crime de l'Opéra. 3e *éd.* 7 fr. »
L'Héritage de Jean Tourniol. 2e *édit.* Un vol. in-18. 3 fr. 50
La Main coupée. 3e *éd.* 2 v. 7 fr. »

GEORGE DE PEYREBRUNE

Jean Bernard. In-18 3 fr. 50

JACQUES VINCE[illegible]

Le Cousin Noël. In-18. [illegible]
Misé Féréol. 3e *édit.* In-18 [illegible]
Le Retour de la Princesse [illegible] Un vol. in-18. [illegible]

ANDRÉ MOUËZ[illegible]

Les Révoltes de Simone [illegible]

ANONYME

La Comtesse Mourenine [illegible] Un vol. in-18. [illegible]

V. MARCHAND

L'Utopiste. Un vol. in-18. 3 [illegible]

EDOUARD CADOL

La Belle Virginie. In-18 [illegible]

ALBERT DELPIT

Le Mariage d'Odette. 10e *éd.* [illegible]

JULES MARY

Un coup de revolver. 3e *éd.* [illegible]

PAUL BRILL[illegible]

Les Petits Pieds d'une aristocrate. Un vol. in-18. 3 fr. [illegible]

CAMILLE DEBANS

Les Drames à toute vapeur. 2e [illegible] 1 vol. in-18. 3 fr. [illegible]
Histoire de dix-huit prétendu[illegible] 2e *édit.* Un vol. in-18. 3 fr. [illegible]

A. ASSOLLANT

Le Tigre. Un vol. in-18 3 fr. [illegible]
La Bataille de Laon. In-18. 3 fr. [illegible]

ANDRÉ GÉRARD

Reniée. 3e *édit.* Un vol. in-18. 3 fr. [illegible]
Vivante et morte. In-18. 3 fr. [illegible]
Christiane. Un vol. in-18. 3 fr. 50
Trop jolie. 3e *édit.* In-18. 3 fr. [illegible]

CLAIRE DE CHANDENEUX

Les Mariages de garnison. 1re série : *La Dot réglementaire.* 3e *édit.* — 2e série : *L'Honneur des Champa[illegible]* 2e *édit.* — 3e série : *Un Cam[illegible] soldat.* 4e *édit.* Chaque vol. 3 fr. [illegible]
Les Ménages militaires. I. [illegible] *Femme du capitaine Aubépin.* II. *Les Filles du colonel.* III. *Le Mariage du trésorier.* IV. *Les Deux Femmes du major.* 3e *édit.* Chaque vol. 2 fr. [illegible]
Souvenirs de Bérénice. 3 fr. [illegible]
Le Lieutenant de Ranoy. 3 fr. [illegible]
Une Faiblesse de Minerve. 3 fr. [illegible]
Une Fille laide. 3e *édit.* 3 fr. 50
Les Giboulées de la vie. 3 fr. 50
La Croix de Mouguerre. 3e *édit.* Un vol. in-18. 3 fr. 50
L'Automne d'une femme. 4e *édit.* Un vol. in-18. 3 fr. 50
Secondes Noces. 4e *édit.* 3 fr. 50

Paris. Typographie de E. Plon et Cie, rue Garancière, 8.

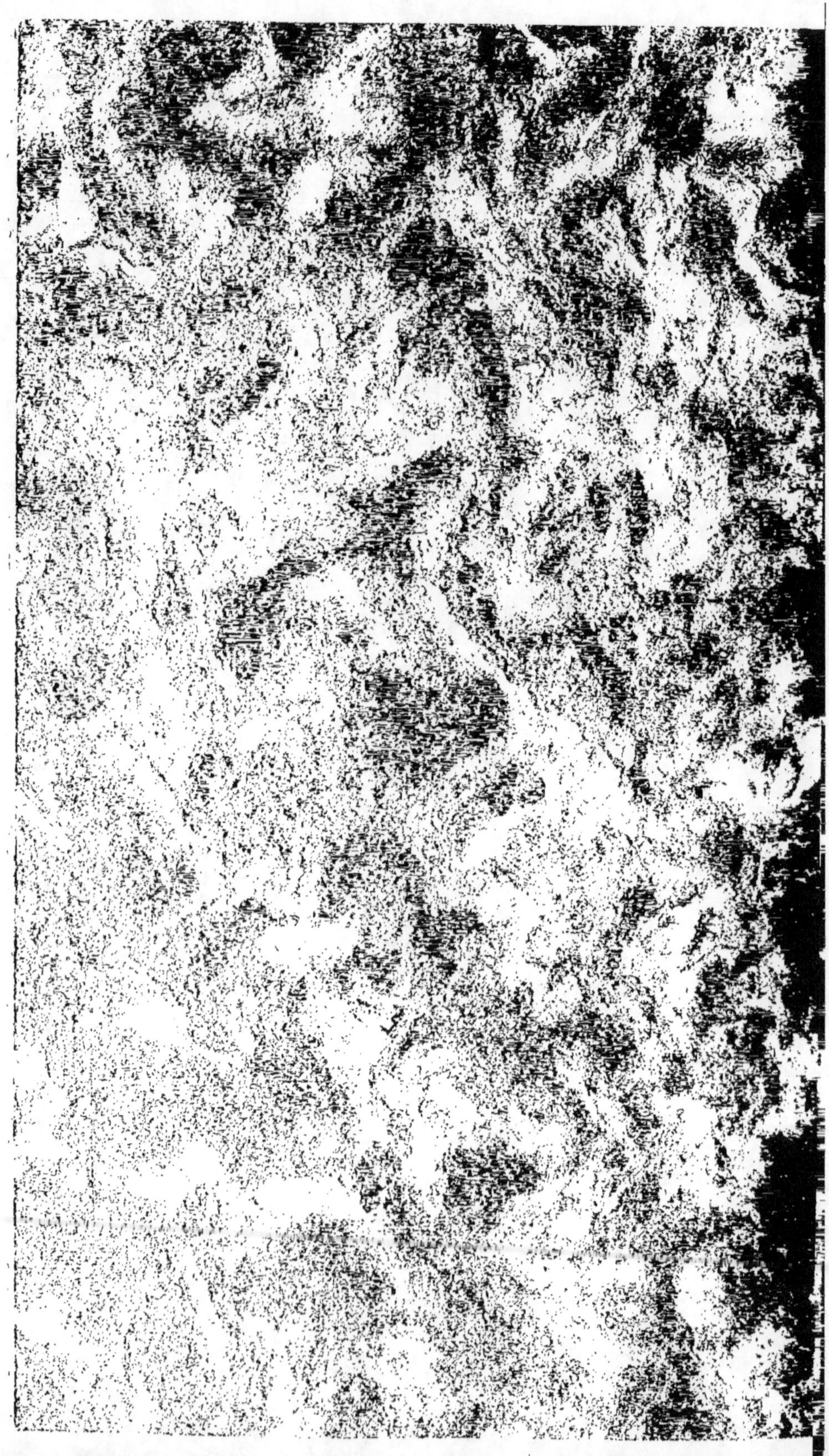

www.ingramcontent.com/pod-product-compliance
Lightning Source LLC
Chambersburg PA
CBHW051637050726
47502CB00011B/913

* 9 7 8 2 0 1 9 6 0 9 5 5 9 *